몰리모를 부는

화
요
일

몰리모를 부는

화요일

김가경 소설집

차 례

다이아몬드 브리지

그는 울프의 목줄을 느슨하게 잡았다. 의뢰인의 집으로 가기 전 동네를 돌며 전단이라도 붙일 생각이었다. 골목마다 개 짖는 소리가 들려왔지만 조련 문의 전화는 한두 건이 다였다. 성사된 것도 N아파트 한 건이 고작이었다. 의뢰인은 초등학교 2학년 꼬마였다. 개를 조련하다 보면 주인 머리 꼭대기에 앉은 양 앞질러 생각하고 행동하는 영악한 종들이 있다. 꼬마가 그랬다. 어린 녀석이 은근슬쩍 어른을 떠보려는 태도가 마음에 들지 않았다. 그는 방문 시간을 확인하며 바닷가 쪽으로 걸음을 옮겼다. 주택가라 해도 한두 블록 내려오다 보면 이내 바닷가와 마주쳤다. 그는 종종 아무 대책 없이 자신이 묵는 모텔을 지나쳐 바닷가까지 와버리곤 했다. 제대 이후 여기저기를 떠돌며 조련사 생활을 한 그에게 마당이 있는 집은 가당찮은 조건이었다. 소주 한 병 사들고 신세 비관차 광안리 바닷가에 왔다가 여기다 싶었다. 울프에게 백사장은 초원과 다름없을 거였다.

　그가 우연히 넘어지지만 않았더라도 이렇게 떠돌이 생활을 하지는 않았을 것이다. 돌에 걸려 넘어지는 순간 셰퍼드가 달려들어 그의 허벅지를 사납게 물어뜯었다. 조련 첫날 녀석과 팽팽하게 힘겨루기를 하다 생긴 일이었다. 그는 본능적으로 짱돌을 주워들고 녀석을 사정없이 내리쳤다. 누군가 그 모습을 휴대폰으로 찍고 있었다는 것을 동영상이 퍼진 후에 알았다. 그 인간 탓에 인터넷은 물론 뉴스에도 나왔다. 동물보호단체로부터 지탄을 받았을 뿐 아니라 조련협회에서 제적까지 당했다. 천방지축 견공들을 바른 생활로 이끈 그였다. 그의 손길을 거쳐간 많은 견공이 명견의 자리에 등극도 했다. 애정을 갖고 조련사로서 사명을 다한 그에게 동물학대죄라니. 그 이상 가혹하고 불명예스러운 죄목은 없었다. 이제 제대로 된 조련원에서는 그를 써주지도 않는다. 그렇다고 복날 개집이나 기웃거리는 개장수로 전락하고 싶지는 않았다. 조련 생활 십여 년 만에 그에게 남은 거라고는 개에게 물린 상처와 울프뿐이었다. 그래도 경찰견 조련사로 있을 때가 좋았다는 생각이 들자 그는 속에서 쓴물이 올라왔다.

　그는 털모자를 귀밑으로 잡아당겼다. 이제 올 한 해도 하루만 지나면 끝이었다. 그는 바다 위를 가로지르는 다이아몬드 브리지를 무심히 바라보았다. 겨울 햇살을 받은 은빛 현수교가 눈부시도록 반짝였다. 다음날이면 전국에서 모여든 사람들이 그곳에서 새해 첫 해돋이를 맞이할 것이다. 그가 묵는 허름한 모텔도 예약이 거의 끝났다고 했다. 그나마 그에게도 올해 마지막 의뢰인이 있어 다행이었다.

"자 달려라 울프!"

그는 드넓은 해안선을 바라보다 울프의 목줄을 풀었다. 한 해의 구질구질한 일을 털듯 울프가 백사장으로 달려나갔다. 진회색의 수북한 털 때문인지 그저 마음 좋은 동네 아저씨가 달려가는 것처럼 애잔하게 느껴졌다. 모텔에 장기 투숙한 첫날 주인 여자는 개는 절대 들일 수 없다며 멀찍이 떨어져 손사래를 쳤다. 5층에 투숙하게 된 것은 501호 영감 때문이었다. 선심 쓰듯 창고방을 내주고는 그가 오르내릴 때마다 자질구레한 심부름을 시켰다. 존재감 없기는 영감도 마찬가지였다. 여자와 부부 사이라고하지만 서로 왕래가 없는 것 같았다. 오늘도 복도를 지나는데 영감이 기다시피 문을 열고 그를 불러 세웠다. 담배 한 갑을 사다달라는 것이다. 얼마 전까지는 운동 삼아 복도를 더듬더듬 걸어다니더니 이젠 그것도 버거운 모양이었다. 울프를 데리고 5층에올라올 때마다 개장수 취급하며 잔소리하던 것을 생각하면 모르는 척 지나치고 싶었다. 프런트에서 물이나 휴지를 가져다 달라는 것은 그렇다 치더라도 이제 담배 심부름까지 해야 하다니. 영감이 목을 빼고 기다리고 있을 생각을 하니 은근히 부아가 올라왔다. 그는 편의점에서 담배를 산 뒤 올해의 마지막 의뢰인 집으로 향했다.

N아파트는 주택가 한가운데 우뚝 솟아 있었다. 그는 아파트

입구 자전거 거치대 옆에 울프 목줄을 묶었다. 그가 나타날 때부터 탐탁잖게 지켜보던 경비원이 무슨 일로 왔느냐고 캐물었다. 방문조련사라고 하자 방문 호수를 묻고 마지못해 인터폰을 들었다. 경비원은 그의 인상착의까지 상세하게 전해주고는 인터폰을 내려놓았다. 그는 방문록을 꼼꼼하게 적은 뒤 아파트 안으로 들어갔다. 옷매무시를 가다듬고 현관 벨을 눌렀다.

"누구야?"

의뢰인이 물었다.

"조련사입니다."

그는 정중하게 대답을 했다. 별다른 대꾸없이 현관문이 열렸다. 꼬마 의뢰인은 한 올 흘러내림 없이 단정하게 머리를 빗어 올리고 있었다. 목까지 단추가 채워 있어 얼굴과 손만 맨살이 드러났다. 거실 책장에는 의학 서적이 잔뜩 꽂혀 있었고 알싸하게 소독약 냄새도 풍겼다. 그가 어른은 없느냐고 묻자 꼬마는 대답 대신 외할아버지가 큰 병원 원장이라고 말했다. 꼬마가 혼잣말처럼 계속 중얼거리는 바람에 부모님이 병원에 근무한다는 사실까지 알게 되었다. 잠시 후 꼬마가 흰 봉투를 들고 나와 조련비라면서 내밀었다. 돈을 지불하는 자세가 워낙 능숙해서 그는 얼떨결에 두 손으로 받고 말았다. 50만 원이라는 돈은 조련비치고 적지 않았다. 꼬마가 한푼도 깎지 않고 다 줄 줄은 몰랐다. 주저함이라고는 눈곱만치도 없는 어린 녀석의 태도가 왠지 모르게 그를 위축시켰다.

그는 집안을 두리번거리며 조련할 개는 어디 있느냐고 물었다. 우선 애완견과 주인의 교감이 잘 이루어지는지 관찰할 생각이었다. 그때 꼬마가 갑자기 바닥에 배를 깔고 소파를 향해 빠르게 기어가기 시작했다.

"해피, 해피, 해피야."

어리지만 바닥을 기어가는 녀석의 등에서 이상한 긴장감 같은 것이 느껴졌다. 그가 조련할 때 먼저 살피는 것은 동물의 등이었다. 동물이나 사람이나 등에는 의외의 허점이 많았다. 복종과 저항, 비굴함과 고집스러움이 가감 없이 묻어 있었다. 사람을 보자마자 드러누워 배를 보이며 복종을 표시하는 동물들도 원한이나 복수가 아닌, 촌철살인의 그 어떤 것이 등에 실려 있다. 힘이 빠지기 직전까지 생명이 버텨내는 마지막 그 무엇이라고 해야 하나. 그건 아무리 그가 조련을 해도 털어낼 수 없는 거였다. 조련 중이었지만 그날 돌부리에 걸려 넘어진 그를 향해 덤벼든 녀석의 등짝에도 그게 있었다.

꼬마가 소파 밑으로 팔을 뻗더니 푸들 한 마리를 끌어냈다. 꼬마 손에 끌려 나온 해피가 눈곱이 잔뜩 낀 눈으로 그를 쳐다보았다. 꼬마가 떨고 있는 해피를 들어올리려 하자 발버둥을 치다가 재빠르게 달아났다.

"그러면 안 된다고 했지!"

꼬마가 다시 해피를 찾아왔다.

"그러면 천벌 받는다니까."

해피의 앞발을 두 손으로 움켜쥐고 천벌 운운하는 꼬마가 맹랑해서 그는 잠시 할 말을 잃었다. 그때 녀석이 안방으로 들어가더니 남자 허리띠를 들고 나왔다. 놀란 도우미 아주머니가 달려나와 허리띠를 뺏었다.

"아저씨, 사람도 조련할 수 있어?"

지금껏 조련사 생활을 했지만 그런 질문을 받기는 처음이었다. 이 꼬마 의뢰인이 개를 조련해달라는 것인지 사람을 조련해달라는 것인지 헷갈렸다.

"조련은 사람한테 쓰는 말은 아니란다. 사람한테는 교육이라고 하는 거야. 동물은 내가 조련을 할 수 있지만 사람은, 특히 너같은 아이들은 부모님한테 교육을 받아야지."

그걸 모를 꼬마 같지는 않았다. 뭔가 골똘히 생각하던 꼬마가 이내 어디론가 사라졌다. 잠시 뒤 녀석이 손에 물총을 들고 나타났다. 물총에 물이 가득 담겨 있었다.

"아저씨, 채찍이야."

꼬마가 말했다. 어떻게 물총으로 채찍을 대신할 생각을 했는지 잠시 당황했다.

"호랑이나 사자 같은 맹수를 훈련시킬 때 조련사가 왜 채찍을 쓰는 줄 알아?"

비실거리며 소파 밑으로 기어들어가는 해피를 보며 꼬마가 물었다. 그건 채찍이 동물의 눈에 잘 보이지 않기 때문이었다. 사자 같은 맹수들에게 채찍 소리로 공포심을 느끼게 해서 조련을 하는 것이다. 하지만 애완견의 경우 공포보다는 주인과의 교감이 이루어져야 조련이 가능하다. 조련을 할 때에는 당근과 채찍을 적절하게 쓸 줄 알아야 하지만 무엇보다 중요한 것은 애정이었다.

"말을 듣지 않으면 하느님한테 천벌을 받는다는 것을 알게 해주기 위해서지."

그는 거실 책장에 꽂힌 두꺼운 책들을 꼬마가 다 읽는 것은 아닐까 생각했다. 오만함이 묻어났지만 어딘지 모르게 자연스럽지 못한 말투였다.

"아저씨는 조련사니까 잘 알 거 아냐. 천벌을 내릴 때 기분이 어땠어?"

그는 말문이 막혔다. 동영상 사건이 있었던 뒤로 그는 가급적 그때 일은 입 밖으로 꺼내지 않았다. 세상 사람 모두가 득달같이 달려들어 그의 멱살을 잡아챌 것 같아서였다. 그 일이 있고 나서 아직도 인터넷 검색창에 '조련사'를 치면 동물 학대라는 검색어와 함께 그의 이름이 떴다. 그 밑으로 시뻘건 욕설과 저주의 댓글이 줄줄이 달렸다. 작정하고 찾아 들어가면 그의 얼굴도 확인할 수 있었다. 어쩌다 개만도 못한 인간의 전형이 되어 떠도는 신세로 전락했는지, 이상하게도 녀석은 다 알고 있는 것 같았다.

"이렇게 말을 듣지 않는 개는 어떻게 해야 돼? 교육이 부족해서 그런 거야?"

꼬마가 말똥거리며 그를 쳐다보았다. 빌어먹을. 그는 꼬마의 눈이 너무 맑아서 꾸준하게 훈련을 시킨다면 문제가 해결될 거라고 눙쳐 말하지 못했다.

"그래도…… 사랑으로……"

그는 그 말을 내뱉다가 입을 다물었다. 그때 꼬마가 소파 밑에 있는 해피를 향해 물총을 겨누더니 사정없이 쏘아댔다. 그는 재빨리 물줄기를 가로막고 소파 밑에서 해피를 꺼내 품에 안았다. 꼬마가 그와 해피에게 다시 물총을 겨누며 마구 쏘아대기 시작했다. 아주머니가 황급히 달려나와 물총을 빼앗았다.

"장난을 쳐도 저리 심하게 치는지."

아주머니가 바닥의 물을 닦으며 투덜거렸다.

"처음 이 집에 올 때만 해도 명랑한 애였는데…… 요즘은 구석만 찾아들고 도통 똥오줌을 못 가리니 무슨 일이래."

사람을 잘 따랐는데 이제 거두기가 힘들다는 것이다. 사람에 대한 투정처럼 연신 꼬마를 흘깃거렸다. 그는 해피의 젖은 털을 닦았다. 단지 안고만 있었는데 해피가 오줌을 지렸다.

"요즘은 저렇게 피오줌까지 싸대지 뭐예요."

아주머니가 오줌을 닦았다. 개가 오줌을 지리는 것은 주인을 반기는 복종성 배뇨 외에 욕을 먹거나 학대를 당했을 때도 나타나는 증상이다. 동물이나 사람이나 잘못했을 때 더 심하게 꾸짖거나 때리면 오히려 증상이 심해질 수 있다는 것은 누구나 다 아는 사실이다. 그는 해피를 내려놓았다.

"혹시 해피한테 양파 먹인 적 있습니까?"

"사료밖에 안 주는 걸요."

"양파를 먹이는 건 무식한 사람이나 하는 짓이지. 양파가 개에게 치명적이라는 것을 누구보다도 잘 알고 있는 내가 왜?"

묻지도 않았는데 발뺌하듯 꼬마가 먼저 대답을 했다. 그는 할 말을 잃고 반질반질한 녀석의 이마만 쳐다보았다. 강아지가 피오줌을 싸는 경우 양파의 유독 성분 때문에 그럴 수 있었다. 그가 군견병으로 있을 때 신참이 장난으로 군견에게 양파를 먹인 적이 있었다. 빈혈이 심해 수혈까지 했지만 군견은 결국 피오줌을 싸다 죽고 말았다. 해피가 다른 이유로 피오줌을 눈다면 무언가 병이 깊어진 상태일 수도 있다는 생각이 얼핏 들었다. 그는 아주머니에게 혹시 모르니 동물병원에라도 데려가보라고 말했다.

"적어도 양파를 먹지 않는 상식은 지켰어야지. 사람들이 독버섯을 먹지 않는 것처럼 말이야."

양파를 쳤더니 해피가 먹더라는 말인지, 그는 아리송한 꼬마의 말투를 되짚었다.

"아무리 자식 교육이라고 하지만……"

꼬마가 잠시 자리를 비운 사이 아주머니가 허리띠를 뺏어둔 쪽으로 눈짓을 하며 혀를 찼다. 이 집 아빠가 꼬마를 몰아세울 때는 누구도 말리지 못한다고 했다.

"병원에서 스트레스를 많이 받는지 요즘 부쩍 살림살이가 깨져나가요…… 쟤 아버지 말이에요."

그녀가 고개를 절레절레 저으며 깨진 그릇 조각들을 들고 현관문을 나섰다.

오후의 햇살이 서쪽 창을 통해 길게 들이치고 있었다. 그는 햇살을 등지고 서서 집요하게 채찍에 대한 이야기를 하는 꼬마를 내려다보았다. 녀석이 당장이라도 허리띠를 다시 꺼내와 휘두를 것 같았다. 해피가 꼬마의 눈치를 보며 자꾸 소파 밑으로 기어들어가자 꼬마가 허리를 굽혀 소파 밑으로 팔을 뻗었다. 그때 꼬마의 옷자락이 들리며 퍼런 멍이 눈에 들어왔다.

"올해는 다 갔으니까 새해부터 시작해!"

꼬마가 무언가 결단을 내린 듯 말했다. 해피가 소파 옆에서 꼬리를 물기 위해 계속 한자리를 빙빙 돌고 있었다. 그는 해피를 말 잘 듣는 개로 키우고 싶다면 자신이 다시 방문할 때까지 절대 때리거나 혼내면 안 된다고 주의를 주었다. 꼬마가 눈을 말똥거리며 그를 쳐다보았다.

"새해 복…… 많이 받아라."

그는 현관문을 나오며 그렇게 말하고 말았다. 그가 누군가에게 건네는 새해맞이 첫 인사였다.

경비원이 멀찍이 떨어져서 자전거 거치대에 묶인 울프를 감시하고 있었다. 그가 나타나자 울프가 반갑다며 앞다리를 들어올려 그에게 엉겨붙었다. 경비원이 지레 겁을 먹고 물러섰다.

"무슨 개가 세차장 먼지떨이처럼 생겼나 몰라."

그런 말은 새삼스럽지도 않았다. 울프는 수북한 털 때문에 사람들이 대개 털털이라고 불렀다. 그 정도면 다행이었다. 모텔 주인 여자는 번번이 개새끼라고 불렀다. 여자가 큰 소리로 개새끼라고 부르면 자신도 모르게 그가 먼저 돌아보고 만다. 그는 경비원에게도 새해 복 많이 받으라는 말을 건네고 아파트를 빠져나왔다.

그는 동물병원으로 걸음을 옮겼다. 울프의 먹이가 다 떨어져가고 있었다. 병원 문을 열자 애완견들이 먼저 알아보고 짖어댔다.

"아이리시 울프 하운드군요."

원장이 울프 쪽으로 다가오며 말했다. 아이리시 울프 하운드라는 명칭을 제대로 말한 사람은 동물병원 원장뿐이었다.

"곁에 있으면 든든할 겁니다. 핸들링 맛을 제대로 볼 수 있는 몇 안 되는 종이니까요. 사람들 관심을 끌기에 충분한 종이죠."

경찰견 소속이었던 울프는 14주 동안 경찰견 훈련 과정을 우수한 성적으로 졸업한 촉망받는 엘리트 견이었다. 하지만 마약사범 검거 현장에 투입되었다가 용의자 앞에서 꼬리를 흔들며 반기는 바람에 직무유기란 죄명을 쓰고 6개월 만에 해고되었다. 민간에 방출된 울프는 그렇게 그에게 다시 돌아왔다.

"무엇보다도 하운드종은 뛰어놀 수 있는 넓은 마당이 필요합니다."

원장의 새된 목소리가 애완견들의 요란한 소리에 실려 왔다.

"마당에 풀어 그 옛날 늑대를 사냥하던 야성을 가끔은 맛보게 해야죠."

원장은 마치 자신이 늑대 사냥이라도 나선 것처럼 들떠 있었다.

"누구나 그런 동경은 있지 않겠어요?"

그는 원장의 말에 새삼 울프에게 미안한 생각이 들었다. 그나 울프나 마당은 고사하고 거처할 방 한 칸 없이 떠도는 처지니 말이다. 그는 프로플랜을 한 포대 사서 셔드랑이에 끼고 말없이 동물병원을 나왔다.

모텔 입구에 만석이라는 네온사인이 반짝였다. 여자는 프런트에 앉아 있었다.

"개새끼는 안 된다니까!"

여자가 고개도 들지 않고 말했다.

"오늘같이 사람들이 북적이는 날에 개까지."

구시렁거리는 소리가 연이어 들려왔다. 여자는 번번이 울프가 몹쓸 병이라도 옮길 것처럼 몸을 사렸다. 방세가 밀리긴 했어도 그가 아니면 누가 좁고 더러운 창고 방에 들어와 산단 말인가. 더군다나 옆방 영감이 밤새 잔기침을 하며 웅얼거리는 소리를 참아낼 투숙객도 많지 않을 거였다. 그는 마지못해 주차장으로 다시 발길을 돌렸다.

"오늘만이다, 울프."

그는 울프를 주차장 구석에 묶고 포대를 뜯어 사료 한줌을 그릇에 내려놓았다. 좁은 주차장으로 차가 들어왔다. 바닷가 끝자락에 있는 허름한 모텔이지만 이날만큼은 손님이 끊이지 않았다. 중년 남녀가 차에서 내려 주춤주춤 모텔 안으로 들어갔다.

그는 번호판에 가리개를 세우고 주차장 입구에 '만차'라는 푯말을 내다 걸었다. 굳이 그가 할 일은 아니었다. 영감이 중풍을 얻기 전까지 하던 일이라고 했다. 영감의 아내가 죽자 허드렛일을 하던 여자가 프런트를 차지하고 여자가 하던 잔일을 영감이 하나둘 맡게 된 모양이었다. 그는 사료 포대를 들고 모텔 안으로 들어갔다. 중년 남녀가 프런트에 쭈뼛거리며 서 있었다. 여자는 평소 요금의 서너 배에 해당하는 금액을 받아 챙기고 마지막 객실 열쇠를 내주었다. 그들이 객실로 올라가는 것을 보고 있자 여자가 성가신 표정으로 그를 쳐다보았다. 한 쌍의 중년 남녀가 연이어 모텔로 들어섰다.

"방 있어요?"

중년 여자가 물었다. 그는 아까 받은 조련비로 밀린 방값을 지불하는 것도 잊은 채 슬그머니 계단을 올라갔다.

501호 방문은 열려 있었다. 그는 지레 몸을 움츠리며 복도를 걸어갔다. 영감은 문에 기댄 채 그를 노려보고 있었다. 그깟 담배 한 갑 사다주는 게 뭐 그리 대수라고 늙은이를 여태껏 기다리게 만드느냐고 악을 쓰고 싶었을 테지만, 영감은 그럴 기력이 없어 보였다. 그는 거칠게 숨을 몰아쉬는 영감 손에 담뱃불을 붙여 들려주었다. 내친김에 그도 복도에 쭈그리고 앉아 담배를 피워 물었다.

"올……해도 손님이…… 찬 모양이네."

담배를 입에 문 영감이 다이아몬드 브리지 쪽을 힘없이 바라보며 웅얼거렸다.

"영감님 방과 제 방까지 내줄 판인 걸요."

한 해의 마지막 날이 가고 있는 마당에 속없이 내뱉었다 싶었다. 유배지라도 되는 양, 이제 5층에는 올라와보지도 않는 여자를 향해 험담이라도 늘어놓는 편이 나을 뻔했다는 생각이 들었다. 그는 담뱃불을 손가락으로 눌러 끄고 포대를 들고 일어섰다.

방으로 들어서자 바닥에서 냉기가 올라왔다. 여자가 또 보일러를 끈 모양이었다. 그는 옆방 영감의 신음 소리를 들으며 몸을 뒤척였다. 휴대폰이 울린 것은 자정이 다 되어서였다. 그는 휴대폰에 뜬 낯선 번호를 미심쩍게 쳐다보다가 전화를 받았다.

"오늘, 저희 집에 방문한 선생님이 맞습니까?"

전화기 너머에서 한 남자가 점잖은 목소리로 물었다.

"……"

느닷없는 물음에 그는 선뜻 대답을 하지 못했다.

"N아파트 말입니다."

"아, 네…… 그렇습니다만."

남자는 잠시 뜸을 들인 다음 말을 시작했다.

"조금 전에 저희 아이가 죽었습니다."

그는 놀라서 이불을 걷어차고 앉았다.

"……아이라니요?"

그는 허리띠를 들고 나와 횡설수설하던 꼬마의 얼굴을 떠올렸다.

"아, 저희 둘째 놈 말입니다."

"둘째라면……"

"선생께서 조련하신 해피 말입니다."

그가 다녀가고 나서 둘째 아이가, 즉 해피가 죽었다는 것이다. 그는 짧은 탄식을 뱉어냈다. 그의 품에 안겼을 때 바들바들 떨던 해피의 작은 몸이 생생하게 떠올랐다.

남자는 쾌활해서 사람을 잘 따르던 해피가 느닷없이 죽은 것에 대해 흥분하지 않고 명료하게 상황을 전달했다. 가족들이 얼마나 둘째를 사랑했는지를 별 감정 없는 목소리로 늘어놓았다. 그는 자신이 해피의 죽음을 방치했다는 죄책감에 잠시 눈을 감았다.

"세상은 가학적인 사람들이 안전하게 숨어 살 곳이 못 되죠. 아, 그렇다고 시시비비를 가리려고 전화한 것은 아닙니다. 단지 선생이 다녀간 뒤로 우리 해피가 죽었다는 것을, 그렇게 아시라고요."

꼬마 녀석의 말대로 천형 한 번 내리지 않고 단지 안아본 게 다였다. 첫째든 둘째든 그 집 아이들에게는 조련이 필요하지 않다고 말하지 않은 게 마음에 걸릴 뿐이다. 그렇다고 해피가 죽은 책임을 뒤집어쓰는 것은 억울한 노릇이었다. 그럴 리가 없습니다, 라는 말을 하지 못한 것은 노골적으로 책임을 따져 묻지 않는 그의 애매한 말투 때문이었다.

"아이가 몹시 슬퍼하고 있습니다."

"휴."

어쩌다 보니 변명 한마디 하지 못하고 그는 자신의 책임을 수
긍하는 꼴이 되어가고 있었다. 해피가 죽었으니 이제 올 필요가
없다는 말을 하려고 한밤중에 전화한 것은 아닌 것 같았다. 그는
잠시 애도를 핑계로 미리 지불한 조련비를 돌려받으려는 것은 아
닌지 생각했다. 이 마당에 돈을 챙길 마음은 털끝만큼도 없었다.

"조련비는…… 당연히 돌려드리겠습니다."

그가 먼저 말을 꺼냈다.

"아니!"

써놓은 대본을 읽듯 차분하던 남자의 말투가 갑자기 사납게
올라갔다.

"아니, 안 돌려주셔도 됩니다."

새해 아침에 할 일은 아니겠지만, 날이 밝는 대로 해피의 장례
를 치르면 될 일이었다.

"그럴 수는 없습니다!"

그도 밀리지 않고 나섰다. 저쪽 편에서 씩씩거리는 소리가 거
칠게 들려왔다.

"아, 새끼, 정말 말귀 못 알아듣네. 돈은 됐다고 하잖아 인마!"

급변한 남자의 말투에 그는 몹시 당황했다. 차라리 처음부터
이 새끼 저 새끼, 욕설을 퍼부으며 개값 물어내라고 생떼라도 썼
더라면 이렇게 기분이 더럽지는 않았을 거였다.

"선생님, 그럴 수는 없습니다. 당장이라도 돌려드리겠습니다!"

그는 전화기를 어깻죽지와 귀 사이에 끼고 서둘러 옷을 챙겨 입었다.

"아, 꼭지 돌겠네!"

그 뒤로 남자 입에서 튀어나온 욕설은 차마 입으로 옮길 수도 없을 정도였다. 남자가 거칠게 전화를 끊었다.

아, 우라질! 그는 휴대폰을 내팽개치고 몸을 뒤로 던져 누웠다. 꼬마의 말대로 어둠 속에서 누군가 내리친 채찍을 맞은 것처럼 등이 따가웠다. 그는 날이 밝는 대로 기필코 조련비를 돌려주리라 다짐했다.

새벽 늦게까지 누워서 뒤척이는데 옆방에서 다시 영감의 신음소리가 흘러나왔다. 그는 파카를 걸치고 복도로 나갔다. 옆방 문 밑으로 불빛이 새 나왔다. 그는 발소리를 낮추고 1층으로 내려갔다. 서너 명의 투숙객이 해맞이 준비를 하고 모텔을 나서고 있었다. 손님들이 몽땅 빠져나간 모양인지 프런트에는 여자 대신 보조 아주머니가 앉아 있었다.

"총각도 해맞이 가게?"

아주머니가 길게 하품을 하며 물었다.

"해맞이라니요."

그는 크게 손사래를 쳤다.

"애고, 영감님이 아쉽겠네. 저리되기 전에 해마다 빠지지 않고 하던 일인데."

이번에도 여자 혼자 해맞이를 간 모양이라고 했다. 복된 한 해를 맞이하기 위해 밍크코트까지 차려입고 완전무장을 하고 나가더라는 것이다.

"새해 댓바람부터 손님이 들 리는 없고."

아주머니가 수건을 뭉쳐 베고 프런트 바닥에 누웠다. 그는 주차장으로 걸음을 옮겼다. 울프는 어둠 속에서 객실 쪽, 아니 그가 묵고 있는 방 쪽을 향해 꼿꼿하게 목을 세우고 있었다. 바깥에서 혼자 칼바람을 맞고 있었다고 생각하니 코끝이 찡해졌다. 그는 목줄을 풀어 울프와 함께 모텔 안으로 들어왔다.

옆방에서 아직도 불빛이 새 나왔다. 새해 아침부터 영감의 짜증 섞인 잔소리를 듣고 싶지 않아 그는 발소리를 죽였다. 그때 울프가 영감의 방문 앞에 코를 박고 섰다. 그가 작정하고 손잡이를 돌린 것은 아니었다. 문이 열리자 퀴퀴한 냄새가 코를 찔렀다. 영감은 문 쪽을 향해 누워 있었는데 등뒤 TV에서는 프런트에서 종일 틀어주는 포르노 영화가 돌아가고 있었다. 남녀가 뒹구는 화면 위로 인터폰이 매달려 있었다. 건전지 하나가 튕겨 나간 TV 리모컨이 바닥에 떨어져 있었다. 머리맡에 있는 물 주전자를 들어보니 물이 한 방울도 없었다. 그는 채널도 잘 돌아가지 않는 낡은 TV의 전원을 껐다. 빈 소주병만 몇 개 나뒹군다면 폐인이 사는 방과 다름없을 거였다. 영감의 방이나 그의 방이나 냉기가 돌기는 매한가지였다. 그는 병색 깊은 영감의 황갈색 눈과 마주치자 원인 모를 화가 치솟아 올랐다. 그는 자신도 모르게 영감을 일으켜 세웠다. 보이는 대로 벽에 걸린 옷을 모두 걸어 영감에게 입혔다.

해안선을 따라 들어선 상점의 네온사인이 화려하게 빛을 내뿜었다. 다이아몬드 브리지에는 기본 조명만 밝혀져 있었다. 다리에 오르려는 사람들이 하나둘 그의 곁을 스쳐 지나갔다. 그가 다리 입구에 다다랐을 때 전경들이 차량 진입을 막고 있었다. 인라인을 탄 한 무리의 사람들이 출발선으로 나서자 전경들이 그들을 막아섰다. 뒤이어 사람들이 다리 입구 출발선에 모여들었다. 그는 휠체어를 밀고 다리 옆 초소 뒤로 자리를 잡아 바람을 피했다.

해맞이 행사로 차가 다니지 않게 된 다리 상판은 고요했다. 이내 구급차와 소방차가 요란한 소리를 내며 다리 상판을 달려나갔다. 몇몇 전경이 완만한 상판 입구를 먼저 걸어 올라갔다. 새벽 여섯시가 되자 다리 입구를 막고 있던 전경들이 길을 텄다. 출발선에 서 있던 사람들이 일출 제일 명소로 꼽는 다리의 주탑을 목표로 일제히 걸어 나갔다. 그도 천천히 휠체어를 밀며 다리를 오르기 시작했다. 바람은 다리 맞은편에서 균형을 이루듯 맞서 불어왔다. 그쪽에서도 사람들이 올라오고 있었다. 그는 풍향계의 꽁무니 방향으로 흩날리는 목도리 끝을 주워 챙기며 옷을 여몄다.

"영감님, 견딜 만하세요?"

그는 바람을 피해 휠체어 방향을 틀어가며 물었다.

"……"

추위 때문에 잔뜩 심통이 나 있을지도 모른다는 생각이 들자 은근히 신경이 쓰였다. 괜한 짓을 했나 싶어 헛기침을 몇 번 했다. 울프는 휠체어 속도에 맞춰 영감 곁에서 나란히 걸었다. 다리 위로 올라갈수록 바람은 거세졌다.

주탑에 가까워지자 바람이 더욱 세차게 불었다. 코끝을 베어갈 것같이 날카로운 바람이었다. 그는 휠체어를 끌고 교각 뒤에 잠시 몸을 숨겼다. 어둠이 깔린 바다 위에 소형 어선들이 여린 불빛을 흘리며 느릿느릿 지나가고 있었다. 해양 경찰들이 만일의 사고에 대비해 다리 아래 배를 세웠다. 주탑 가운데에는 일출 시각에 날려보낼 풍선이 아치 모양으로 매달려 있었다. 해가 뜨는 시간은 7시 32분이라고 했다.

"아빠, 해피는 천국에 갈 수 있을까요?"

앞서 걷는 꼬마를 알아본 것은 목소리 때문이었다. 녀석은 집에서처럼 완전무장을 하고 있었다.

"아무렴."

기도해야지, 뒤이어 흘러나온 남자의 목소리가 바람에 흩어졌다. 다정한 남자의 목소리가 지난밤에 느닷없이 들었던 욕설보다 더 귀에 거슬렸다. 꼬마가 뒤로 자꾸 처지자 남자는 녀석의 어깨를 바싹 끌어당겼다. 새벽바람이 칼처럼 매서워서인지 꼬마의 등은 그저 추워 보이기만 했다.

주탑 부근에는 다리 양쪽에서 올라온 사람들이 무리를 이루고 있었다. 인파 사이에서 별스럽게 밍크코트를 입은 여자를 발견하는 것은 어려운 일이 아니었다. 여자는 멀리 바다를 보며 보온병에 담아온 커피를 마시고 있었다. 중년 남녀 투숙객도 예정 없이 올라온 듯 옷차림이 그대로였다. 풍향계가 빠른 속도로 돌아가고 있었다. 곧 해가 떠오를 시각이었다. 그는 휠체어를 밀고 교각을 벗어나 주탑 쪽으로 갔다. 난간 가까이 휠체어를 대고 영감의 목도리를 다시 여몄다. 평소 같으면 춥니 어쩌니 불평을 늘어놓았을 테지만 왠지 아무 말이 없었다.

그는 어둠 속에 웅크리고 있는 바다의 끝자락을 가늠하며 바다와 하늘의 경계가 서서히 드러나는 광경을 지켜보았다. 하늘 언저리가 붉게 물들며 해가 수평선 위로 천천히 솟아올랐다. 풍선이 바다 위로 풀려나가고 다리 아래에서 폭죽 한 방이 터져 올랐다.

"아…… 아……"

구름에 가린 해를 보려는 사람들이 앞다퉈 고개를 빼 들면서 탄성을 질렀다. 해가 구름을 벗어나 오롯이 솟아오르기도 전 사람들이 두 손을 모아 쥐었다. 느긋하게 바다를 바라보며 커피를 마시던 여자가 사람들을 밀치고 주탑 최전선까지 나아갔다. 해가 구름 사이를 벗어나자 여자는 주저함도 없이 눈을 감고 두 손을 모아 쥐었다.

"워우우우우……"

울프가 해를 향해 짖었다. 그 순간 남자 옆에서 주변을 두리번거리던 꼬마가 뒤를 돌아보았다. 파리한 녀석의 눈을 보며 웃음을 보인 것은 그도 예상치 못한 일이었다. 녀석이 황급히 고개를 돌렸다. 그는 거대한 미사를 집도하는 성자처럼 오롯이 떠오른 해를 보며 자꾸 처지는 노인의 어깨 위에 자신도 모르게 손을 얹었다.

라
인
블
록

"리우 브라질! 삼바 카니발!"

백화점 광장에 행사를 알리는 방송이 울려 퍼졌다. 나는 미니 기차 조종석에 올라 머리에 터번을 썼다. 백미러를 보며 삐져나온 머리에 침을 발라 구레나룻처럼 귀밑에 말아 붙였다. 넓은 통바지까지 입어서인지 만화 속 캐릭터처럼 익살스럽게 보였다. 네 칸짜리 기차 앞머리에는 이글거리는 마법의 태양 모형을, 지붕에는 야자수와 바나나 모형을 달아놓았다. 팀장은 그래야 고객을 한 명이라도 더 끌어들일 수 있다고 했다. 처음 면접을 보러 왔을 때 팀장은 노랑머리에 록벨트까지 늘어트린 나를 한심한 듯 쳐다보다가 마지못해 기차 키를 던져주었다. 그러더니 지금은 삼바 축제와 노랑머리가 잘 어울린다며 손님이 많은 시간에 운행을 맡겼다. 나는 운전대를 잡고 광장을 넘겨다보았다. 아이들이 부모 손을 잡고 승강장 쪽으로 걸어오고 있었다. 삼바 축

제가 열리면서 기차를 타려는 사람들도 부쩍 늘었다. 나는 경적을 크게 울리고 기차 옆에 서서 두 손을 높이 흔들었다.

"이 기차는 리우역을 출발해 런던, 도쿄, 베이징, 하노이를 거쳐 다시 리우역으로 돌아오는 기차입니다. 이용하실 승객은 탑승해주십시오."

"리우우우 브라질! 삼바아아아 카니발!"

알바 교육 시간에 배운 대로 나는 목소리를 높였다.

"해운대도 가나?"

누군가 장난처럼 물었다. 뒤돌아보니 주리였다. 짙은 눈화장에 파마까지 해서인지 며칠 전 PC방에서 봤던 모습은 오간 데 없었다. 나는 여긴 어쩐 일이냐고 무뚝뚝하게 물었다.

"삼바 복장에 터번이라니."

대답 대신 주리가 나를 위아래로 훑었다. 어렸을 때 밤낮 테트리스 게임만 하더니 결국 코사크 병정이 되었냐고 놀리듯 말했다. 왕년에 오락실집 딸 아니랄까 봐 또 테트리스 이야기다. 솔직히 말해 나는 그때 일은 가급적 떠올리고 싶지 않았다.

페이스북에 자랑하듯 내 근황만 올리지 않았더라도 주리와 이렇게 다시 만날 일은 없었을 것이다. 어떻게 파도를 타고 들어왔는지 오랜 시간이 지났는데도 나를 한눈에 알아보았다고 했다. 주리가 내 어깨에 손을 두르며 휴대폰으로 인증샷을 찍는다고 부산을 떨더니 백화점 안으로 사라졌다. 엄마가 백화점에 오는 날이라고 했다. 기차에 올라 운전석에 앉는데 휴대폰이 울리며 낯선 번호가 떴다. 전화를 받자 한 남자의 목소리가 흘러나왔다.

"애비다……"

"……"

"내가…… 니 애비다."

그는 자신을 아버지라고 밝히며 울먹였다. 나는 아무 말 없이 휴대폰을 다잡았다.

"그래 그동안 어떻게 지냈냐!"

"……"

"이름이 필승이라고?"

그가 물었다.

"그런……데요."

"누가 지었는지 이름 하나는 잘 지었구나. 반드시 필에 이길 승이라! 반드시 승리한다?"

그는 마치 내가 그렇게 살고 있는 것처럼 호탕하게 웃었다. 내 이름의 승자는 이길 승이 아니라 밧줄 승이었다.

"PD가 얼마나 독한지, 녹화 전까지 전화번호 같은 건 알려줄 수 없다고 버티더니만…… 출연하지 않겠다고 구라 좀 쳤다. 지금까지 잘 참아왔는데…… 막상 찾았다는 소리를 들으니 참을 수가 있어야지."

그동안의 쌓인 이야기는 만나서 하자며 보고 싶더라도 며칠만 참으라고 했다. 만날 필요 없다고 한마디 하려는데 그가 불쑥 전화를 끊었다. 나는 아버지라는 사람의 전화번호를 뚫어지게 쳐다보다가 '그 작자'로 저장을 했다.

얼마 전 지역 케이블 방송국 PD에게서 전화가 걸려왔다. 리얼 다큐 프로그램을 맡고 있는데 내 아버지 되는 사람의 일상 다큐를 기획 중이라는 것이다. 아버지라는 말에 나는 전화를 잘못 걸었다고 했다. PD는 잠시 헛웃음을 웃더니 취재 과정에서 잃어버린 아들이 나라는 것을 알게 되었다고 했다. 아버지와 내가 생이별한 부산역 주변 경찰서는 물론 보육원까지 뒤져왔다고 말했다. 그때까지만 해도 나는 PD의 말을 반신반의하며 듣고 있었다. 그렇게 쉽게 찾을 수 있는 거라면 아버지가 여태껏 왜 찾지 않았느냐고 묻고 싶었다. PD는 촬영 스케줄이 잡히면 다시 연락하겠다며 전화를 끊었다.

"아저씨 출발 안 해?"

꼬마 승객이 짜증을 내며 물었다.

"네, 곧 출발합니다."

나는 휴대폰을 주머니에 찔러 넣고 목청을 가다듬었다.

"이 기차는 리우역을 출발해……"

알바 교육 시간에 수십 번도 더 외쳤던 멘트였지만 목소리가 잘 나오지 않았다.

집을 나서기 전, 아버지는 내 손을 잡았다. 집안에는 온통 빨간 딱지투성이였고 언제부턴가 엄마도 보이지 않았다. 역으로 간 아버지는 가장 싼 기차표 두 장을 끊었다. 기차는 느렸고 아버지는 기차보다 빠른 속도로 소주 한 병을 들이켰다. 삶은 달걀

은커녕 사이다 한 병 구경하지 못하고 기차에서 내렸을 때 부산역은 사람들로 북적였다. 아버지는 그 많은 인파를 한참 쳐다보다가 나에게 배가 고프냐고 물었다. 대답 대신 나는 오락실과 붙어 있는 중국집을 쳐다보았다. 아버지는 아무 말 없이 중국집으로 들어가 나에게 자장면을 사 먹인 후 밖으로 나와 담배를 빼물었다. 그러고는 생각에 잠긴 듯 광장을 바라보았다. 나는 땅을 향해 힘없이 처진 아버지의 손끝을 슬그머니 잡았다. 배가 불렀는데도 왠지 모르게 불안했던 것이다. 아버지가 마지못해 손을 내주었다. 그때 오락실 앞에 있는 앉은뱅이 오락기에서 경쾌한 음악이 흘러나왔다.

손님이 없는 앉은뱅이 오락기 화면에서는 여러 가지 모양의 블록이 자동으로 떨어져 내리고 있었다. 블록은 이내 차올랐고 이내 사라졌다. 코사크 복장을 한 병정이 화면에 나타나 슬라브 족 민요에 맞춰 익살스러운 춤을 추면 자막과 함께 게임 오버! 양파 지붕 같은 궁전이 화면에 나타나고 다시 게임이 시작되었다. 블록이 떨어지고, 차오르고, 게임 오버. 블록이 떨어지고, 차오르고. 이 광경에 빠졌다가 내가 정신을 차렸을 때 아버지의 손은 이미 사라지고 없었다. 내가 엉뚱한 곳에 정신이 팔려 손을 놓쳤는지 아버지가 손을 놓았는지, 기억은 늘 두 갈래로 뻗어갔다. 한번은 내가 손을 놓친 쪽으로, 또 한번은 아버지가 손을 놓은 쪽으로 기울었다. 기억을 되살리려 신경을 곤두세우다 보면 이상하게 화면 가득 차오르는 블록과 함께 게임오버라는 말만

떠올랐다. '손을 놓치고 길을 헤매다 부모를 잃었다'는 기억이 때
론 삶을 살아내는 데 버팀목이 된다는 것을 자라면서 알게 되었
다. 다 같이 길을 잃은 녀석들이 섞여 있어도 부모 손을 놓쳤다
고 생각하는 녀석들은 나보다 뭔가를 하나 더 가진 것 같았다.

주말을 맞아 백화점에 손님이 몰려들었다. 덩달아 기차를 타
려는 어린 녀석들도 줄을 섰다.

"이 기차는 리우역을 출발해 런던, 도쿄, 베이징, 하노이를 거
쳐 다시 리우역으로 돌아오는 기차입니다. 이용하실 승객은 탑
승해주십시오."

"리우우우 브라질! 삼바아아아 카니발!"

"그 소리 듣고 손님들이 우리 백화점 쪽으로 발길을 돌리겠
냐?"

팀장이 운전석 쪽으로 목을 내밀었다.

"운전석에 앉아 있지만 말고 손님이 오면 친절하게 문도 열어
주고, 아이들은 동생처럼 친절하게 안아서 자리에 앉혀야 고객
님들이 좋아하지. 인상 좀 펴고."

팀장은 마치 백화점 매출이 나에게 달린 것처럼 요란을 떨었
다. 역에 설 때마다 큰 소리로 떠드는 걸 잊지 말라며 주의를 주
고 팀장이 백화점 안으로 들어갔다. 나는 기차 밖으로 나와 어
린 꼬마들을 안아서 의자에 앉히고 안전벨트를 매주었다. 리우
역을 출발해 런던역을 지나는데 갑자기 주리가 조종석으로 뛰어
들었다.

"가시나, 달리는 기차에 뛰어들면 우짜노!"

나는 주리에게 쏘아붙였다.

"달리는 기차는 무슨, 꼴랑 10킬로 속력 가지고."

주리가 가쁘게 숨을 몰아쉬며 손에 들고 있던 지갑을 흔들었다.

"오늘 빨강 아줌마가 백화점에 오는 날 아이가."

주리는 엄마를 번번이 빨강 아줌마라고 불렀다. 백화점에서 빨강 아줌마는 왕고객이라고 엄지를 올렸다.

"지금쯤 매장 직원한테 면도칼 자국이 난 자기 명품백을 내보이면서 소매치기 찾아내라고 거품 물고 있을 끼다."

주리가 지폐를 꺼내 주머니에 찔러 넣었다.

"그냥 돈 달라고 하면 괜히 내가 꿀리고, 이게 깔끔하다 아이가?"

주리가 빈 지갑을 밖으로 휙 내던졌다.

"그렇다고 그 비싼 가방까지 긋나? 세상에 지 엄마 지갑 소매치기하는 가시나가 어딨노?"

"그깟 돈은 아쉬울 거 없을 테고, 더럽고 섬뜩한 맛도 좀 봐야지!"

그러면서 바닥에 침을 찍 내뱉었다. 주리는 아버지와 살다가 3년 전에 엄마를 다시 만났다고 했다. PC방에서 인터넷 도박 사이트까지, 깡패가 벌이는 일마다 대박이 났다고 입을 삐쭉거렸다. 요즘은 백화점에 돈 쓰러 다닌다고 빨강 아줌마가 바쁘다고 했다.

보육원 입구에 있는 조그만 오락실이 주리네 집이었다. 나는 학교가 끝나면 그곳으로 향했다. 주리 엄마는 늘 붉은 옷에 새빨간 립스틱을 바르고 카운터에 앉아 있었다. 아이들 사이에서 빨강 아줌마로 통했는데 반반한 인물에 깡패 놈이랑 눈이 맞았네, 어쨌네, 보육원에까지 소문이 퍼져 있었다. 주리는 엄마의 관리가 소홀한 틈을 타 100원짜리 동전을 한 움큼씩 나에게 쥐여주곤 했다. 오락실 딸치곤 주리의 테트리스 실력은 형편없었는데 게임기 앞에 앉아 둔하고 더딘 손동작으로 이내 화면 끝까지 블록을 쌓아버리기 일쑤였다. 코사크 복장을 한 병정이 화면에 나타나 슬라브족 민요에 맞춰 익살스러운 춤을 추고, 자막과 함께 게임 오버란 말이 튀어나오면 주리는 금방 울상이 되었다. 게임을 하다 말고 내가 일어서기라도 하면 더해보라고 졸라댔다. 테트리스는 블록을 요령껏 쌓아 막대 모양의 라인 블록이 들어갈 자리를 마련하는 게 점수를 올리는 방법 중 하나였다. 닿기만 하면 자석처럼 붙어버리는 블록의 결속력에 열이 오를 때쯤, 화면에서 구세주처럼 라인 블록이 내려왔다. 나는 라인 블록을 재빠르게 옮겨 빈자리에 꽂았다. 블록과 블록 사이에 라인 블록이 떨어져 내리는 순간 좌르르 소리와 함께 블록이 사라졌다. 그럴 때마다 주리가 탄성을 내질렀다. 게임이 끝날 때까지 주리는 내 곁을 떠나지 않았다.

하지만 레벨이 올라가면 갈수록 블록은 더 빠른 속도로 교묘하고 복잡하게 떨어졌다. 실력이 늘면 늘수록 화면을 비우기는 더 힘들었다. 블록이 화면 중간쯤 쌓였을 때 나는 주리에게 이런 저런 핑계를 대고 슬그머니 자리에서 일어났다. 은밀하게 필살기를 키워보겠다는 욕심에서 다른 오락실을 찾았던 것이다. 레벨은 쉽게 오르지 않았다. 판판이 깨지고 있는데 한 녀석이 한심하다는 표정으로 나를 쳐다보았다. 녀석은 아주 짧은 순간, 양손을 이용해 현란하게 버튼을 누르며 스틱을 감아쥐었다. '타닥' 소리가 빛의 속도로 귀를 때리는 찰나, 녀석은 블록과 블록 사이, 애매하게 걸쳐진 라인 블록을 보란듯 털어 내렸다. 나는 정지된 라인 블록이 움직이는 것을 그때 처음 보았다. 테트리스 오락기에 게임 오버를 지연시키는 '타닥'이라는 필살기가 있다는 것을 숨은 고수를 통해 알게 된 것이다.

필살기를 익히고 의기양양하게 주리네 오락실로 가던 날이었다. 가게 앞에서 한 남자가 주리 엄마 팔을 사납게 잡아채 끌고 가고 있었다. 오락실은 난장판이 되어 있었고 주리가 울며불며 엄마 뒤를 따라 뛰쳐나갔다. 주리 아빠는 멍하니 카운터 옆에서 담배를 피워 물고 있었다. 그 뒤로 주리네 오락실은 문을 닫았다.

주리와 함께 햄버거를 사 들고 백화점 뒤편으로 갔다. 햄버거 집이 붐벼 자리가 없었던 것이다. 기차에서 내리지 않겠다고 떼를 쓰는 녀석들을 달래다 결국 한 바퀴를 더 돌고 말았다. 구석진 화단에 앉아 햄버거를 한 입 베어 먹는데 휴대폰이 울렸다. 방송국이었다.

"이필승 씹니까?"

"네, 맞는데요."

"여기 N케이블 방송국입니다, 아시죠?"

억지로 햄버거를 목구멍으로 넘겼다. 주리가 콜라를 마시다가 내 표정을 살폈다.

"녹화 날짜가 잡혔어요, 나음주 수요일 오전 10시까지 방송국으로 나오시죠."

감정을 싣지 않은 딱딱한 말투에 얼떨결에 네, 라고 대답하고 말았다. 빌어먹을. 전화를 끊고 나니, 가지 않겠다고 말하지 못한 것이 후회됐다.

부산역 오락실 앞에서 정신을 차렸을 때 나는 그 자리를 떠나지 않았다. 오줌까지 싸가며 오락실 앞을 떠나지 않았던 것이다. 늦은 밤, 내 손을 잡아 일으킨 것은 오락실 아저씨였다. 정말 아버지가 온다고 했나? 아저씨가 빵 하나를 주며 물었다. 내가 고개를 끄덕이자 아저씨는 오락실 불을 끄고 문을 닫았다. 마지막 기차 승객들이 광장으로 쏟아져 나왔다. 나는 불빛을 따라 역 광장으로 걸음을 옮겼다. 노숙자들 사이에 끼어 있는 나를 새벽에야 역무원이 발견했다. 나는 역무원 손을 거쳐 파출소로, 파출소에서 다시 보육원으로 신속하게 옮겨졌다.

반쯤 먹다 만 햄버거를 쓰레기통에 던져 넣었다. 주리도 덩달아 콜라를 내려놓았다. 광장에 해가 지고 있었다. 기차를 몰고 지하 주차장으로 향했다. 경사진 길을 도는데 기차 지붕에 박아놓은 바나나 송이 모형이 바닥으로 굴러떨어졌다. 나는 급하게 브레이크를 밟았다. 주리가 기차에서 내려 바나나 모형을 주워 들었다. 뒤에서 경적 소리가 요란하게 들렸다. 주리가 바나나를 품에 안고 기차에 다시 오를 때였다. 불쑥 한 남자가 기차로 다가왔다.

"이 자슥! 운전 똑바로 못하나?"

남자가 내 뒤통수를 내갈겼다. 뒤에서 경적 소리가 복잡하게 울렸다.

"아, 씨발!"

나도 모르게 남자의 팔을 쳐냈다.

"어쭈, 이게 손님한테 욕을 해! 이 자슥이! 잘하면 내 한 대 치겠네!"

남자가 사납게 고개를 들이밀었다. 옛날 같으면 진즉에 남자의 턱을 날렸을 것이다. 그때 주리가 씩씩거리는 남자에게 가운뎃손가락을 쳐들었다. 당장 나를 어찌할 것 같던 남자는 정작 주리가 손가락을 들자 주춤했다. 불쑥 솟아 있는 가운뎃손가락 때문인지 아님 주리의 반반한 얼굴 때문인지 남자가 슬그머니 물러섰다.

"인마 조심해!"

남자가 주리를 흘깃거리며 차로 돌아갔다. 나는 손을 털고 굼뱅이처럼 속력을 줄였다. 뒤에서 경적 소리가 귀를 때렸다. 그러든 말든 천천히 커브를 돌았다.

케이블 방송국은 생각보다 작았다. PD를 만나자 그는 대뜸 내 차림새를 훑어 내렸다. 노랑머리에 스팽글이 박힌 청재킷과 허리 밑으로 흘러내리는 록벨트를 보더니 눈을 반짝였다.

"어쭙잖은 인물보다 낫지?"

"옷차림만 봐도 캐릭터 확 잡히는데요."

감동보다 갈등, 마찰선이 더 드러나는 캐릭터라며 앞서 걷던 PD와 작가가 쑥덕거렸다.

"아버지 측은 쪽대본 줬나?"

"네, 맛집 기행할 때 음식 먹는 신 몇 번 작업해봤는데, 리액션이 좋더라구요."

"처음, 주꾸미집에서 만났다고 했지? 하긴…… 방송은 안 타도 재연 배우도 배우니까, 자 방송 들어가지."

재연 배우라는 그들의 말에 나는 복도에서 주춤 걸음을 멈추었다. 희미하게 떠오르는 어릴 적 아버지 모습을 더듬는데 그들이 녹화장 입구에서 나를 불렀다.

"이필승 씨!"

'변화의 시대, 인생 전환점을 모색하는 중년을 위한 새로운 희망 찾기'

녹화장에 들어서자 주먹을 쥐고 마주보고 있는 중년 남녀가 주인공인 포스터가 눈에 들어왔다. PD가 기대에 찬 눈빛으로 나를 쳐다보았다. 그의 눈을 피해 짝다리를 짚으며 뒷짐을 졌다.

"아드님 너무 긴장하지 말고, 감정 속이지 말고, 그냥 솔직하게만 표현하면 됩니다."

PD가 청재킷에 마이크를 꽂으며 커튼 안으로 나를 밀어 넣었다.

"자, 편하게 자리에 앉으세요."

나는 PD의 말대로 의자에 앉았다.

"이대로 녹화 들어가면 되겠습니다."

그가 카메라를 향해 소리를 질렀다.

"큐!"

소형 화면으로 그림자 하나가 희미하게 보였다.

"……필승이냐?"

걸쭉한 목소리가 흘러나왔다. 나는 아무 말도 하지 않았다. 그가 다시 내 이름을 부르며 울먹이기 시작했다.

"내가 그날…… 너를 잃어버리고, 얼마나 찾아 헤맸는지……"

그가 격정적으로 울음을 터트렸다. 나는 화면 속에서 그의 어깨가 들썩이는 것을 조용히 지켜보았다.

"그때 부산역에서 너를 잃어버리고 밥 한 숟가락 넘기지 못했다."

그가 다시 울음을 터트렸다.

"마흔 넘어 겨우 얻은 자식인데…… 너를 잃어버리고……"

고개를 숙인 그의 어깨가 심하게 들썩였다.

"내가 너를 잃어버리고, 지금까지…… 사는 게…… 사는 게, 아니었다……"

그가 나를 버린 것이 아니라 단지 실수로 잃어버렸다는 것을 자꾸 되뇌었다. 그날 내가 오락에 한눈팔려 아버지 손을 놓았더라면, 울며불며 아버지를 찾아 자리를 떴더라면 지금 이 순간 아무런 의심 없이 그의 손을 잡고 울었을 것이다. 세상은 구질구질한 거 투성이였다. 겨우 없앴다고 생각한 블록 한 칸이 더 얹히는 기분이었다. 나는 기억을 털어내듯 자꾸 손을 맞잡아 비볐다.

보육원을 나온 뒤 전단 돌리기부터 노래방 삐끼까지, 몸으로 때우는 웬만한 알바는 안 해본 게 없었다. 그렇게 굴러다녀보니 세상은 테트리스 판과 별반 다르지 않았다. 화면 가득 블록이 꽉 차오르면 게임이 끝나듯 구질구질한 것들로 꽉 찬 인생이라면 게임 오버다. 단지 테트리스와 다른 것이 있다면 절체절명의 순간, 복잡한 인생사를 한 방에 날려버릴 라인 블록은 세상에 없다는 것이다. 하루에 수백 명의 몬스터와 아바타를 죽이면서 게임으로 날밤을 새우던 어느 날, 부질없이 반복되는 게임을 끝내고 밖으로 나왔을 때 그 유치한 테트리스 판이 떠올랐다.

"캇! 여기까지. 아드님 나오시죠."

커튼을 밀치고 밖으로 나왔다. 아버지는 걸쭉한 목소리와는 달리 마른 몸에 양복이 겉돌았다. 그는 울음 뒤끝을 삼키지 못하고 있었다. 그가 고개를 들고 나를 쳐다보았다. 내 머리 모양과 차림새를 보자 눈빛이 잠시 흔들렸다. 그 순간 음악이 나오고 그가 달려와 덥석 나를 끌어안았다. 그가 내 가슴께에서 고개를 꺾고 울었다. 아버지의 목뒤 주름이 눈에 들어왔다. 나는 셔츠 목덜미 칼라에 배어 있는 누런 자국을 보았다. 아버지의 머리카락이 늙은 짐승의 것처럼 힘없이 푸석거렸다. 빌어먹을, 그동안의 설움이 복받쳐 올랐다. 나는 눈물을 보이지 않으려고 고개를 자꾸만 위로 쳐들었다.

"아드님, 여기서는 맘껏 울어도 됩니다!"

PD는 감정을 속이지 말라고 거듭 당부했다. 하지만 나는 눈물을 꾹 참았다. 아버지가 몸을 떼어내다가 다시 나를 힘껏 끌어안았다.

우여곡절 끝에 녹화가 끝났다. PD가 시종 대본을 훑으며 카메라맨과 이야기를 하고 있었다. 여기까지는 다른 가족 찾기 프로그램과 별반 다름없었다. 녹화가 끝나고 밀착 취재라며 카메라맨과 PD가 대본을 챙겼다. '변화와 전환의 희망 찾기'라는 대본을 들고 그들이 앞서 나갔다. 아버지가 자못 들뜬 표정으로 내 손을 잡았다. 방송국 입구로 나오자 PD가 조만간 다시 연락하겠다며 차에 올라 아버지를 불렀다. 아버지가 아쉬운 듯 내 손을 놓았다. 차가 멀어질 때까지 아버지가 손을 흔들었다.

올여름 들어 가장 무더운 날이라고 했다. 점심시간, 백화점 구내식당으로 가는 대신 라커룸으로 향했다. 더위 탓에 삼바 바지가 자꾸 몸에 감겼다. 반바지로 갈아입고 라커룸을 나왔다. 더위도 식힐 겸 매장 안으로 들어가 에스컬레이터에 올라탔다. 몇 칸 앞으로 주리의 모습이 보였다. 알은척 다가가려는데 주리가 앞에 선 여자의 가방을 재빠르게 훑어 내렸다. 눈 깜짝할 사이였다. 여자가 든 가방의 옆구리가 서서히 벌어졌다. 그 짧은 순간 여자가 고개를 돌려 익숙한 눈빛으로 망연히 주리를 쳐다보았다. 주리 엄마였다. 예전 빨강 아줌마의 모습은 오간 데 없고 부잣집 사모님처럼 귀티가 흘렀다. 나를 잃어버렸다고 속죄인 양 되풀이하던 아버지의 모습이 불현듯 떠올랐다. 나는 가까운 휴게실로 들어가 물 한 잔을 들이켜며 땀을 닦아냈다. 사람들이 북적여서 그런지 더위가 잘 가시지 않았다. 주리는 그 뒤로 며칠 동안 나타나지 않았다.

"리오 브라질! 삼바 카니발!"

이벤트 방송과 함께 교대할 알바생이 나타났다. 지난번 방송국에 가던 날, 알바생이 교대 시간을 바꿔주며 슬쩍 카니발 퍼레이드를 하고 싶다고 했다. 삼바 무희들이 내 볼에 입을 맞추며 사진을 찍던 것이 내심 부러웠던 모양이었다. 나는 터번을 벗어 녀석에게 던져주었다. 팀장이 무희들과 함께 승강장으로 걸어왔다. 알바생이 손을 흔들며 경적을 울렸다. 무희들이 알바생을 안고 볼에 입을 맞추자 녀석의 입이 벌어졌다. 팀장이 기차에 무희들을 태우고 같이 탈 승객을 불러모았다. 백화점으로 향하던 사람들이 무희 쪽으로 몰려들었다. 팀장은 그들 중 손을 들어 선택된 사람들에게 기념사진까지 찍어주었다.

알바생에게 대충 손을 흔들어주고 돌아서는데 햇빛을 등지고 낯익은 사람들이 다가왔다. 빌어먹을, 방송국에서 본 카메라맨과 PD였다. 그들 뒤로 양복 차림의 아버지가 서 있었다. 나도 모르

게 고개를 돌렸다. 카니발 음악이 광장에 울려 퍼졌다. 느닷없이
카메라가 등장하자 무희들이 현란하게 몸을 흔들었다. 아버지가
자못 상기된 얼굴로 내 손을 잡았다. 햇볕이 유난히 따가웠다.

"필승 씨! 아버님이 아드님 일하는 모습을 한번 보고 싶다고
해서…… 실례인 줄 알지만……"

협조해달라고 했다. 지켜보던 팀장이 눈짓으로 상황을 물었
다. 나는 잡고 있던 아버지 손을 뿌리치며 몸을 뺐다. 카메라맨
이 나를 따라 방향을 틀었다. 기차가 출발하는 소리가 들렸다.
리우 브라질! 삼바 카니발! 알바생이 소리를 질러댔다. 사람들
이 웅성거리며 내 쪽을 쳐다보았다. 나는 성급히 그 자리를 벗어
났다. 카메라와 사람들 시선이 계속 따라붙었다. 아버지가 나를
불렀다.

"얘, 필승아!"

그들이 식당가에 차를 세웠다. PD가 2500냥 대패삼겹살집으
로 들어갔다. 미리 주문했는지 종업원이 대패삼겹살을 내왔다.
아버지가 물수건으로 손을 닦았다. 카메라맨이 카메라를 우리
쪽으로 고정했다.

"우리가 없다 생각하고 자연스럽게 이야기 나누세요."

PD가 멀찍이 의자에 앉아 말했다.

"그날 성급히 헤어지고…… 눈에 아른거려서…… 도대체 가
만있을 수가 있어야지."

아버지가 물수건으로 이마를 닦아내며 말했다. 그때 식당 문

이 열리며 중년 여자가 들어왔다. 여자는 조용히 다가와 아버지 옆에 앉았다. 이미 약속이 되어 있었던 듯 카메라 앵글이 중년 여자를 잡았다.

"니 에미와는…… 집을 나간 뒤…… 그렇게 됐다."

내 눈치를 살피던 아버지가 먼저 말을 꺼냈다. 그렇다고 새로 살림을 차린 것은 아니라고 말했다. 여자가 종잇장처럼 얇은 대패삼겹살을 불판에 얹었다. 빠른 손놀림으로 구워낸 삼겹살을 내 파 겉절이 위에 올려놓았다. 아버지가 보증을 잘못 서 전 재산을 날리고 그 와중에 이혼까지 당하고 아들까지 잃어버리게 된 거라고 여자가 고기를 구우며 말했다.

"그날, 너를 잃어버리고 얼마나 찾아 헤맸는지……"

아버지가 코를 팽 풀어냈다. 아버지는 스스로 주문을 걸듯 했던 말을 내내 반복하고 있었다.

"아버지, 정말 열심히 사는 사람이에요. 아드님 찾으려고 주말 알바도 열심히 뛰고, 평일에는 평일대로 열심히 일하시고……"

아버지는 헛기침 끝에 다리를 몇 번 들썩거리며 몸을 흔들었다.

"죽고 싶을 때가 한두 번이 아니었는데…… 너를 찾겠다는 일념으로 버텼다."

여자가 빈 불판에 삼겹살을 다시 깔았다.

"필승 씨! 이 장면에서 눈물을 좀 흘리셔야…… 그것도 아니면……"

화라도 내라는 뜻인지, 내도록 못마땅하게 내 표정을 살피던 PD가 감정을 속이지 말라며 목소리에 힘을 주었다. 아버지가 민망한 듯 대패삼겹살 한 점을 입에 넣다 퉤 뱉어냈다.

"캇!"

대본을 넘기던 PD가 종료 신호를 보냈다. 한껏 고조되었던 아버지의 감정이 다소 누그러졌다. 카메라맨이 카메라를 내려놓았다.

"출연료는 언제 나온대?"

PD가 잠시 자리를 뜨자 내 눈치를 보던 여자가 작은 목소리로 아버지에게 소곤거렸다. 목이 타는지 아버지가 사이다를 한 잔 따라 들이켰다.

"……학교는?"

쪽대본을 주머니에 넣으며 아버지가 물었다.

"그만뒀어요."

"중……학교?"

아버지가 목소리를 낮추며 물었다.

"……고등학교요."

"아…… 그래……"

잠시 침묵이 흘렀다. 불판에서 삼겹살이 타들어가고 있었다.

식당을 나온 아버지는 마치 한 가지 묵은 일을 마무리한 사람처럼 양손으로 양복을 툴툴 털어냈다.

"어디…… 사냐?"

아버지가 물었다. 그동안 어디서 살았느냐는 말과는 사뭇 느낌이 달랐다. 누군가에게 가벼운 안부를 묻는 것처럼 들렸다.

"신세계 쪽요."

나도 모르게 거짓말이 튀어나왔다.

"그쪽이라면…… 몇 번 간 적이 있는데…… 그런 줄도 모르고."

그런 줄 알았더라도 별 뾰족한 수는 없었을 거였다.

"우리 조만간 만나 밥이나 먹자."

아버지가 말했다. 대본을 훑던 PD가 차에 올라탔다. 아버지와 교제하는 것을 반대하는 여자의 아들과 만나기로 한 모양이었다. 나와 당장 합치기는 좀 그렇다는 아버지가 차 유리문 너머로 손을 흔들며 내 눈앞에서 점점 멀어져갔다. 식당 앞을 벗어나는데 계좌 번호를 찍어달라는 PD의 문자가 날아왔다.

다시 아버지한테서 전화가 온 것은 촬영이 끝나고 십여 일 만이었다. 휴대폰에는 아직도 '그 작자'로 저장이 되어 있었다.

"출연료는 들어왔냐?"

전화를 받자 아버지가 대뜸 물었다.

"아니요."

"날짜가 지났는데도 입금을 안 시키다니, 빌어먹을. 필승이니 꺼랑 묶어서 얘기해봐야겠다."

"그러든가요."

아버지는 언제 만나 밥이나 먹자고 했다. 나는 전화를 끊으려는 아버지에게 주춤거리며 말을 꺼냈다.

"근데 내 이름요……"

"니 이름이 왜?"

"승…… 자가……"

아버지가 뜬금없이 무슨 말이냐고 물었다.

"이길 승이 아이라…… 밧줄 승인데요."

잠시 침묵이 흘렀다.

"그게 뭐 대수겠냐……"

"……"

"그래도 그렇지, 어느 무식한 놈이 애 이름에 그따위 한자를 넣는단 말이냐! 밧줄 승이라니!"

생각해보니 화가 나는지 아버지가 버럭 역정을 냈다. 아버지는 당장 이길 승으로 한자를 바꿔야겠다고 하고는 전화를 끊었다. 나는 '그 작자'로 적힌 액정을 보다가 전화번호 목록을 창에 띄웠다. 수정 메뉴를 누르고 글자판에 아버지라는 단어를 조합하는데 나도 모르게 얼굴이 화끈거렸다.

무더위가 절정을 이루고 있었다. 백화점 입구에 정기 휴무를 알리는 팻말이 달렸다. 인부들이 광장으로 들어섰다. 나는 기차 위로 올라가 지붕에 박아놓은 야자수와 바나나 모형을 뽑아냈다. 주리가 바나나를 받아 쓰레기 더미에 던져 넣었다. 리우 브라질! 삼바 카니발! 기차 옆에 붙인 스티커를 떼어냈다. 앞머리에 달아놓은 플라스틱 마법의 태양도 걷어 내렸다. 인부들이 백화점 입구에 세워둔 이벤트 광고판을 뜯어내기 시작했다. 그중 한 명이 사다리를 타고 올라가 리우역이 적힌 푯말에 하얀색 페인트를 칠했다. 푯말에서 리우역이 지워졌다. 요란한 망치 소리와 함께 거대한 입간판이 무너져 내렸다. 타닥, 타닥, 타다닥. 간판 테두리에 붙은 풍선이 함께 터졌다.

다음 이벤트가 시작되기까지 한 달가량 광장도 휴식기다. 눈꽃 축제가 열리면 광장은 다시 모스크바역이 될 것이다. 주리가 마법의 태양을 차양처럼 머리에 이고 내 곁으로 뛰어들었다. 리우역이 테트리스 판처럼 광장에서 좌르르 사라지고 있었다. 장식을 다 떼어낸 미니 기차만 한쪽에 세워져 있었다.

"알바 쫑 내는 기념으로 광장이나 한 바퀴 돌까?"

주리가 기차에 올라타며 말했다.

"가시나 그러든가."

나는 조종석에 다시 앉았다.

"이제 어디로 가노?"

주리가 물었다.

"내도 모르지. 니는 어디 가고 싶은데?"

"양파 궁전!"

느닷없는 말에 주리를 쳐다보았다.

"테트리스를 시작할 때 화면에 나타나는 양파처럼 생긴 예쁜 궁전 있다 아이가."

가시나, 끝까지 테트리스 얘기였다. 테트리스 좀 한다는 녀석들은 성 바실리 성당을 모르지 않을 것이다. 세계에서 가장 아름다운 건물이지만 사실 전쟁 승리 기념으로 세운 건물이었다. 왕이 아름다운 건물을 지상에 다시 남기지 못하도록 건축가의 눈까지 뽑아버렸다는 무시무시한 이야기가 전해져오는 궁전이었다.

"그게 어딨는데?"

나는 마치 그곳에 데려다줄 것처럼 시치미를 떼고 물었다.

"내도 모르지."

"자, 그럼 출발한데이!"

나는 경적을 울리고 페달을 힘껏 밟았다. 무너진 간판에 남아 있던 풍선 하나가 뚝 끊어지며 하늘로 날아올랐다.

몰리모를 부는 화요일

너는 메타세쿼이아 아래에서 걸음을 멈추었다. 정모는 아직 오지 않았다. 버스에서 내린 사람들이 하나둘 야시장 쪽으로 사라져갔다. 남자는 오늘도 야시장 입구에 늘어선 메타세쿼이아 아래 수레를 세우고 파라솔을 편다. 수레에는 신다 버린 신발이 수북하게 놓여 있었다. 노랑, 빨강, 검정, 회색, 초록, 보라. 각자 다른 색깔과 각자 다른 모양의 신발들. 남자는 우산처럼 펼쳐진 파라솔 끝에 빨강 캔버스화 한 짝을, 다음에는 낡은 슬리퍼와 구두 역시 한 짝을 매달 것이다. 너는 이제 남자가 매다는 신발의 종류를 다 외울 수 있었다. 하필 짝이 맞지 않는 신발을 팔고 있는지. 이곳에서 물건을 파는 젊은 애들은 주로 짝퉁 가방이나 티셔츠, 값싼 액세서리를 팔았다. 정모를 기다리면서 남자에게 눈길이 간 것도 그 때문이었다.

한 시간을 기다려도 정모는 오지 않았다. 야시장에 어둠이 내렸다. 상인들이 하나둘 전등을 켠다. 남자도 전등을 켠다. 야시장은 사람들로 북적였지만 신발을 사 가는 사람은 아무도 없었다. 남자는 틈틈이 수레 뒤를 정리하거나 책을 읽으며 수레 옆 메타세쿼이아를 올려다보곤 했다. 그러다가 무언가를 적기도 하고 휴대폰으로 신발을 찍기도 했다. 남자가 수레 안에서 피리처럼 생긴 나무 막대를 꺼내 속을 파기 시작한다. 남자를 처음 본 화요일에도 그렇게 속을 파고 있었다. 원뿔 모양의 메타세쿼이아 그림자가 남자의 파라솔을 덮는다. 노천카페에서 음악 소리가 들린다. 남자가 길게 흘러내린 머리카락을 한 손으로 쓸어 올리고 머리띠를 두른다. 때론 잠시 손을 멈추고 지나가는 사람들에게 눈을 맞춘다. 남자가 눈을 맞추며 하는 거라고는 웃어주는 것뿐이다. 남자는 너에게도 그렇게 웃어주었다. 처음 남자와 눈이 마주쳤을 때 너는 당황하여 고개를 돌렸다. 그날도 너는 메타세쿼이아 아래에서 정모를 기다리고 있었다.

야시장 근처에 있는 불닭집에서 밤늦게 퇴근한 어느 날, 너는 너도 모르게 불빛을 따라 광장으로 왔다. 그날은 화요일이었고 광장에서 야시장이 열리고 있었다. 거기서 정모를 처음 만났다. 정모는 구제 물건을 파는 친구 옆에서 연신 다리를 떨며 손톱을 물어뜯고 있었다. 스카프를 뒤적이는 너의 모습을 흘깃거리며 지켜보다가 옷가지 속에서 꽃무늬가 어지럽게 날염된 스카프를 하나 찾아냈다. 스카프를 쓱 보는가 싶더니 너의 목에 둘러주었다. 잘 어울려요. 정모는 눈을 반짝이며 엄지손가락을 들어 보였다. 너의 목덜미로 땀이 흘러내렸다. 여름에 스카프는 별로 필요하지 않았지만 너는 한푼도 깎지 않고 스카프를 샀다.

정모는 아직 오지 않았다. 너는 야시장 입구에 있는 의자에 앉아 버스 정류장 쪽을 지켜보았다. 오늘은 유난히 가게에 손님이 많았다. 매운 양념이 범벅된 닭을 볶고 볶음밥을 만드느라 잠시도 쉬지 못했다. 너는 졸음을 참지 못하고 슬그머니 눈을 감았다. 구구구구 발 언저리에서 비둘기가 울어댔다. 훠이훠이, 누군가 낮은 목소리로 비둘기를 쫓는 소리가 아득하게 들렸다.

"잘한다, 계집애가 아무데서나."

누군가가 뒤통수를 갈기는 바람에 눈을 떴다. 정모였다.

"이런 데서 잠이 오냐!"

기다린 지 한 시간 사십 분 만이었다.

"버스에서 내리는데 가관이더라. 쪽팔려서."

한심한 표정을 짓던 정모가 휑하니 앞서 걸었다. 너는 연신 옷을 털어내며 정모 뒤를 쫓아갔다. 정모는 너의 몸에서 나는 매운 불닭 냄새가 싫다고 했다. 계집애 몸에서 매운 고춧가루 냄새가 나는 게 재수 없다는 것이다. 텔레비전 드라마에 단역으로 출연하고부터 정모의 투정도 부쩍 늘었다. 연기 학원비를 받으러 가게에 꼬박꼬박 찾아오던 때와는 달리 이제 어디든 찾아가야 정모를 만날 수 있었다. 너는 정모를 따라 친구 좌판으로 걸음을 옮겼다.

정모가 이번에 맡은 역할은 깡패라고 했다. 미리 연습이라도 하려는지, 남자의 수레 앞을 지나가며 이유 없이 돌멩이를 걷어 찼다. 남자가 여행한답시고 여기저기 떠돌아다닌다는 말을 한 것도 정모였다. 정모는 남자 주변을 지날 때면 이유 없이 바닥에 침을 뱉곤 했다.

"짜식, 요즘 잘나가는구나!"

정모를 본 친구가 호들갑을 떨었다. 정모는 좌판에서 야자수 잎이 그려진 셔츠와 꽃무늬 남방을 골라내며 이제 의상을 협찬 받을 날도 머지않았다고 큰소리를 쳤다. 드라마에 부잣집 아들 역으로 출연한 장면을 봤다는 친구에게 그렇게 살날이 곧 올 거라고 말했다. 정모가 낡은 옷가지를 들출 때마다 옷 더미에서 오래된 나프탈렌 냄새가 올라왔다.

"이걸 걸쳐줘야 진짜 배우 같지."

친구가 정모에게 도금 목걸이를 던져주었다. 목걸이를 걸친 정모가 야자수 남방을 입어보기 위해 바람막이 점퍼를 벗었다. 팔뚝에 전에 없던 문신이 새겨져 있었다. 친구는 잘나가는 형님들이 한다는 용 문신까지 했다고 부러운 표정을 지었다. 남방을 입고 도금 목걸이를 한 정모가 거울 앞에 서서 정말 깡패 같지 않으냐고 물었다. 그럴듯해 보인다며 친구가 치켜세웠다. 고등학교 시절 권투 선수였던 정모는 누구보다도 그 역을 잘해낼 거라며 너에게 주먹을 뻗어 보였다.

너는 짝짝이 신발을 파는 수레 쪽으로 고개를 돌렸다. 여전히 남자는 막대기 속을 파내고 있다. 메타세쿼이아 그림자가 야시장 쪽으로 드리웠다. 언젠가 너는 새벽 늦게까지 야시장을 돌아다닌 적이 있었다. 남자는 누군가를 기다리듯 손님도 없는 수레를 지키고 있었다. 가물가물 졸기도 하고 무료하게 귀지를 파기도 했다. 그때도 남자는 짬짬이 막대기를 꺼내 속을 파냈다. 긴 머리에 아프리카 여인들이나 하는 원색의 머리띠를 두르고 짝이 맞지 않는 신발을 파는 사람이라니, 그것도 짝짝이 신발을 신고서 말이다. 어쩌면 너는 남자가 웃어주기 전에 먼저 웃어 보였는지도 모른다. 너는 작은 전구가 별처럼 반짝이는 야시장을 바라보았다. 너는 이곳이 좋았다.

두번째 스카프를 사던 날, 정모는 늦은 밤에 혼자 야시장을 도느냐며 너에게 말을 걸었다. 자신은 연기 학원에 다니는데 안 들어가도 그만인 친구 집에 빌붙어 산다고 했다. 그러면서 너에게 집이 어디냐고 물었다. 너는 엉뚱하게 이곳에는 버스가 오지 않는다고 말했다. 동네 이름을 대기 싫어 맥락 없이 한 말이었다. 그 말이 알아맞혀보라는 말로 들렸는지 정모는 건성건성 동네 이름을 대기 시작했다. 정모가 이름을 댈 때마다 너는 아니라고 고개를 저었다. 그럼 아프리카에서 왔어요? 정모가 난전의 물건을 심술 맞게 들추며 물었다. 구제 옷 사이에 목이 긴 아프리카 여인의 조각상이 생뚱맞게 섞여 있었다. 너는 고개를 끄덕였다. 정모가 조각상을 잡고 뒤로 넘어가는 시늉을 했다. 아프리카라니. 너는 검은 피부를 가진 사람들이 야자수 잎만 걸친 채 정글을 뛰어다니는 풍경을 머릿속에 그렸다. 너는 돌아오는 화요일에도 가게를 마치고 야시장으로 갔다. 세번째 스카프를 사던 날, 너는 아빠에게 받은 용돈을 털어 정모와 함께 여인숙에서 밤을 보냈다. 한 시간 거리에 있는 집에 택시를 타고 가는 것보다 그게 더 나았다.

"이거 다 주라."

정모가 수북하게 골라놓은 옷가지를 가리키며 말했다. 너는 얼마냐고 물었고 친구는 목걸이 값만 받는다고 했다. 너는 주머니에서 돈을 꺼내 친구에게 내밀었다. 친구가 거스름돈을 내주자 정모가 그 돈을 받아 챙겼다. 주머니에는 사장한테 가불한 몇만 원이 다였다. 며칠 전에 아빠는 월급봉투를 통째로 채 갔다. 정모 같은 놈팡이를 만나는 것은 용납할 수 없다고 했다. 놈을 만나 돈이 허투루 흘러나가는 것을 두고 볼 수 없다는 거였다.

불법 대출 사건이 불거지지 않았더라면 아빠는 간당간당하게라도 새마을금고에 남아 일하고 있었을 거였다. 직장에서 쫓겨나고 서너 달, 아빠는 여기저기 전화를 걸며 일자리를 구하는 눈치였다. 그것도 얼마 지나지 않아 그만두자 뭐라도 해야겠다고 나선 사람은 엄마였다. 엄마는 취업정보지 구인란을 뒤진 끝에 산중턱에 있다는 오리백숙집으로 일을 나갔다. 엄마가 가져다주는 월급봉투를 몇 번 손에 쥐어보아서인지, 아빠는 힘들게 돈을 버는 것보다 돈을 관리하는 것이 더 낫다는 것을 새삼 깨달은 사람처럼, 너에게 가계부를 한 권 사 오라고 했다. 그 후 하루도 빠트리지 않고 충실하게 가계부를 썼다. 손님이 많아 가게에서 자

야 한다는 엄마 말이 먹힌 것도 월급봉투에 수당이 더 실려 와서
였다.

"짜식! 그래도 너랑 살 때가 좋았다."

정모가 옷을 챙겨 나오며 그렇게 말했다. 정모가 친구 집에 안
들어간 지도 오래된 모양이었다. 가끔 정모는 너에게도 그런 말
을 했다. 그래도 너랑 있을 때가 좋았다. 투정을 부리다가도 마
치 색다른 배역을 맡은 것처럼 미끄럽고 감미로운, 그런 말을 하
는 거였다. 며칠 동안 연락이 되지 않던 날에도, 지방 촬영 때문
에 여관방을 전전한다면서도, 너랑 있을 때가 좋았다는 말을 잊
지 않았다.

가을바람이 좋았다. 너는 정모의 팔짱을 꼈다. 정모가 너의 팔
을 털어내더니 터키 상인이 파는 액세서리 좌판 앞으로 갔다. 상
대 배역에게 주먹을 날리는 장면이 있는데 팔이 밋밋하다는 것
이다. 그러면서 터키 원석으로 만든 팔찌를 손목에 찼다. 너는
상인에게 얼마냐고 물었다. 상인은 손가락 두 개를 펴 보이며 어
설픈 발음으로 이만 원이라고 했다. 정모가 너의 눈치를 살피더
니 비싸다고 투덜댔다. 상인은 못 알아듣는 척 이만 원이라는 말
만 되풀이했다. 정모는 어리숙한 줄 알았던 터키 놈이 약았다며
팔찌를 내려놓고 일어섰다. 뒤늦게 상인이 깎아준다고 했지만
정모는 훌쩍 앞서 걸어갔다.

"미친놈!"

정모가 남자의 수레 앞을 지나며 큰 소리로 말했다. 터키 상

인한테 하는 말인지 남자에게 하는 말인지 알 수 없는 말투였다. 정모가 남자의 수레 뒤편에 있는 난전에 쭈그려 앉으며 침을 획 내갈기자 남자가 뒤를 돌아보았다. 너는 슬그머니 고개를 숙이며 정모 옆에 앉았다. 정모가 남자에게 시비를 걸 것 같아 가슴이 조마조마했던 것이다. 술을 마신 날이면 정모는 이유 없이 주변 상인들에게 시비를 걸었다. 멱살잡이가 다였지만 언제나 고개를 숙이며 사과를 하는 것은 너였다. 그러다 남자와 눈이 마주치면 남자는 아무 말 없이, 그냥 웃어주었다. 정모가 오지 않는 날에도 너는 메타세쿼이아 아래에서 남자의 수레를 망연히 쳐다보며 정모를 기다렸다.

구미가 당기는 다른 물건이라도 발견했는지 정모가 불쑥 일어나 자리를 옮겼다. 너는 쭈그리고 앉아 너도 모르게 남자의 수레 안을 훔쳐보았다. 컵라면 몇 개와 담요, 신발, 여행에 관한 책 서너 권이 놓여 있었다. 남자가 틈틈이 속을 파내던 막대도 눈에 들어왔다. 노천카페에서 음악이 흘러나왔다.

—몰랐던 그대와 단 둘이 손잡고 알 수 없는 이 떨림과 둘이 걸어요. 봄바람 휘날리며 흩날리는 벚꽃잎이 울려 퍼질 이 거리를 우우 둘이 걸어요~ 그대여 우리 이제 손잡아요.

너는 마치 벚꽃이 바람에 흩날리기라도 하는 것처럼 하늘을 올려다보았다. 그런 봄날에 너는 젊은 연인들이 먹고 난 매운 닭

양념에 밥을 비비고 김 가루를 뿌렸다. 김 가루를 너무 많이 뿌려 볶음밥이 맛이 없다고 손님이 짜증을 냈을 때, 창밖으로 벚꽃잎이 날리고 있었다.

"뭘 그렇게 보고 있나요?"

너는 놀라서 뒤를 돌아다보았다. 어느새 남자가 너의 등뒤에 와 있었다. 남자는 풀을 뜯는 기린처럼 허리를 굽혀 너의 정수리에 코를 가져다 댔다. 너는 부끄러운 듯 정수리에 손을 얹었다.

"식욕을 느끼게 하는 냄새군요. 그쪽에서 나는 냄새 말이에요."

아무리 털어내도 몸에 밴 매운 냄새는 어쩔 수 없었다. 너는 얼굴을 붉혔다. 남자는 오래전부터 너를 알아온 사람처럼 너의 옆에 쭈그리고 앉았다.

"여행을 하다가 매운 피망을 잔뜩 갈아 넣은 닭 요리를 먹은 적이 있어요."

남자의 목소리가 음악 소리처럼 이어졌다. 자칫하면 그곳에 눌러앉을 뻔했다며 익살스러운 표정을 지었다. 그 뒤로부터 매운 음식을 즐겨 먹게 되었다고 했다. 지금은 서너 달, 휴식을 취하는 중이라며 남자는 웃었다. 너는 손님이라고는 들지 않는 남자의 수레를 쳐다보았다. 야시장에서 짝짝이 신발을 파는 것이 휴식이라니. 너는 왜 짝이 맞지 않는 신발을 파느냐고 물었다.

"꼭 짝을 맞춰 팔아야 하나요?"

굳이 짝을 맞춰 신발을 신어야 하느냐는 말처럼 들렸다. 남자는 아프리카 오지를 돌다가 처음 그런 사람을 보았다고 했다. 그 모양이 우스워 여유분의 신발을 내주었는데 그것을 도로 밀어내더라는 것이다. 너는 세상에 짝짝이 신발을 신는 사람들이 있다는 말을 남자에게 처음 들었다.

"미안해서 그러는가 보다 생각하고 다시 권했지요."

그쪽에서 오히려 이상하다는 표정으로 남자를 쳐다보았다고 했다.

"뭐가 문제죠?"

남자가 들고 있는 신발을 조용히 내려다보며 왜 당신 것만 당연하다고 생각하느냐고 되묻더라고 했다.

"그게 뭐라고, 자꾸 눈에 거슬리더라고요."

남자는 돌아올 때까지 그 사람이 이해가 되지 않았다고 했다. 남자는 신발 하나 때문에 한 사람을 알 기회를 잃었다며 피식 웃었다.

"이렇게 짝짝이 신발을 신는 데만도 시간이 좀 걸렸죠."

너는 짝이 맞지 않는 슬리퍼 사이로 삐져나온 남자의 발가락을 바라보았다. 집과 가게를 벗어나본 적이 없는 너는 남자의 이야기가 다른 세계의 이야기처럼 들렸다.

메타세퀴이아 마른 잎이 깃털처럼 바람에 날렸다. 남자가 떨어진 나뭇잎을 주워들었다.

"이곳에 오게 된 것도…… 어쩌면 이 나무 때문인지도 몰라요."

지나가다가 끌리듯 메타세쿼이아 아래로 왔다는 것이다.

"그거 알아요? 이 나무가 발견되기 전까지 화석으로만 존재했다는 거."

너는 나무 끝을 아득히 올려다보았다.

"인류사에서 사라졌다고 믿었던 나무가 느닷없이 발견된 거죠."

남자는 소름이라도 돋은 것처럼 팔을 쓰다듬었다.

"우리가 수십억 년 동안 그 존재를 몰라봤다는 말인가요?"

너도 남자처럼 전율을 느낀 듯 양팔을 쓰다듬었다.

"인간이란 보고 싶은 것만 보는 존재니까요."

누군가와 실랑이라도 하는지 정모의 목소리가 간간이 들려왔다. 너는 남자의 이야기에 귀를 기울였다. 노천카페에서 들리던 음악이 끝났지만 남자의 말이 「벚꽃 엔딩」의 가사처럼 감미롭게 귀에 감돌았다.

"저 끝에 나무의 정령이 살고 있을 것 같지 않나요?"

남자는 시간을 거슬러 올라가 그 나무 앞에 선 사람처럼 아득한 표정을 지었다. 너는 메타세쿼이아를 올려다보았다. 눈을 감자 아득한 나무 끝에 있는 정령에게로 가는 것만 같았다. 너는 여행이라는 것을 해본 적이 없어 세상에 대해 잘 알지 못했다. 너는 아프리카 사람들이 정말 야자수 잎만 걸치고 다니느냐고 물었다. 남자가 잇몸이 다 보이도록 웃었다.

"정말 다…… 봤어요?"

너는 여행을 하면서 정말 세상을 다 구경해봤느냐고 물은 거
였다.

"다…… 봤어요."

남자가 눈을 찡긋거리더니 수레 안에서 나무 막대기를 꺼내
왔다.

"몰리모예요."

남자가 종종 속을 파내던 막대기였다. 몰리모는 아프리카 대
륙의 피그미족이 숲의 정령을 위로할 때 부는 거라고 했다. 아프
리카 콩고 강 근처를 여행하다가 듣게 되었는데, 그 소리가 지금
도 잊히지 않는다고 했다.

"어쩌면 그날 들은 게 몰리모 소리가 아닐지도 몰라요. 다음
날에는 전혀 다른 소리가 났는데, 그것도 몰리모 소리라고 하더
군요. 그다음 날에는 또 다른 소리……"

남자가 부러 휘이휘이 소리를 냈다.

"그래서 주저앉지 않고 자꾸 떠나는지도 모르죠."

소리 때문에 여행을 떠난다니. 너는 그저 흔한 막대기처럼 생
긴 몰리모를 쳐다보았다. 막대기는 아직 속이 많이 차 있었다.

"……듣고 싶지 않나요?"

그렇게 속이 찬 막대 나무에서 어떻게 소리를 낼 수 있느냐고
물었다.

"마음을 전할 수 있는 거라면 무엇이든 몰리모가 될 수 있지
요."

너는 남자가 꼭 소리를 내기 위해서 속을 파는 것이 아니라는 생각이 들었다. 남자는 몰리모를 부는 시늉을 내며 그래도 세상의 누군가는 몰리모 소리를 듣는 사람이 있지 않겠냐고 했다. 그때 정모가 터키 상인 좌판 앞에서 씩씩거리며 너를 불렀다.

밤이 되면서 야시장은 젊은이들로 넘쳐났다. 기타를 치며 노래를 부르는 사람, 상자에 모래를 뿌리며 그림을 그리는 사람, 그들 사이에서 피에로 분장을 하고 거리 공연을 하는 사람들도 있었다. 인도 가게에서 향이 피어올랐고 남자가 펴놓은 파라솔에는 빨강 캔버스화가 바람에 흔들거렸다.

자정이 지나고 있었다.

"여인숙이라도 갈래?"

정모에게 말했다. 집으로 돌아가 아빠에게 잔소리를 듣는 것보다 그러는 편이 나았다. 정모는 여인숙에서 이가 옮았다고 화를 냈다. 여인숙 같은 데는 지긋지긋하다며 길바닥에 침을 내갈겼다.

여인숙 불빛은 남자의 수레에 걸린 전등 불빛보다 흐렸다. 정모가 가랑이를 벌렸다. 너는 가랑이 사이에 얼굴을 밀어 넣었다. 털을 한 가닥 한 가닥 헤쳐나가며 서캐를 찾았다. 너의 손에 서캐가 뽑혀 나올 때마다 정모가 따갑다고 소리를 질렀다.

"여배우와 배드신이라도 찍게 되면 무슨 쪽이냐."

정모가 가랑이를 더 벌리며 투정을 부렸다. 이제 시작한 배우 인생 종칠 수도 있다는 것이다. 너는 가랑이 사이에 얼굴을 더 깊숙이 밀어 넣었다.

'당신에게 인격적으로 실망했어요. 떠나겠어요.'

너는 어릴 적 들은 어느 여배우의 대사를 떠올렸다. '미친년.' 드라마를 보고 있던 아빠는 여배우의 말에 이유 없이 화를 냈다. 너는 인격이 얼마만큼 모자라야 사람이 실망하는지 몰랐다. 그게 얼마만 한 거냐고 물었을 때 아빠는 대뜸 배가 불러서 하는 말이라고 했다. 엄마는 여배우가 남편에게 뺨을 맞는 장면에서 자리를 비켰다.

'당신에게 인격적으로 실망했어요. 떠나겠어요. 미친년.'

지금도 여배우와 아빠가 했던 말을 떠올리면 마치 한몸처럼 붙어 있어 도저히 떨어질 것 같아 보이지 않았다.

새벽에 버스를 타고 집에 도착했을 때 아빠는 현관 앞에서 너를 기다리고 있었다.

"또 그 자식 만난 거냐!"

아빠는 신발을 벗기도 전에 너를 다그쳤다. 너는 야시장이 서면서 늦게까지 손님이 몰려와 올 수 없었다고 둘러댔다. 택시비가 없었다는 말에 아빠는 잠시 화를 누그러뜨렸다.

"사장한테 따져야겠다."

그래도 화가 나는지 아빠는 늦게까지 부려먹고 택시비도 주지 않는다고 다시 잔소리를 늘어놓았다. 너는 서둘러 방으로 들어가며 다음달에 월급을 올려주기로 했다고 거짓말을 하고 말았다. 아빠가 미심쩍은 얼굴로 너를 노려보았다.

"……"

"월급을 받아보면 알겠지!"

아빠가 벼르듯 한마디 하고 방으로 들어갔다. 너는 아빠가 방
문을 다시 열고 잔소리를 늘어놓기 전에 이불을 뒤집어썼다.

아빠가 가계부를 반 권쯤 써갈 때 엄마가 집에 돌아오지 않았
다. 얼마 뒤 아빠는 작은 손가방을 겨드랑이에 끼고 수금 사원처
럼 집을 나섰다. 엄마를 알고 있는 사람들에게 전화를 걸어 산중
턱에 있다는 오리백숙집을 찾아낸 것이다. 끝장을 낼 것처럼 집
을 나갔던 아빠는 결국 혼자 집으로 돌아왔다. 그런 사람은 일한
적 없다고 잡아떼더라는 것이다. 아빠는 그 뒤로 몇 번 더 백숙
집을 찾아가 난동을 부렸다. 하지만 엄마를 찾을 수 없었다. 애
초 말대로 엄마는 그곳에서 일하지 않았던 것이다. 아빠는 속고
산 세월이 억울하다고 소주를 들이켜며 울었다. 자신이 유일하
게 관리하던 사원이 빠져나간 허탈감 때문인지 월급봉투 때문인
지, 밤새 술을 마시고 또 마셨다. 얼마 뒤 아빠는 엄마가 해오던
일을 고스란히 너에게 떠넘겼다.

"밥 볶아드릴까요?"

남자는 불닭을 다 먹어가고 있었다.

"자주 먹으러 왔었는데, 왜 그쪽을 못 봤죠?"

남자가 볶음밥을 주문하며 말했다. 너도 남자가 불닭을 먹는
것은 처음 보았다. 질끈 묶은 머리와 짝이 다른 신발, 멀리서도

한눈에 알아볼 수 있는 사람이었다. 너는 대답 대신 공깃밥과 김 가루를 들고 왔다.

"아, 이 냄새였군요."

남자가 새삼 코를 킁킁거렸다.

"⋯⋯아바네로 냄새예요."

너는 불판 위에 밥을 붓고 김 가루를 뿌렸다.

"아바네로라면 멕시코 고추 말인가요?"

"네, 아바네로에서는 향기로운 감귤 냄새가 나요."

남자가 처음 듣는 것처럼 너의 말에 귀를 기울였다.

"아바네로 고추를 통째로 먹어본 적이 있어요."

너는 처음 가게에 출근했을 때를 떠올렸다. 화분에 심어놓은 아바네로를 멋모르고 따먹은 적이 있었다. 밥 먹을 때 다들 하나씩 따먹는다고 해서 별 의심 없이 따먹었던 것이다.

"이런, 입에서 불이 났겠는걸요."

남자가 너를 보고 웃었다.

"주황색 어린 피망인 줄 알았거든요."

너도 남자를 보고 웃었다.

"매운 향은 사람을 깨어나게 하는 것 같아요."

남자가 말했다.

"아바네로가 그렇게 느껴지나요? 저는 맵기만 했었는데⋯⋯"

너는 몰리모 소리 때문에 여행을 떠난다는 남자의 말을 떠올렸다. 이번에는 매운 향 때문에 길을 떠난다는 말처럼 들렸다.

"그거 알아요? 아프리카 피그미 부족들은 이방인을 받아들일 때 걷는 모습을 본대요."

너는 언제나 그거 알아요, 로 시작하는 남자의 말에 귀를 기울였다. 세상에 걷는 모습만으로도 사람을 받아들이는 부족이 있다니, 너는 남자의 물잔에 조용히 물을 따랐다.

"돌진하는 버펄로를 피하거나 잠든 표범 곁을 지나갈 때도 그 능력에 따라 목숨이 왔다 갔다 한다니 그럴 만하죠?"

남자가 알맞게 눌어붙은 볶음밥을 떠먹으며 말을 이었다.

"숲에 몸을 맡기지 않으면 불가능한 일이기도 해요. 발바닥으로 숲의 숨소리를 들으며 오로지 자연에 몸을 맡기는 거죠. 인간은 태초에 발바닥으로 교감하는 방법을 익혔을 거라는 생각이 들지 않아요?"

너는 남자의 이야기를 들으며 발바닥 밑으로 귀가 자라는 모습을 상상했다.

"화요일인데, 그 친구는 안 와요?"

"……"

너는 들고 있던 주걱을 내려놓았다. 며칠째 정모는 전화도 받지 않고 있었다. 너의 표정을 살피던 남자가 숟가락을 놓으며 물었다.

"언제 몰리모 소리 한번 들어볼래요?"

"그 이상한 피리 말인가요?"

"네, 그 이상한 피리 말이에요. 혹시 떠나는 것을 주저하게 될

까 봐 늘 갖고 다니죠."

"……"

"김 양!"

너와 남자를 내내 쳐다보고 있던 사장이 소리를 질렀다. 남자는 겨울 여행 일정을 짜기 위해 잠깐 야시장을 비운다며 자리에서 일어났다.

"또 봐요."

남자가 손을 들어 보이고는 광장 쪽으로 사라졌다.

너는 사장을 따라 주차장으로 갔다. 차에 실린 아바네로 포대를 내릴 때였다. 정모가 가게 쪽으로 걸어오고 있었다. 여인숙에서 헤어지고 일주일 만이었다. 고춧가루에 양파까지 섞여 있어 눈이 매웠다. 그래서 잘못 보았나 싶었다. 정모였다. 가을바람이 선선한데도 정모는 야시장에서 산 야자나무 셔츠를 입고 있었다. 건들건들 걸어오는 모습이 한눈에 보아도 정말 깡패처럼 보였다. 너는 아바네로 포대를 내려놓고 정모에게로 갔다. 양파를 어깨에 지고 가던 사장이 마뜩잖은 얼굴로 정모를 쳐다보았다. 너는 웬일이냐고 물었다.

"……그냥."

정모는 주머니에 손을 찔러 넣고 바닥에 헛발질만 하고 있었다. 풀린 단추 사이로 도금 목걸이가 달랑거렸다. 실컷 차려입고 촬영장에 갔는데 조연출이 깡패 역을 빼버렸다며 일러주듯 투덜댔다.

"그래서 말인데……"

조연출한테 술이라도 한잔 사야겠다고 했다. 너는 풀이 죽은 정모를 쳐다보다가 아무 말 없이 가게 안으로 들어갔다. 가불 좀 해달라는 너에게 사장은 마지못해 돈을 내주며 주차장 쪽을 넘겨다보았다. 정모 뒤로 멀찍이 한 남자가 걸어오고 있었다. 날렵한 걸음걸이였다. 너는 돈봉투를 들고 정모에게로 갔다. 봉투를 본 정모의 얼굴에 다시 생기가 돌았다. 처음 연기 학원비를 건네주던 때처럼 정모가 환하게 웃으며 봉투를 낚아챘다.

"이런 개새끼가!"

순간 누군가 너와 정모 사이로 뛰어들었다. 왜 진작 아빠의 모습을 알아보지 못했는지, 주차장 쪽에서 빠르게 걸어오고 있던 사람은 아빠였다. 사장한테 따져야겠다는 아빠의 말은 빈말이 아니었다. 물어물어 산중턱 오리백숙집을 찾아갔듯 아빠는 내가 일하는 곳을 찾아낸 것이다.

"하! 내 이럴 줄 알았지!"

아빠 목소리에 바싹 독이 올라 있었다. 정모가 재빨리 봉투를 주머니에 넣으려 하자 아빠가 필사적으로 팔을 뻗었다.

"아씨! 왜 이러는데요?"

정모가 봉투를 움켜쥐고 소리를 질렀다. 아빠가 정모의 멱살을 거세게 잡아채자 정모는 봉투를 뺏기지 않으려고 안간힘을 썼다. 그래도 아빠가 손을 놓지 않자 권투 선수처럼 주먹을 휘둘렀다. 아빠가 나가떨어졌다. 정모는 마치 드라마의 한 장면을 찍는 것처럼 전력 질주해 주차장을 빠져나갔다. 그날 너는 정모가 권투 선수였다는 것을 말하지 않은 죄로 아빠에게 뺨을 맞았다.

너는 메타세쿼이아 아래에서 걸음을 멈추었다. '나는 당신에게 인격적으로 실망했어요. 떠나겠어요.' 메타세쿼이아 아래에 서면 이상하게 어릴 적 들은 여배우의 대사가 떠올랐다. 그 일이 있고 나서 정모는 전화도 받지 않았다. 너는 남자의 수레를 멀찍이 바라보았다. 자리를 비웠는지 남자의 모습이 보이지 않았다. 그때 거짓말처럼 정모가 버스에서 내렸다. 염색한 머리는 부드럽게 흘러내렸고 깃을 세운 셔츠 밑에 반바지를 단정하게 입고 있었다. 너는 반들거리는 정모의 구두를 보며 모든 것이 다 해결되어 이제 새로운 배역을 맡은 것이라고 생각했다. 정모가 주머니에 양손을 찔러 넣고 너에게 다가왔다.

"정모야."

너는 정모의 이름을 불렀다. 정모의 입꼬리가 야릇하게 올라가더니 다짜고짜 너의 뺨을 내갈겼다. 너는 뺨을 잡고 비틀거리며 뒤로 물러섰다.

"빌어먹을, 더러워서 찍었다. 더러워서!"

어떻게 알았는지 아빠가 촬영장까지 찾아왔다고 했다. 지금까지 너에게 받아간 돈을 어림잡아 계산해서 장부를 내밀더라는 것이다.

"일수라도 찍으라고 깡패처럼 날뛰는 바람에 더러워서 찍었다. 내가 더러워서!"

정모는 악덕 사채업자보다 더 지독하다며 침을 뱉었다.

"너 같은 계집애랑 놀아준 것도 어딘데 그깟 돈 얼마나 된다고!"

분이 풀리지 않는지 정모가 악을 써댔다.

"치사하게 일러바쳐서 장부까지 들이밀게 해?"

너는 머릿속이 하얘졌다. 아니라고 했지만 정모는 너의 말을 듣지 않았다. 이제 끝이라고 했다. 정말 끝이라고 했다. 한 여자가 향수 냄새를 풍기며 웃고 지나갔다.

"에이 씨 쪽팔리게."

정모가 거칠게 침을 뱉었다. 침이 날아와 너의 얼굴에 붙었다. 너는 얼굴에 붙은 침을 손으로 훔쳐냈다. 권투 선수들은 마우스피스를 끼기 전, 링 바닥에 침을 잘 내갈겼다. 너는 정모가 길바닥에 침을 뱉는다는 것이 잘못돼 너의 얼굴에 붙은 것이라고 생각했다. 정모가 너의 얼굴을 다시 주먹으로 휘갈긴 것은 그 순간이었다. 너는 비틀거리며 바닥에 주저앉았다. 일어날 틈도 없이 정모가 옆구리를 구둣발로 걷어찼다. 너와 정모를 번갈아 쳐다보던 사람들이 느린 걸음으로 다가왔다. 사람들이 반원을 그리며 너를 내려다보았다.

야시장에는 밤늦도록 데이트를 즐기는 젊은 연인이 많아 종종 이런 일이 벌어지곤 했다. 술을 먹고 비틀대다 토하거나 서로 부둥켜안고 키스를 하거나 소리를 지르며 싸움을 하는 그런 일들 말이다. 사람들이 무심히 너를 내려다보는 것도 ㄱ 때문일 거였다.

너는 그렇게 아픈 것도 아닌데 일어설 수가 없었다. 정모의 반질반질한 구두코만 쳐다보았다. 콧날이 날카롭게 서 있어 구두조차도 화가 난 것처럼 보였다. 그때 바닥에 비가 한두 방울 떨어졌다. 너는 고개를 들었다. 맑은 하늘에 천둥소리가 요란하게 울리더니 순식간에 비가 쏟아져 내렸다. 사람들이 비를 피해 주변 상가 건물로 뛰어들었다. 정모가 허둥대며 하늘을 노려보았다. 그도 잠시, 정수리에 손을 얹었지만 정모의 머리는 비에 젖어 달라붙었고 반질거리는 구두는 물에 젖어갔다. 촬영이라 기껏 광을 냈더니 재수 없다며 정모가 망아지처럼 뛰기 시작했다. 빗줄기가 거세질수록 정모의 걸음도 빨라졌다. 정모는 필사적으로 달려 메타세쿼이아 아래에서 사라졌다.

단지 비가 왔을 뿐인데 갑자기 거리가 텅 비었다. 세상에 오직 너 혼자만이 비를 맞고 있는 것 같았다. 거리는 숲속처럼 고요했고 빗소리만 울릴 뿐이었다. 너는 고요한 거리에 귀를 기울였다. 정령의 소리처럼 빗소리가 들려왔다. 너는 옆구리를 잡고 일어섰다.

"여우비네."

누군가 건물에서 나오며 하늘을 올려다보았다. 거짓말처럼 비가 그쳤고 거짓말처럼 거리에 사람들이 다시 모여들었다.

야시장에 하나둘 불이 켜지기 시작했다. 언제 왔는지 남자는 오늘도 수레 위에 깃발처럼 꽂힌 전구에 불을 켠다. 너는 옆구리를 잡고 남자의 수레 쪽으로 걸어갔다. 신발에 빗물이 고여 걸을 때마다 질퍽거렸다. 너는 남자의 수레 앞에서 걸음을 멈추었다.

"이런……"

남자가 놀란 표정으로 너를 쳐다보았다.

"온 세상 비를 다 맞고 왔네요."

비가 그쳤는데도 얼굴에 빗물이 계속 흘러내렸다. 너는 흐르는 빗물을 손으로 자꾸 훔쳐냈다. 멋모르고 아바네로를 먹었을 때처럼 목이 따갑고 눈물이 났다. 남자가 수레 안에서 수건을 꺼내 내밀었다. 수건을 받아들었지만 너는 얼굴을 닦을 수가 없었다. 너는 파라솔 끝에 매달린 빨강 캔버스화 앞으로 다가갔다.

"신발 살 수 있나요?"

"그럼요."

남자가 파라솔 끝에서 신발을 풀어 바닥에 내려놓았다.

"신발을 벗고 발을 넣어봐요."

너는 수건으로 발의 물기를 닦아내고 캔버스화에 발을 밀어넣었다. 남자가 손가락으로 신발 코를 찔러보았다.

"어, 딱 맞아요."

남자가 수레를 뒤적여 청색 스니커즈 한 짝을 찾아 너에게 내밀었다. 네가 다른 한쪽에 발을 밀어 넣자 남자가 운동화 끈을 매주었다.

"자, 걸어봐요."

남자가 말했다. 너는 천천히 수레 앞을 걸어보았다.

"잘 걷는군요. 우리 부족으로 받아들여도 좋겠는걸요."

지나가는 사람들이 너와 남자를 번갈아 쳐다보았다.

"그쪽이 첫 손님인 거 알아요?"

그러면서 마지막 손님이기도 하다며 남자가 야시장을 바라보았다. 이제 휴식도 끝났다고 했다. 다시 여행을 떠난다는 것이다.

"몰리모 소리 한번 들어볼래요?"

남자가 수레 안에서 나무 막대를 꺼냈다. 나무 막대는 아직도 속이 많이 차 있었다. 남자가 겉면이 거친 몰리모 끝에 입술을 댔다. 너는 남자 앞에 앉아 귀를 기울였다. 남자가 손가락으로 구멍을 짚는 시늉을 하며 바람을 불어 넣었다. 소리가 나지 않자 몰리모를 이리저리 살피다 다시 한 번 힘껏 바람을 불어 넣었다.

'들리나요?'

남자가 눈으로 물었다.

'네, 잘 들려요. 벚꽃 잎도 날리는 걸요.'

너는 가을 하늘을 올려다보았다.

배회의

기술

나는 무플론을 데리고 집을 나왔다. 아내는 녀석을 처분하기 전까지 집에 들어올 생각은 하지도 말라고 했다. 목장에 다시 데려다주든지 아니면 중탕집으로라도 끌고 가라는 것이다. 야생동물이라 뿔이 실해 좋아할 거라며 비아냥거리기까지 했다. 도대체 무플론과 내가 잘못한 것이 뭐란 말인지. 거실에 똥 좀 쌌기로서니, 녀석의 똥이라야 염소 똥과 마찬가지로 정로환보다 좀 크고 청심환보다 좀 작지 않던가. 하긴 내가 녀석의 목줄을 풀어준 게 문제긴 했다. 야밤에 주방 앞에서 아내가 녀석과 마주친 것이다. 아니 녀석의 견고한 뿔과 마주쳤다고 해야 맞을 것이다. 거기다가 똥까지 밟았으니 할 말이 없긴 하다. 그래도 중탕까지 운운할 정도로 야박한 사람은 아닌데 밤늦도록 '당근 보고서' 쓰기가 힘든 모양이라고 애써 마음을 돌렸다. 나는 놀이터에 쭈그리고 앉아 녀석의 입에 당근을 넣어주었다. 녀석은 천진한 얼굴로 당근을 잘도 받아먹었다. 그나마 집을 나오면서 아내가 썰어 놓은 당근 한줌을 쥐고 나온 게 다행이었다.

아내와 나는 식품 회사 입사 동기이다. 지난해, 회사 옥상에 거대한 텃밭이 생겼다. 회장은 놀기 삼아 쉬엄쉬엄 자율적으로 가꿔보라고 했다. 신선한 야채를 취급하는 회사이니만큼 친환경적으로 가꿔보라는 것이다. 텃밭 경작은 단계별로 오이나 고추, 가지 같은 식물에서 무나 당근 같은 한뿌리 식물로 옮겨갔다. 한뿌리 식물의 경작은 산지에 멘토를 정해 그곳에서 이루어졌다. 태생적으로 무언가 길러내는 일이 미숙한 나에 비해 아내는 그 단계를 잘 넘기고 있었다.

무플론과 나는 놀이터를 지나 슈퍼마켓 쪽으로 걸음을 옮겼다. 맥주나 한 캔 사 마시며 주변을 배회하다 슬그머니 집으로 들어갈 생각이었다. 그때 무플론이 슈퍼마켓 근처 전봇대 앞에서 걸음을 멈추었다. 뒷다리를 들고 오줌을 누고 있는 치와와를 발견한 것이다. 아무런 경계심 없이 무플론이 그쪽으로 다가갔다. 치와와가 한쪽 다리를 든 채 잠시 이쪽을 쳐다보았다. 야심한 시간, 전봇대에 영역 표시까지 한 치와와가 불쑥 용기가 치솟는 모양이었다. 얄팍한 몸을 땅에 바싹 붙이고 좁은 어깨를 잔뜩 세운 다음 마구 짖어대는 거였다. 무플론이 당황한 것 같았다. 밤하늘에 녀석의 울음소리가 처량하게 울려 퍼졌다. 아내의 온갖 핍박에도 불구하고 꿋꿋하게 잘도 버티더니 뿔은 폼으로 달고 있느냐고 한마디 하고 말았다. 이내 녀석이 목소리로 세를 다

져온 종이 아니라는 생각이 들었다. 생에 있어 모반은 고사하고 그저 초원을 옮겨다니며 풀이나 뜯고 뿔이나 키웠을 녀석이었다. 나는 무플론 대신 두 눈에 힘을 주고 으르렁거리는 치와와를 노려보았다. 치와와가 내 눈치를 보다가 서서히 꼬리를 내렸다.

그때 어둠 속에서 한 여자가 리드줄을 들고 달려왔다. 가만히 보니 아래층에 사는 생물 선생이었다. 나와 무플론을 발견한 여자가 갑자기 멈추어 섰다. 그러더니 범죄 현장이라도 목격한 듯 관리실에 연락하겠다고 휴대폰을 들었다. 자정이 다 되어가는 시간에 관리실 직원이 근무를 설 리 만무했다. 더군다나 슈퍼를 기점으로 이곳은 입주민들이 도보로 다니는 경계 지점, 즉 관리실 직원들이 순찰을 도는 마지막 지점이었다. 전화를 받지 않는지 여자가 다른 연락처를 찾아 빠르게 액정을 쓸어 올리다가 풀이 죽었다.

며칠 전 이른 아침에 관리실에서 인터폰이 왔다. 무플론이 밤사이 입주민 공동 텃밭을 쑥대밭으로 만들었다는 것이다. 관리실 옆에 줄을 매어놓았는데 어떻게 풀었는지 이해가 되지 않았다. 대충 옷을 걸치고 내려가보니 녀석은 주민들에게 둘러싸여 있었다. 텃밭을 망친 범인이 양인지 염소인지 의견이 분분히 오가는 중이었다. 누군가의 입에서 양일지도 모르니 정자 옆에 터를 내주자는 말이 나왔다. 양이라면 털이 수북하게 있어야 하지 않느냐고 다시 누군가 물었다. 그때 뒤에서 자신 없는 목소리가 흘러나왔다.

"……무플론이에요."

돌아보니 아래층 여자였다. 여자는 뭐에 홀리기라도 한 듯 치와와를 품에 안은 채 동물도감을 들고 있었다. 그런데 웬일인지 무플론을 외면하다시피 곁눈질로 쳐다보는 거였다. 입주민들이 웅성거리자 여자는 동물도감을 펼쳐 보였다. 사람들은 양도 염소도 아닌, 왜소한 동물이 종의 꼭짓점에 올라 있는 것을 탐탁잖게 보고 있었다. 그들은 무플론이 양의 기원이라는 것보다 야생동물이라는 데 더 동요하는 것 같았다. 사람들 시선이 모두 나에게로 쏠렸다.

"이렇게 위험한 짐승을 밖으로 내돌리면 어떡하자는 거요?"

한 사람의 목소리가 날카롭게 들려왔다. 그러든 말든 무플론은 뜯어먹은 콩 줄기만 태연하게 되새김질하고 있었다. 그들은 다시는 무플론이 주민들 눈에 띄지 않게 하라며 나에게 최종 구형을 내렸다. 나는 주머니를 털어 소박하게 변상을 하고 죄송하다며 머리를 조아렸다. 어쩔 수 없이 녀석을 끌고 집으로 올라가려는데 귀띔하듯 경비원이 목소리를 낮추었다. 노모가 죽은 뒤 생물 선생이 혼이 빠진 것처럼 나다니더라는 것이다. 이른 아침, 무플론을 제일 먼저 발견한 사람도 그 여자라고 했다.

생물 선생은 자정이 다 되어가는 시간에 자신이 또다시 무플론과 맞닥트린 것이 당황스러운 것 같았다. 뿔을 바라보는 여자의 얼굴이 혼란스러워 보였다.

"평생…… 엄마가 키워온 화분인데……"

여자가 갑자기 자리에 주저앉았다. 치와와도 슬그머니 땅바닥에 코를 박았다.

"화분에서…… 지렁이가 나온다고요. 지렁이가."

아기처럼 여자가 울먹이기 시작했다. 무플론에 이어 지렁이까지. 나는 녀석의 뿔만 난감하게 매만졌다.

"어떻게, 집에 있는 무플론, 아니 지렁이를…… 치워드릴까요?"

진심으로 한 말이었다.

"지렁이는 왜 달팽이처럼 집을 만들어내지 못한 걸까요."

말끝에 여자가 울음을 터트렸다. 나는 담배라도 한 대 피워 물고 싶었다. 난감해하는 것은 치와와도 마찬가지인 것 같았다. 킁킁거리며 여자 쪽으로 가다가 휑하니 다른 전봇대 쪽으로 달려나가는 것이었다. 인정머리 없는 놈. 무플론이 뚜벅뚜벅 여자 쪽으로 다가갔다. 여자가 비명을 지르며 일어섰다. 그러고는 지렁이가 있는 한 집에 돌아가지 않을 것처럼 치와와를 따라 어둠 속으로 사라졌다.

주머니에 당근도 몇 개 남아 있지 않았다. 나는 슈퍼에서 맥주한 캔을 사 파라솔 아래 의자에 앉았다. 단숨에 맥주를 들이켜고 나니 긴장이 풀렸다. 그러자 불쑥 오기가 솟는 거였다. 도대체 무플론과 내가 잘못한 게 뭐란 말인지. 사람들이 놀라든 말든 나는 무플론을 앞세웠다. 단지의 경계를 벗어나 엉뚱하게도 회사로 향했다. 회사까지는 차를 타고 출근할 때와는 달리 아홉 정류

장쯤을 걸어야 했고 인도가 없는 다리를 건너야 했다. 창립기념일에 맞춰 심어놓은 회화나무를 지나 삼엄한 경비를 뚫어야 했고 야근하는 팀과 마주치지 않기 위해 계단을 올라가야 했다. 우여곡절 끝에 옥상 문을 열었을 때는 자정이 훨씬 지나 있었다.

옥상은 하나의 거대한 밭이라 해도 과언이 아니었다. 담당 사원의 이름표가 꽂힌 이랑마다 자줏빛 가지가 실하게 자라고 있었다. 그 이랑 중에 아내의 이랑은 없다. 이미 최고의 경작물로 뽑혀 멘토를 정해 산지로 옮겨간 것이다. 어쩌다보니 아내의 빈 이랑이 내 차지가 되었다. 나는 무플론을 정자 옆에 매었다. 그리고 풀이 우거진 내 이랑을 바라보았다. 가지 줄기와 풀이 한데 뒤섞여 작은 숲을 이루고 있었다. 모종을 심은 이래 솎아주기를 하지 않아서였다. 풀을 뽑아주지 않아 온갖 벌레가 잎사귀를 갉아먹고 있었다. 얼마 전 조회 시간에 회장이 내 이랑을 보며 얼굴을 찡그렸다.

"뭐든 주인을 닮아간다더니."

가지가 다 나를 닮았다는 것이다. 그러면서도 회장은 평소와 달리 도대체 자네가 잘하는 게 뭔가, 같은 질책은 하지 않았다. 다른 사원들 앞에서 관심 사원 대하듯 그저 어깨를 툭툭 두들겨줄 뿐이었다. 그 뒤부터 이상하게 다른 동료들이 담배를 피우곤 꽁초를 내 이랑에 던졌다. 심지어 여직원이 없을 때는 내 이름표 위로 경쟁하듯 오줌을 내갈기기도 했다. 내 이랑에 잡풀이 우거지면 우거질수록 다른 동료들의 이랑은 더 실한 열매를 맺고 있었다. 사실 나도 가지를 솎아내려고 이랑을 기웃거렸었다. 처음에는 어느 것을 솎아내야 될지 판단이 서지 않았다. 다시 이랑에 섰을 때 이미 자라난 잎들에게 마음이 갔다. 섞여 있어 나쁠 게 없다는 생각이 들었던 것이다.

나는 정자 옆에 무플론의 줄을 매었다. 그리고 마지막 당근을 녀석에게 내밀었다. 여전히 녀석은 당근을 잘도 받아먹었다. 바람이 시원하게 불어왔다. 나는 팔을 베고 정자에 누웠다. 무플론도 바닥에 배를 깔았다. 하늘을 보니 달이 차 있었다. 그 빛에 무플론의 뿔도 제법 근사하게 보였다.

말단 공무원이었던 아버지는 뿔 수집이 낙이었다. 골방 벽면에는 동물의 뿔이 잔뜩 걸려 있었는데 그중에는 뿔을 살리기 위해 머리와 함께 박제한 것도 있었다. 좋은 뿔을 만들기 위해 동공이 살아 있는 상태, 즉 숨을 거두기 직전에 그 일을 해야 한다고 아버지가 설명한 적 있었다. 하지만 아버지가 수집한 것들은 어설픈 박제 솜씨 탓에 눈을 온통 검은색으로 칠해놓았거나, 유리구슬처럼 생긴 의안을 박아놓은 것이 대부분이었다. 그 때문인지 어린 나이임에도 불구하고 골방의 것들이 곧 사라질 것처럼 느껴졌다. 가짜 눈알이 내가 가지고 놀던 싸구려 유리구슬과 별반 다르지 않아서였다. 일찍이 나는 무언가 따서 모으는 데 재주가 없었다. 구슬치기도 마찬가지였다. 종일 쳐도 구슬 몇 개 챙기는 게 다였다. 그나마도 주머니에 구멍이 난 탓에 집으로 돌아왔을 때는 구슬이 모두 사라지고 없었다. 그래서 나에게 유리구슬은 잃어버리는 것 혹은 사라지는 것으로서의 의미가 더 컸다. 싸구려 의안이 주는 부조화 탓에 죽은 것도 아니고 살아 있는 것도 아닌 것처럼 보이는 뿔 사이에 유일하게 제 모습을 갖춘 초식동물 사진이 한 장 붙어 있었다. 아버지는 그 뿔을 구하러 집을 나간 뒤 돌아오지 않았다.

바람이 시원해 나도 모르게 잠이 들었던 것 같았다. 눈을 뜬 것은 모기 때문이었다. 자면서 긁었는지 얼굴 한쪽이 부어올랐다. 얼굴뿐만이 아니었다. 손등을 긁으며 몸을 일으키려다가 나는 잠시 주춤했다. 가운데 이랑쯤에서 한 직원이 담배를 태우고 있었던 것이다. 셔츠 소매 깃을 걷어 올린 것을 보니 야근을 하다 올라온 것 같았다. 한여름에도 정장 차림으로 출근하는 직원 몇 명이 떠올랐다. 나는 모른 척 있을 생각이었다. 서로 마주쳐 보았자 딱히 할 말도 없을 뿐만 아니라 무플론을 본다면 '찌질'하게 염소까지 끌고 다닌다고 소문을 낼 게 뻔했다. 나는 가려운 손등에 침을 발라가며 몸을 더 낮추었다. 담배를 다 피웠는지 직원이 꽁초를 내 이랑으로 휙 던지고는 가래를 끌어모아 캭 뱉었다. 바지 지퍼를 내리는가 싶더니 오줌까지 누는 거였다. 빌어먹을 자식, 나도 모르게 몸을 일으키려는데 그자가 입에 마스크까지 하고는 무언가를 들고 이랑 하나를 찾아 들어갔다. 나는 숨을 죽이고 그쪽을 지켜보았다. 주변을 잠시 살피던 직원이 허리를 굽히고 가지를 향해 무언가를 뿌리기 시작했다. 약품 냄새 비슷한 것이 코끝으로 날아왔다. 그게 무엇인지 얼추 짐작이 갔다.

직원은 가지 줄기에 그것을 충분히 살포한 다음 유유히 자리를 떴다. 한두 번 뿌린 솜씨는 아닌 것 같았다. 유기농법이라고 떠들더니, 다들 보고서 제출을 앞두고 똥줄이 타는 모양이었다.

나는 정자에 다시 누웠다. 텃밭이 처음 생겼을 때만 해도 사원들이 옥상을 드나들며 자율적으로 이랑을 가꾸었다. 그때까지는 이랑 상태에 별 차이가 나지 않았다. 군데군데 풀도 자랐고 말라 죽는 잎도 생겼다. 회장이 텃밭을 다녀가고 이랑마다 이름표가 꽂힌 뒤부터는 경쟁하듯 쉬는 시간을 쪼개가며 풀을 뽑거나 이랑을 고르기 바빴다. 아침 조회 장소도 옥상으로 옮겼고 정자도 조회 단상이 되어버렸다. 쉬엄쉬엄 놀아가며 텃밭을 돌보라고 만든 정자였지만 그곳에서 쉬는 직원은 없었다. 어쩌다 보니 이제 경작 보고서까지 써야 하는 별난 업무까지 거치게 되었다. 보고서도 보고서이지만 경작물에 대한 품평회가 더 신경이 쓰일 거였다. 그러든 말든, 나는 팔을 베고 하늘을 올려다보았다. 달빛을 받으며 구름이 뭉게뭉게 피어오르고 있었다.

내가 작정하고 목장에 간 것은 아니었다. 아내를 따라 당근밭에 가서 멘토를 만나고 나오는 길이었다. 집으로 가는 대신 드넓게 펼쳐진 초원을 보고 나도 모르게 차 방향을 꺾었다. 뭐라도 명분이 있어야 움직이는 아내는 초원을 막막하게 쳐다보았다. 그때 한 무리의 양 떼가 지나갔고 아내는 치즈라도 만들고 가야겠다고 마음을 돌렸다. 나는 그렇게까지 할 생각은 아니었다. 그저 끝없이 펼쳐진 초원 위를 망아지처럼 한번 뛰어보고 싶었다. 단지 그뿐이었다. 치즈 만들기 체험 무리에 끼어 있는 아내를 뒤로하고 초원 위를 달려나갈 때였다. 옷을 하나씩 벗은 게 화근이었나, 야호라고 소리를 지른 게 화근이었나. 야유인지 환호성인지 체험 무리 쪽에서 소리가 터져 나왔다. 그 속에 섞여 있을 아내의 표정이 훤히 그려졌다.

나는 완만하게 휘어진 초원 위를 힘껏 달려나갔다. 달리고 또 달리다 보니 산등성을 넘어버렸다. 그곳엔 또 다른 초원이 펼쳐져 있었다. 지금껏 아무도 발을 디디지 않은, 태초의 모습 그대로를 간직한 초원처럼 보였다. 어디선가 바람이 불어왔고 몸에 차가운 기운이 드는가 싶더니 이내 안개가 일었다. 근처에 강이 있는 것도 아니었다. 맑은 날씨에 안개라니. 그런데 이상하게도 안개가 초원 쪽으로만 모여드는 거였다. 아내가 보았더라면 당장 네이버 검색창을 열었을 것이다. 그때 한차례 바람이 더 불어왔다. 나는 초원이 안개에 휩싸이는 것을 보고 있다가 나도 모르게 속옷을 벗어던졌다. 그러고는 그 속으로 뛰어 들어갔다. 망아지처럼 알몸으로 초원을 뛰어다니다가 나는 흐릿하게 보이는 한 물체를 발견하고 걸음을 멈추었다.

녀석은 초원 위에 홀로 서 있었다. 왜소한 몸으로 거대한 뿔을 이고 조금의 미동도 없이 태초부터 그 자리에 있었던 것처럼 의연하게 서 있었다. 기척을 낸 것도 아닌데 녀석이 뚜벅뚜벅 내쪽으로 걸어오기 시작했다. 몸에 소름이 돋으며 가슴 한쪽이 심하게 울렁거렸다. 왠지 낯이 익었다.

"무플론이라네."

등뒤에서 한 남자의 목소리가 들려왔다. 뒤를 돌아보니 챙 넓은 모자에 부츠까지 신은, 나름대로 멋을 낸 남자가 서 있었다. 나이를 정확히 가늠하기 어려웠지만 육십은 훨씬 넘어 보였다.

"할 일 없이 산등성이를 넘어온 사람은 젊은이가 처음이네. 불알까지 덜렁거리며 말일세."

내 행색을 훑어보며 남자가 호탕하게 웃었다. 안개 때문에 한기가 들어서인지 형편없이 쭈그러든 그곳을 손으로 가렸다.

"아니 그럴 필요 없네."

남자는 목욕탕에 온 것처럼 자연스럽게 자신도 옷을 벗었다. 벗은 몸을 보니 옷의 무게가 더 나갈 만큼 말라 있었다. 나는 근육이 빠져나간 남자의 사타구니를 흘깃 보았다. 가랑이 사이에 센털을 보니 왠지 모를 연민이 일었다. 그때 남자가 초원 위에 벌렁 누웠다. 그러자 무플론도 남자 옆에 슬며시 눕는 거였다. 나도 그들 옆에 누웠다.

"우리는 지금 버뮤다 해역에 누워 있는 거라네."

허공을 보며 남자는 나침반이 흔들리고 시계가 흐린 곳이라고 말했다. 주변의 것들을 모두 삼켜버릴 것처럼 안개가 짙게 깔리고 있었다. 남자의 말이 그럴듯하게 들렸던 것은 꼭 안개 때문만은 아니었다. 나는 허공을 보다가 쓸쓸하게 눈을 감았다.

어머니는 아버지가 꿈에 흉흉하게 나타나지 않는 것을 보면 객사하지는 않았을 거라고 했다. 그 주변머리에 딴살림을 차렸을 리도 만무하고. 어머니가 숱하게 점쟁이를 찾아다닌 끝에 내린 결론이었다. 골방의 뿔을 내다 팔기 시작한 것도 그즈음이었다. 어느 상공에 우주선이 나타났다는 소문이 돌았다. 그때 어머니와 나는 뿔을 판 돈으로 중국집에서 탕수육을 먹고 나오는 길이었다. 어머니는 막연하게 하늘을 쳐다보며 아버지가 돌아오지 않는 이유가 어쩌면 그 때문일지 모른다고 말했다. 나도 하늘을 바라보았다. 대적하지 못할 커다란 힘에 의해 아버지가 달려 올라갔다고 생각하니 왠지 모를 죄책감이 덜어지는 거였다. 어머니는 아버지를 행방불명 상태로 내버려두었다가 자궁암으로 세상을 떠날 때에야 서류 정리를 했다.

"곧 안개가 걷힐 걸세."

남자가 말했다. 그의 말과는 달리 안개가 걷힐 기미는 보이지 않았다. 남자는 뒤늦게 자신을 양치기의 후예라고 소개했다.

"무플론이 한량처럼 한가로이 자연이나 구경하자고 이곳에 있는 것이 아닐세."

남자는 무플론이 양들에게 치여 잠시 피신 중이라고 말했다. 아랫동네로 못 내려가고 있다는 것이다. 일면 양이 순할 것이라는 순박한 믿음이 있었기에 그럴 리가 있겠느냐고 물었다.

"양들이 한두 번 덤비다 보면 무플론의 뿔이 별거 아니라는 것을 곧 알아채지, 뿔이 크면 클수록 별 볼 일 없는 놈이라는 것을 말일세."

전국 방방곡곡 다니며 산전수전 다 겪었는데, 사람과 달리 무플론의 처세가 늘지 않더라고 했다.

"어르신도 바람 따라 유람깨나 하셨나 봅니다."

집에 온 듯 태연하게 누워 있는 남자와 무플론을 보다가 나도 모르게 비꼬듯 말이 튀어나왔다.

"아, 유랑이라……"

남자는 편안하게 잔기침을 몇 번 하고 모로 몸을 돌렸다. 유람이나 유랑이나 떠돌아다니는 것은 마찬가지일 테지만 남자는 유람을 유랑으로 알아들은 모양이었다.

"대개 사람들은 저 밑자락에서 양에게 먹이를 주거나 젖을 짜거나 치즈를 만들 뿐이지. 명분을 만들고 왔으니 충실히 작정한 일을 하고 가는 거라네. 적어도 오늘 하루는 그들에게 아무런 일도 벌어지지 않을 걸세."

하다못해 등산이라도, 목적 없이 이곳까지 올 수 있는 사람이 몇이나 되겠냐고 남자가 물었다. 그만그만한 업무나 전전하는 나는, 그저 푸른 초원이 있기에 올랐을 뿐이었다. 그리고 어쩌다 무플론을 만난 것이다. 사실 녀석을 처음 보았을 때 내 전 재산을 털어먹고 잠적한 사기꾼을 만난 심정이었다. 뿔을 다 판 뒤 어머니와 나는 방을 정리하면서 벽에 붙은 녀석의 사진을 마지막으로 떼어냈다. 한 집안의 가장을 홀려 생사조차 알 수 없게 만든 범인의 사진을 오래도록 붙여놓긴 했다, 뭐 이런 심정이었을 것이다. 뭔가 할 만큼 했다는 생각에서인지 어머니는 사진을 내게 던져주며 홀가분하게 손을 털었다. 사실 나는 그 이후로 한참 동안 녀석의 사진을 지니고 있었다. 한 존재를 사라지게 만든 것에 대한 분노와 더불어 이상한 동경심이 함께 일었던 것이다.

나는 한기가 들어 몸을 일으켰다. 남자도 몸을 일으키자 무플론도 따라 몸을 일으켰다.

"다른 건 아쉬운 게 없는데 말일세……"

남자가 멋쩍은 듯 등을 돌렸다.

"시원하게 좀 긁어주게."

나는 남자의 등을 조심스럽게 긁었다.

"좀더 시원하게 긁어보게."

손톱을 세워 남자의 마른 등을 박박 긁었다. 남자의 등에 붉은 손톱자국이 생기며 마른 비듬이 일었다.

"옳지, 그렇게 말일세."

남자는 손아귀 힘을 보니 어디 가서 굶어 죽지는 않겠다고 말했다.

"그런데 어디서 뵌 적이……"

등을 긁다가 내가 물었다.

"나이가 들면 사람들 얼굴이 다 비슷비슷해 보이는 법이네."

남자는 얼굴을 수북하게 덮은 털을 털털거리며 호탕하게 웃었다.

"살면서 마음 안에 잃어버린 사람이 많았나 보군."

나와 무플론과 남자는 아무 말 없이 초원 아래를 내려다보았다. 그의 말대로 안개가 서서히 걷혀가고 있었다.

"나는 모든 걸 버리고서야 무플론과 친해졌지."

자리를 털고 일어나며 남자는 자유롭게 초원 위를 떠돌다가 객사하는 게 꿈이라고 했다. 이상하게 그 말이 황당하게 들리지 않았다. 남자는 목욕이라도 마친 듯 마른 몸을 손으로 몇 번 문지르고 주섬주섬 옷을 챙겨 입었다. 나도 몸을 털어내고 멀찍이 널려 있는 옷가지를 주워서 입었다.

"어딜 가든, 불알까지 보여준 인간을 기억할 걸세. 잘 사귀어 보게."

남자가 무플론을 내게 내주었다.

"잘 가게, 젊은이."

남자가 손을 흔들었다.

"어르신도 유랑 잘하시고요."

나도 손을 흔들었다. 녀석은 아무렇지도 않게 풀을 씹으며 나를 따라나섰다. 무플론과 함께 초원을 내려오다가 나도 모르게 자꾸만 뒤를 돌아보았다.

새벽이 다가오고 있었다. 아내는 '당근 보고서'를 작성하느라 밤을 새우고 있을지도 몰랐다. 모기 때문에 다시 잠을 이루기는 그른 것 같아 나는 무플론의 줄을 풀어주고 풀과 가지가 뒤섞인 내 이랑 앞을 거닐었다. 녀석도 한가로이 이 이랑 저 이랑을 큼큼거리며 돌아다니더니 결국 내 이랑으로 들어가버렸다. 볼품은 없어도 내 이랑의 가지도 나름대로 알이 차가고 있었다. 신선한 야채 유통이 생명인 회사에서 옥상 텃밭은 매출 증가에 영향을 끼치고 있었다. 보고서 제출과 함께 수확한 작물은 직원의 이름을 달고 매장에 진열되는데 제법 홍보 효과가 좋았다. 지난달에는 회장이 밀짚모자를 쓰고 직원들과 함께 정자 앞에서 인터뷰하는 장면이 경제 잡지에 크게 실렸다. 드론을 띄워 찍은 텃밭 사진도 함께 실렸다. 전 사원이 유기농 경작법을 몸소 실천하는 윤리적 기업으로 소개된 것이다.

"아무래도 자네는 한량의 자손인가 보네."

어느새 회장이 뒤에 와 있었다. 이 시간에 텃밭에는 웬일이냐는 얼굴이었다. 텃밭을 돌보기 위해 다른 사원들처럼 이른 새벽에 출근했을 리는 만무하다는 표정이었다. 나도 뜻밖이긴 마찬가지였다. 회장은 간단한 운동복 차림에 벙거지를 쓰고 있었다. 한 손에는 플래시까지 들고 있었는데 잠도 오지 않고 해서 운동 삼아 겸사겸사 나왔다고 했다. 회장은 이 이랑 저 이랑 다니며 상태를 꼼꼼하게 살피다가 가지를 몇 개 따서 벙거지에 담았다. 밭을 둘러본 회장이 내 이랑 앞으로 왔다.

"자네 집사람, 안 대리 말이네, 새벽에 당근 보고서를 보내왔더군."

회장은 자네 같은 사람이 어떻게 안 대리 같은 사람을 만났는지 모르겠다며 기어이 한마디 내뱉었다.

"여전히 자네 이랑이 눈에 띄는군."

회장이 비아냥거리며 말했다. 지난달 경제 잡지에 실린 옥상 텃밭 사진을 두고 하는 말이었다.

"어쩌지도 못하게 떡하니 가운데 버티고 서서는."

지금도 생각하니 은근히 부아가 치미는 모양이었다. 풀이 무성해서 다른 이랑으로 가야 할 시선이 내 이랑으로 쏠리는 바람에 곤혹을 치렀다는 것이다. 회장은 촬영 당시, 취지에 맞지 않아 기자가 난감해했다고 꼬집었다.

"기자가 고수레 이랑을 아느냐고 묻더군."

회장이 감정을 가다듬었다. 아내와 당근밭에 갔을 때 멘토인 밭 주인으로부터 고수레 이랑에 대해서 들은 적이 있었다. 멧돼지 같은 유해 동물이 다른 밭을 망치는 것을 막기 위해 그만그만한 이랑 하나를 방치한다는 거였다. 일종의 희생 이랑인 셈이었다. 하지만 밭 주인은, 고수레 이랑을 너무 가까이 두면 애첩의 치마폭을 엿보는 것처럼 자꾸 일손을 놓게 된다고 귀띔했다. 자신도 언젠가 고수레 이랑 때문에 당근 수확량이 확 준 적이 있다고 고백 아닌 고백을 했다.

"어쨌든 자네 이랑이…… 고수레 이랑이, 되었네."

마지못해 통보하는 말투였다.

"이런 곳에 유해 동물이 있겠습니까?"

어리석은 질문이라는 생각이 들긴 했다.

"어디 멧돼지만 유해 동물이겠나!"

회장이 버럭 화를 내며 내 얼굴을 빤히 쳐다보았다.

"뭐라고 말할 바는 아니네만, 어쨌든 자율적으로…… 가꿔보라고 한 거고."

회장은 복잡한 표정으로 내 이랑을 건너다보았다. 그때 이랑 속에서 무플론이 고개를 치켜들었다. 달이 너무 밝았기에, 무플론의 뿔이 더할 나위 없이 아름답게 드러났다. 뜻밖에도 회장은 놀라지 않고 천천히 플래시로 그곳을 비추었다.

"……무플론이군."

회장이 조용히 한마디 했다. 그러다 새삼 가지밭으로 고개를 뺐다.

"좀 전에 내가 잘못 본 건 아니겠지?"

회장이 고요한 이랑을 보며 물었다. 혹시 헛것을 봤나 싶은 모양이었다. 풀 더미 사이로 뿔이 움직이자 그제야 플래시를 내렸다.

"저걸 어디서 구했나?"

마치 오래된 산삼의 출처를 묻는 것 같았다.

"버뮤다…… 삼각 지대에서…… 만났습니다."

나도 모르게 튀어나온 말이었다. 회장이 침묵과 함께 플래시를 내렸다.

"허…… 버뮤다 삼각 지대라…… 왠지 어렸을 때 먹어본 싸구려 과자 생각이 나는구먼."

이 시간에 관심 사원의 황당한 이야기를 듣고 있는 것이 짜증스러운 모양이었다. 불쑥 가지 보고서는 잘돼가느냐고 물었다.

"하긴 버뮤다 삼각 지대에서 무플론을 구해 온다고 보고서 쓸 시간이 없었겠구먼."

회장은 이죽거리며 플래시로 내 이랑을 한번 휘저었다.

"그래, 저걸 어쩔 셈인가?"

회장이 다그치듯 물었다.

"집으로 데리고 가봤자 안 대리가 반길 리도 없을 테고, 자네가 말하는 버뮤다 삼각 지대로 다시 끌고 가겠나?"

"차차 생각해보려고요."

나는 소신껏 대답했다. 회장은 벙거지 안의 가지를 할 일 없이 뒤적이며 뭔가를 생각하는 눈치였다.

"그냥 두게."

웬일인지 무플론을 정자 옆에 매어놓아도 좋다고 하는 것이었다. 출근 시간이 다가오는 새벽에 선심 쓰듯 퇴근하라고 말하며 회장이 옥상을 내려갔다. 나는 퇴근할 생각이 전혀 없었다.

'정말 이럴 거야.'

'양치기 아저씨라고 하더니, 목장에 그런 사람이 없다던데 어떻게 된 거야!'

아내에게서 문자가 연달아 왔다. 무플론을 처분하기 위해 목장에 전화까지 한 모양이었다. 남자에 대해 다시 생각해도 벌거벗은 몸을 본 것 이외에 달리 설명할 길이 없기는 했다.

아침 햇살은 반짝였고 이랑의 작물들은 각각 자기 색을 뽐내고 있었다. 내 이랑에 들어가 포식을 한 무플론은 한 시간째 되새김질을 하고 있었다. 제일 먼저 옥상 문을 연 사람은 비서실 직원이었다. 회장한테서 전해 들었는지 무플론을 보고도 놀라지 않는 눈치였다. 직원이 정자 앞에 단상을 올리고 마이크를 꽂는 동안 나는 화장실에 들러 세수를 했다. 다시 옥상으로 와보니 무플론을 둘러싸고 직원들이 웅성거리고 있었다. 그중에 아내도 끼어 있었다. 그들 사이에서도 녀석이 양인지 염소인지 의견이 엇갈리고 있었다. 이도 저도 아니라는 생각이 드는지 누구 하나 무플론에게 다가가는 사람이 없었다. 아내는 슬쩍 고개를 돌리고 딴 곳을 보고 있었고 몇몇 직원이 눈인사를 보내고 내 가지밭을 슬쩍 비켜 갔다. 다른 직원들도 마찬가지였다. 조회 전에 삼삼오오 모여 담배를 태우거나 자판기 커피를 마시며 풀이 우거진 내 이랑 보는 걸 즐기던 사람들이었다.

"좋은 아침입니다."

나는 그들에게 먼저 인사를 건넸다. 그들은 나와 눈이 마주치자 마지못해 웃어 보였다. 어디선가 잡지 이야기가 흘러나오면서 고수레 이랑이라는 말도 들려왔다. 그들과 섞여 있던 신입사원 한 명이 천진한 얼굴로 나를 보고 웃었다. 아내가 내 쪽으로 다가오더니 모기가 문 자국을 한심하게 쳐다보다가 그러고 다니니까 좋으냐고 물었다. 그리고 문자는 왜 씹느냐고 따졌다. 내가 얼버무리는 사이, 고수레 이랑으로 기사회생한 것을 축하한다고 쏘아붙이고 조회 대열로 들어갔다.

회장이 유쾌한 얼굴로 옥상 문을 열었다. 직원들이 일사불란하게 줄을 맞추었다. 나는 늘 그래왔듯 대열 맨 뒤에 자리를 잡았다. 비서실 직원이 국민체조 음악을 틀려고 할 때였다. 회장이 이를 잠시 제지하고 정자 쪽으로 걸어가더니 직원들이 지켜보는 가운데 무플론의 줄을 풀어주는 것이었다. 무플론이 되새김질을 하며 보무도 당당하게 조회 대열 쪽으로 걸어오기 시작했다. 대열 중간쯤 오더니 녀석이 갑자기 걸음을 멈추었다. 그리고 정로환보다 좀더 크고 청심환보다 좀더 작은 환 덩어리 예닐곱 개를 엉덩이 사이로 밀어내는 것이었다. 일찍이 녀석의 똥을 밟아본 아내가 멀찍이 떨어졌다. 나머지 직원들이 분비물을 피해 움직이자 조회 대열이 흐트러졌다. 녀석은 사람들이 지켜보는 가운데 태연하게 볼일을 마치고 뚜벅뚜벅 걸어서 내 옆으로 와 섰다. 나는 내심 가슴이 뭉클해졌다. 무플론이 어딜 가든, 불알까지 보여준 자네를 기억할 걸세. 남자의 말이 떠오르며 목에서 뜨거운 것이 올라왔다.

국민체조 음악이 흘러나왔다. 회장이 힘차게 팔을 흔들었다. '당근 보고서'를 제출해서인지 아내도 하늘 높이 팔을 뻗었다. 나는 녀석의 분비물을 치우기 위해 조회 대열 한가운데로 갔다. 분비물을 손으로 주워 내 이랑으로 던졌고 무플론은 음악 소리에 아랑곳하지 않고 메에에 소리를 내며 이랑 사이를 돌아다녔다. 회장은 이 산만한 풍경을 애써 외면하고 국민체조를 마쳤다. 단상에 오른 회장은 전 사원이 참여하는 텃밭 프로젝트 진척 상황을 사보는 물론 메이저급 경제 잡지에 연이어 싣게 되었다고 힘주어 말했다. 비서실 직원이 박수치는 시늉을 하자 사원들이 크게 박수를 쳤다. 조회 끝 무렵, 회장은 재미 삼아 몇 개 따보았는데 가지가 실하다고 말하며 비공식적인 가지 품평회를 마쳤다.

점심을 먹은 뒤 나는 자판기 커피를 뽑아 옥상으로 올라갔다. 텃밭에서는 다음달 잡지에 실을 사진 촬영이 한창이었다. 무플론이 도시 텃밭에서 평화롭게 노니는 장면을 찍는다고 했다. 내 이랑을 보니 회장의 말대로 그만그만한 가지와 잡풀뿐이었다. 그 안에서 무플론이 한가롭게 풀을 뜯고 있었다. 사진을 다 찍어갈 때쯤이었다. 기자가 무플론을 다른 이랑으로 몰아달라고 했다. 나는 무플론을 데리고 다른 이랑으로 갔다. 녀석은 이랑 언저리에서 코를 박으며 돌아다닐 뿐 선뜻 이랑 속으로 들어가지 않았다. 녀석을 다른 가지밭에 겨우 불러들여 촬영을 끝냈다. 찍은 사진을 돌려보던 기자가 고개를 갸우뚱거렸다. 무플론이 내 이랑이 아닌 다른 이랑에 있으면 왠지 침입자처럼 느껴진다는 거였다. 기자는 취지에 맞지 않는다며 다른 이랑의 사진을 지워나갔다.

퇴근 무렵 나는 '가지 보고서'를 제출했다. 회장의 말대로 주인을 닮아가는 가지에 대해 쓰려면 나에 대한 성찰도 있어야 하고, 그러려면 마음을 줘버린 풀에 대해서도 써야 하고, 무플론이 내 이랑을 좋아하는 이유도 적어야 하고, 피치 못하게 버뮤다 이야기도 좀 써야 했다. 고충을 안고 완성한 보고서는 좀 길었다. 당직실에 들러 모포를 챙겨 옥상으로 퇴근을 하는데 아내가 따라 올라왔다.

"정말 이럴 거야?"

아내가 풀밭을 어슬렁거리는 무플론을 흘깃거리며 말했다. 무플론의 잠자리도 해결되었는데 왜 퇴근을 하지 않느냐는 거였다. 나는 정자에서 더 자보고 결정하겠다고 했다. 아내는 당장 집으로 들어오지 않으면 생물 선생처럼 영원히 밖으로 나돌게 만들어주겠다고 엄포를 놓았다. 나는 생물 선생이 아직 집으로 돌아가지 않았느냐고 물었다. 그때 조회 시간에 웃어주었던 신입사원이 옥상 문을 열고 머뭇머뭇 다가왔다. 손에 모포를 든 채였다. 정자에 모포를 내려놓으며 같이 자도 되느냐고 물었다. 아내는 모포를 한심하게 쳐다보다가 마지못해 옥상을 내려갔다.

"……모기장이라도 사 올까요?"

신입사원이 모기에 물린 자국을 보며 물었다. 하루 더 자면서 결정할 요량이었다. 신입사원은 야생동물인 무플론이 어떻게 대리님을 알아보냐며 신기한 듯 물었다. 나는 자신의 불알을 보여주면 된다고 이야기했다. 영문도 모르면서 신입사원이 비죽 웃었다. 그날 밤, 웬일인지 아무도 옥상에 올라오지 않았다.

---

* 이 소설의 제목은 김무경, 『자연회귀의 사회학, 미셸마페졸리』(살림, 2007, 245쪽)의 부제에서 인용함.

보리수

여인숙

춤추러 가지 않을래. 등에 멘 배낭끈을 잡고 있는 녀석의 눈빛이 반짝였다. 나는 보리수 여인숙 입간판 앞에서 녀석의 하얀 스니커즈 운동화를 빤히 내려다보았다. 이렇게 운동화 콧등에 때도 한 점 없는 어설픈 녀석이 따라붙으면 슬쩍 구미가 당겨온다. 녀석이 찍, 침이라도 내갈기며 날라리 티를 냈더라면 내가 어딜 봐서 너랑 춤출 것 같아 보이니, 라고 쏘아대며 앙큼을 떨어댈 생각이었다. 열에 아홉은 뻔한 내숭인 줄 알아채고 더 끈질기게 따라붙을 것이다. 녀석은 좀 달랐다. 신발도 구겨 신지 않았고, 무엇보다 짧게 깎은 머리가 마음에 걸렸다. 저런 소심 치들은 한쪽에서 조금만 튕겨도 이내 포기하고 만다. 따분하긴 하지만 모범생 스타일이랑 한번쯤 노는 것도 그다지 나쁘지는 않다. 잘하면 크리스마스이브에 패밀리 레스토랑에서 스테이크를 썰 수도 있으니 말이다.

오늘도 메가박스에서 볼드모트와 눈이 마주치지 않았더라면 지갑을 서너 개는 더 챙길 수 있었다. 영화표를 끊으려는 어느 날라리 언니 가방에 손을 찔러 넣을 때였다. 나도 모르게 간이 무대를 흘깃거렸는데 그자가 고개를 돌리고 내 쪽을 보고 있는 거였다. 짓궂은 초딩 녀석들이 날달걀을 던져도 꼼짝하지 않던 자였다. 나는 순간적으로 손을 빼고 여자 친구의 허리를 감고 있는 얼빠진 녀석의 어깨에 손을 얹었다. 오빠, 나야, 나 모르겠어? 죽었다 깨어나도 알 턱이 없을 나를 보고 녀석이 뒤통수를 긁어대며 기억을 더듬었다. 어머, 죄송해요. 아는 오빠 줄 알고. 나는 가뿐히 뒤돌아서 볼드모트 시야를 벗어났다. 어쩌면 볼드모트가 내 정수리 너머 어디쯤을 멍하니 보고 있었는지도 몰랐다. 빌어먹을, 먹잇감을 발견해낸 눈빛치곤 맥이 없긴 했다. 지레 겁을 먹고 쇼까지 하다니. 매표소 앞에 간이 무대가 설치되고 볼드모트가 그 자리에 서 있고 난 뒤부터 은근히 신경이 쓰였다. 하필 간이 무대 위치를 매표소 앞으로 정했는지 영화관 매니저 놈의 멱살을 잡고 따져 묻고 싶었다. 소녀 가장, 아니 독거소녀의 생계를 이따위로 방해해도 되느냐고, 말이다. 오늘처럼 볼드모트가 고개를 돌리기라도 한다면 이 바닥에서 재미 보기는 글렀다. 나는 일찌감치 손을 털고 영화관을 빠져나왔다.

나랑 춤추러 가지 않을래. 녀석이 고개를 내리며 소심하게 중얼거렸다. 녀석은 내가 좌판에서 모자를 고를 때부터 쭉 지켜보았다고 했다. 영화관을 나와 딱히 무언가를 살 생각은 아니었다.

그래도 크리스마스이브인데, 하며 메가박스 앞을 빈둥거리다 좌판에서 모자를 뒤적이고 있던 터였다. 녀석이 그 순간부터 지켜보고 있었다니.

"그깟 춤이나 추자고 여기까지 따라왔단 말이야?"

나는 어이없다는 듯 톡 쏘아붙였다. 녀석은 운동화 콧등을 바닥에 콕콕 찧다가 머리를 긁적였다. 그때 보리수 여인숙 입간판에 희미하게 불이 들어왔다. 주인 여자가 불을 켰을 것이다. 목발을 짚고 이쪽을 지켜보고 있을지도 모른다는 생각이 들자 짜증이 일었다.

"그래 좋아."

나는 신경질적으로 보리수 여인숙을 등지며 녀석에게 말했다. 녀석이 머리를 긁적이며 앞서 걸었다. 나는 도무지 춤이라고는 출 것 같아 보이지 않는 녀석의 뒤를 따라 골목을 빠져나왔다. 지금이 어느 때인데 촌스럽게 스포츠머리란 말인지, 재수 없게도 앞서 걷는 녀석의 목덜미가 너무 희었다. 더군다나 옷을 보니 이름도 모를 싸구려만 걸치고 있었다. 짝퉁이라도 유명 상표 옷을 입었더라면 내 심사가 복잡하지는 않았을 것이다. 하긴 정교하게 만든 짝퉁을 걸치고 다니는 놈팡이들은 언젠가는 진짜 명품을 손에 넣고 싶어 한다. 몇 년 전 내 등골을 빼먹다 제 발로 나가떨어진 그놈이 그랬다. 나는 자꾸만 눈에 밟히는 녀석의 목덜미를 따라 지하 어느 후진 클럽으로 들어갔다.

내가 활동하는 무대는 메가박스다. 그렇다고 네, 고객님을 외

치며 팝콘을 튀기고 음료수나 따르는 단순 알바생은 아니다. 그
보다 좀더 주의를 요하고, 좀더 치밀하고, 좀더 숙련된 기술을
요하는 일을 한다. 쉽게 말해 영화관을 찾는 관객들에게서 삥을
좀 뜯는 정도라고 이해하면 된다. 나는 그 일을 피차 얼굴 붉히
지 않는 선에서 깔끔하게 마무리한다. 이런 은밀함 때문에 간혹
삥 뜯는 것과 소매치기 사이의 경계가 불분명하기는 하다. 나 같
은 생계형 삥 뜯기 소녀에게 굳이 소매치기라는 죄목을 붙인다
면 뭐 어쩔 수 없는 일이지만 말이다. 사회가 정의로 가득 찬 골
때리는 곳이었다면 나는 지금쯤 소년원에서 피 터지게 자리싸움
이나 하며 지내고 있어야 했다.

클럽으로 들어간 녀석은 예상대로 춤에는 전혀 관심이 없었
다. 하는 짓이 놀아본 지 오래이거나 아예 놀아본 적이 없는 것
처럼 보였다. 녀석이 테이블 모서리에 붙어 있는 주문용 손전등
을 바라보며, 왜 아무것도 물어보지 않느냐고 했다. 꼬치꼬치 캐
물을 만큼 너한테 관심 없어. 나는 그렇게 말하면서도 녀석의 시
선이 가는 곳을 놓치지 않았다. 나는 비스듬히 다리를 꼬고 앉아
병째 맥주를 홀짝였다. 녀석이 맥주를 잔에 붓고 연신 들이켰다.
그러든 말든 나는 스테이지로 나가 맥주를 마신 만큼 몸을 흔들
었다. 클럽으로 들어간 뒤 녀석과 몸 한 번 비비지 않고 그곳을
나온 것은 순전히 술 탓이었다.

지상으로 올라온 녀석은 맞은편 주유소 2층에 있는 렌터카 회
사에 전화를 걸었다. 밤새도록 달려도 지치지 않는 성능 좋은 차

를 보내달라고 했다. 렌터카 회사에서 어디로 차를 보내면 되느냐고 물은 듯 녀석은 3번 공중전화 부스 앞으로 보내달라고 했다. 미친놈, 옆에서 듣고 있자니 거칠게 수화기를 놓는 소리가 들려왔다. 아무튼 녀석은 그때 그 순간 나를 어찌해보려고 꼼수를 쓰는 것 같지는 않아 보였다. 육교 밑에서 그래 잘 가, 라고 인사를 나누고 헤어지기에는 뭔가 아쉬웠다. 술김에 녀석에게 휴대폰 번호를 알려주었다. 그때 녀석도 마땅히 갈 곳이 없다고 했다. 녀석이 내 꽁무니를 따라오다가 보리수 여인숙 입간판 앞에서 비틀거리며 걸음을 멈추었다. 간판 글자를 한 자씩 또박또박 따라 읽다가 피식 웃으며 그럼 여기 우물도 있겠네, 라고 혀 꼬인 소리를 해댔다. 나는 시답잖은 녀석의 말에 대꾸라도 하듯 입간판을 발로 툭 차버렸다. 어쩌다 보니 녀석을 달고 파라다이스 호텔도 아니고 하다못해 낙원 여관도 아닌 케케묵은 보리수 여인숙으로 들어와버리고 말았다.

얼핏, 문밖에서 휠체어 끄는 소리가 들려왔다. 주인 여자였다. 여자는 좁은 복도에서 조심스럽게 휠체어 방향을 바꾸며 늙은 여우같이 다가들어 내 방을 엿볼 것이다. 여자는 내가 태어나기 이전부터 재봉틀을 힘차게 밟던 산업역군이었다고 했다. 보리수 여인숙보다 더 늙은 주인 할머니가 죽자 하나뿐인 딸이 주인이 되었고 주인이 된 여자는 재래시장에서 이불 천을 끊어 오는 길에 교통사고를 당했다고 했다. 그녀가 안고 있던 싸구려 테토론 천이 바람에 풀려 마치 상여 휘장처럼 휘날렸고, 그날 여자는 왼쪽

다리를 잃었다고 했다. 자식이 있나 남편이 있나, 잘만 보살피면 보리수 여인숙은 네 것이 될 수도 있을 거다. 양부모가 나를 보리수 여인숙에 밀어 넣으며 마지막으로 한 말이다. 혹덩이를 떼어내듯 그 말만을 남기고 왜 황급히 떠나버렸는지 짐작 못하는 바는 아니다. 귀찮아진 고아 계집애를 팔아버리는 것으로 말끔히 혹을 떼버린 것이다. 하지만 그런 이유 따위야 아무래도 상관없었다. 나는 단지 잠을 잘 곳과 먹을 것이 필요했을 뿐이었다.

휴대폰을 열어보니 새벽 2시를 넘기고 있었다. 녀석이 옆에서 자고 있었다. 녀석이 몸을 뒤척이다가 바닥에 배를 깔고 엎드리자 이내 숨소리가 규칙적으로 나기 시작했다. 나는 누군가의 지갑을 빼내기 전 숨 먼저 고른다. 그런 다음 지갑을 빼낼 때까지 상대의 가족이나 친구로 보이기 위해 잠깐이지만 그들의 딸이나 여동생처럼 자연스럽게 따라붙는다. 언젠가 일을 끝내고도 지하철까지 따라가 그들 곁에 앉기도 했다. 잠시지만 누군가의 딸이나 여동생이 되는 기분도 그다지 나쁘지는 않다. 지금도 그런 기분이랄까. 이상하게도 녀석의 곁에서는 호흡을 조절하지 않아도 숨이 골랐다. 나는 습관처럼 어두운 방 안을 천천히 둘러보았다.

벽에 촘촘하게 걸린 모자와 벽걸이 선풍기, 앉은뱅이 경대와 17인치 텔레비전, 알루미늄 주전자가 흐릿하게 눈에 들어왔다. 낡아빠진 물건들이 눈에 익어서인지 젠장, 마음이 편해졌다. 하지만 이곳에 뭐 이렇게 낡아빠진 것만 있는 것도 아니다. 역시 계집아이 방이군, 할 정도의 소품들도 끼어 있다. 내가 가슴팍에 품고 있는 쿠션과 앉은뱅이 경대 앞의 곰 인형은 처음 빵을 뜯던 날 사들인 물건이다. 녀석 머리맡의 간이 옷장도 큰맘 먹고 사들였다. 나는 쿠션을 품에 안고 녀석 옆에 누웠다. 다리가 온전히 붙어 있던 한때 여자가 밤새 재봉틀을 돌려 만들었다는 이불의 귀퉁이를 가슴께까지 끌어올렸다. 담배 구멍이 숭숭 뚫리고 아메바가 꿈지럭대는 이불을 덮고 눈을 감으면 이상하게도 모든 것이 깜깜해지면서 아무런 생각 없이 잠들 수 있었다.

휠체어 끄는 소리가 잠시 멈추었다. 여자는 첫날 나를 들이며 휠체어 바퀴에 양손을 걸치고 앉아, 계집애 눈빛이 그렇게 독살스러워서 어디에 써먹겠니, 라고 중얼거렸다. 그 말은 네 양부모가 너를 넘긴 이유가 있구나, 로 들렸다. 초등학교 오학년 '자라나는 새싹'의 눈이 독살스럽다고 대놓고 말하는 여자는, 오히려 그 점이 마음에 든다는 표정으로 고양이 한 마리를 고르듯 나를 이리저리 훑어보았다. 솔기가 나가 얼기설기 꿰맨 남색 추리닝의 태극 마크에 서선을 꽂으며 옷이 그것뿐이냐고 물었다. 나는 방 한가운데 놓인 앉은뱅이 재봉틀을 보며 고개를 끄덕였다. 재봉틀 바늘에는 아메바 무늬가 빽빽한 붉은색 테토론 천이 물려 있었다. 나는 뒤엉켜 있는 아메바의 수를 세며 여자가 그만 입을 다물어주기를 기다리고 있었다. 여자의 목소리는 앉은뱅이 재봉틀이 힘없이 돌아가는 소리같이 덜컹거리고 낮았지만 내가 어떻게 살아남아야 할지를 충분히 감 잡게 해주는 목소리였다.

삐이그으더억. 문밖에서 여자가 조심스럽게 휠체어를 틀며 방향을 바꾸고 있다. 몇 번의 반복음이 들려야 여자가 내 방문 앞을 완전히 벗어나는지 나는 잘 알고 있다. 탐색을 끝내는 마지막 바퀴 소리다 싶자 어김없이 복도 끝으로 굴러간 휠체어는 되돌아오지 않았다. 녀석은 속이 불편한지 몸을 자꾸 뒤척였다. 깎아 올린 뒷덜미를 바라보며 어렴풋이 나이를 가늠해보았다. 나는 머리를 짧게 자르지 않는다. 내 머리 모양이 간이 무대 위에서 내려다보는 볼드모트의 눈에 익게 된다면 이 일도 끝이다. 그래서 모자도 자주 바꿔 쓰고 머리 모양도 자주 바꾼다. 옷을 더 껴입어 체형을 바꿔보기도 하지만 언젠가 시간이 지나면 볼드모트 눈을 속이는 것 자체가 불가능하겠다는 생각도 든다.

특수 분장을 전공했다는 영화관 매니저는 한때 부진했던 관람객 동원 실적을 만회해보려는 듯 홍보용 캐릭터 분장을 궁리해냈다. 요즘 애들에게 순정만화 캐릭터 따위보다는 볼드모트가 보다 강력하게 시선을 잡아끌 것으로 생각한 것 같았다. 매표소 앞에 사람의 키를 훨씬 넘긴 간이 무대가 세워지고 그 위에 망토를 걸친 볼드모트가 철퇴를 들고 서 있게 되었다. 볼드모트는 「해리포터」 시리즈에서 불쑥불쑥 나타나 아이들을 괴롭히는 악당이다. 우습게도 그깟 혈통 때문에 악마의 영혼을 선택한 볼드모트는 대머리 가발을 쓴 것과 뭉개진 코 이외에는 원작과는 별반 상관없이 푸르죽죽한 낯빛에 선명한 흉터 자국, 푸른 입술로 한껏 괴기스러움을 발하고 있었다. 마법의 지팡이 대신 철퇴를 들고 있는 볼드모트를 보면 매니저다운 선택이라는 생각이 들었다. 물론 매니저의 의중이나 방침 등을 시시콜콜하게 전해주는 부하를 심어둔 것은 아니다. 몇 달간 메가박스 돌아가는 것을 지켜본 바 그렇다는 얘기다.

아침에 녀석을 흔들어 깨워 세면장의 위치와 12시가 넘으면 추가 요금이 붙는다는 것을 말해주었다. 물론 하루 숙박비 정도는 뜯어냈다. 녀석이 나를 어찌해보겠다면야 녀석이 가지고 있는 돈을 모두 뽑아내도 모자랄 판이었다. 하지만 아침까지 잠바조차 벗지 않는 저런 소심 치에게 나를 덮칠 기미는 없어 보였다. 여자와 마주치기라도 한다면 귀찮게 발목이 잡혀 오늘 오전 작업은 망칠 것이다. 녀석이 언제 방을 나가든 내가 알 바 아니었다. 알아서 나가. 내 얘기를 말없이 듣고 있던 녀석이 어깨를 오므리며 머리를 내리깔았다. 어느 자세를 취하든 녀석의 목덜미가 자꾸만 눈에 밟혔다. 녀석을 따라 클럽에 들어설 때도, 엎드려 잘 때도, 재수 없게 앉아 있을 때도 그랬다. 여인숙 마당을 지나오다 문득 내 뒷덜미가 궁금해졌다. 녀석을 방에 남겨두고 프런트 앞을 조용히 빠져나왔다.

모자를 깊게 눌러쓰고 나는 건설로라는 주소가 따라붙는 골목을 천천히 걸어 나왔다. 보리수 여인숙이나 골목을 끼고 다닥다닥 붙어 있는 낡은 건물은 모두 '건설로'라는 주소가 따라붙는다. 건설로, 건설이 필요한 거리라고 이해하면 된다. 도심 한가운데 이런 집들이 있다니, 메가박스 맞은편에서 내린 사람들이 가끔 신기한 듯 흘깃거리고 지나가지만 누구 하나 걸음을 멈추지는 않는다. 아무리 그렇다 하더라도 골목을 빠져나올 때까지 크리스마스트리 하나 없다는 것은 하느님께 죄를 짓는 일이라고 생각한다. 골목만 빠져나가면 거리에 온통 크리스마스 장식과 캐럴뿐인데도 말이다. 제때 장식하고 제때 노래를 불러줘서 맞은편 쪽 사람들은 화려하게 축복을 받는 것일까. 골목을 벗어나자 건물 전체에 붉은 리본을 매단 메가박스 건물이 커다랗게 눈에 들어왔다.

나는 매표소 앞에서 볼드모트가 없는 간이 무대를 여유 있게 올려다보았다. 오늘 같은 날에는 매니저가 한 시간이나 여유를 부리며 특수 분장을 해댈 시간이 없다고 했다. 물론 이런 정보는 입이 빠른 알바생 곁을 조금만 얼씬거려도 얻어들을 수 있는 정보들이다. 매표소 전광판에서 번호 넘어가는 소리가 쉴 새 없이 들려왔고 팝콘 기계에서는 팝콘이 함박눈처럼 터져 내렸다. 초딩들이 닌텐도를 주머니에 아무렇게나 박아 넣고 추로스를 들고 설탕 가루를 날리며 돌아다녔다. 나는 매표소가 한눈에 들어오는 의자에 앉아서 미련해 보이는 계집아이 하나를 놓치지 않고 지켜보고 있었다. 그리고 천천히 호흡을 가다듬었다.

나는 계집애 옆에 슬쩍 따라붙었다. 닌텐도는 반값에만 넘겨도 주머니가 빵빵해진다. 계집애의 분홍색 닌텐도는 날밤을 새워도 끝나지 않을 정도로 게임이 깔려 있을 것이다. 불법 알포까지 깔린 것은 몇만 원은 더 받아 챙길 수 있다. 재빠르게 분홍색 닌텐도를 가방에 챙겨 넣고 뒤돌아서는데 휴대폰 진동음이 느껴졌다. 계집애가 돌아보는 통에 하마터면 십년감수할 뻔했다. 녀석에게 전화번호를 알려준 게 화근이었다. 혹시나 해서 전화기를 켜두었던 것이다. 얼떨결에 계집애에게 웃어 보이자 계집애도 덩달아 빙긋 웃더니 가버렸다. 나는 매표소 앞을 벗어나 문자를 확인했다. '화장실이 급하구나.' 빌어먹을, 나는 비상계단 쪽으로 몸을 돌렸다.

"씨발, 정말 이럴 거야?"

닌텐도를 넘기고 오는 사이 여자가 휠체어에 오줌을 싸놓고 있었다. 나는 벽면에 세워둔 목발을 집어 바닥에 내팽개쳤다. 휠체어를 앉은뱅이 재봉틀이 있는 쪽으로 힘껏 밀어제쳤다. 여자는 발톱을 세우고 요란하게 앙탈을 부리고 있는 고양이를 먼발치에서 바라보듯 나를 보고 있었다. 그것 봐라, 하는 여자의 그 재수 없는 표정을 안다. 잘못 걸려들었다가는 며칠은 꼼짝 못하고 여자의 수발을 들어야 한다.

"프런트에 들러서 아침밥이라도 먹고 했음 얼굴 보고 말하려고 했는데……"

뻔한 핑계인 줄 알지만 따져 물어봤자 결국 말은 꼬리를 물고 어젯밤에 달고 온 놈이 누구냐, 로 끝날 것이다. 차라리 그쯤에서 끝나면 다행이었다. 오갈 데 없는 것, 먹여주고 재워주고, 은공도 모르는 천하에 독살 맞은 계집 쪽으로 말을 틀면, 나는 그런 계집을 들인 대가를 톡톡히 치르게 해줄 것이다. 아무튼 오늘 같은 날, 여자의 술수에 휘말려 오후 작업까지 망칠 수는 없

었다. 나는 바닥에 홍건한 오줌을 닦아내고 여자도 휠체어에서
끌어내렸다. 자꾸만 불어가는 여자의 몸이 이제 힘에 부쳤다. 나
는 여자의 의족을 떼어내고 아랫도리를 모두 벗겨냈다. 매번 해
오던 일이지만 여자가 투정하듯 일부러 일을 저질러놓으면 힘이
더 빠졌다.

"난 곧 떠날 거거든!"

여자를 내려다보며 매몰차게 말했다. 이제 혼자 알아서 하라
고 냉정하게 말했다. 여자의 낯빛이 어둡게 변했다.

"오늘따라 다리가 자꾸 쑤셔오는 통에 그만⋯⋯"

여자가 전에 없이 자꾸만 말끝을 흐렸다. 잠시지만 그게 먹힌
다는 것을 여자가 알게 된 것이다. 여자의 속옷까지 갈아입히고
나니 이마에 땀이 맺혔다. 휠체어를 끌고 복도로 나왔다. 판이
뒤틀린 마루가 삐걱거렸다. 휠체어를 세면장에 밀어 넣고 물을
한 바가지 부어 오줌을 씻어냈다. 휠체어가 마를 때까지 여자는
목발을 짚고 다녀야 할 것이다. 하지만 목발 사이로 의족이 덜렁
거리며 떠 있는 것을 무엇보다 싫어하는 여자는 휠체어가 마를
동안 움직이지 않을 것이다.

나는 여자 대신 프런트에 앉았다. 여자는 손님이 들 리 없다는
것을 뻔히 알면서도 나를 이렇게 붙들어두는 게 수라고 생각한
다. 나는 프런트 문을 열고 마당을 내다보았다. 지루하게 이어진
마당 끝으로 잎이 져서 빈 가지만 남은 보리수나무가 보였다.

─성문 앞 우물가에 서 있는 보리수, 나는 그 그늘 아래 단꿈을 꾸었네…… 이리 내 곁으로 오라 여기서 안식을 찾으라.

나는 슈베르트의 「겨울 나그네」를 귀에 막 익힐 즈음 중학교를 때려치웠다. 음악 시간에 재수 없게 안식이라는 낯선 단어에 눈물이 쏟아졌고 나는 노래를 끝까지 부르지 못했다. 내가 울어보기는 그때가 처음이었고 죽고 싶도록 쪽이 팔렸다. 누구에게 들킬세라 책상에 엎드리고 있던 나를 음악 선생은 교탁 앞으로 불러냈다. 그렇지 않아도 평소에 내 불량스러운 눈빛이 맘에 들지 않았다며 셀 수도 없이 뺨을 갈겼다. 그날 볼이 통통 부어 프런트 앞을 지나는데 여자가 나를 불러 세웠다. 혀를 끌끌 차던 여자는 학교를 때려치웠다는 내 얘기에 일손이 재빠른 계집애를 한나절이나 학교 같은 엉뚱한 곳에 빌려줘야 하는, 그런 억울함 같은 것이 순식간에 사라지는 눈빛으로 나를 반겼다.

나는 성문 앞 우물가에 성스럽게 서 있어야 될 나무가 어쩌다가 손님도 들지 않는 허름한 여인숙 마당에 서 있게 되었는지, 보리수를 보며 한참이나 생각했다.

"몹쓸 짓은 하고 다니지 않는 게 좋아."

그때 밑진 감정을 되찾아보려는 듯 얄팍하게 힘이 들어간 목소리가 등뒤에서 들려왔다. 내가 처음 놈팡이를 끌고 왔을 때도 그런 소리를 했다. 잘하면 구질구질한 이곳을 벗어날 수도 있겠다, 어설프게 판단한 게 잘못이었다. 놈은 나보다 한 수 위였다. 장판

밑에 깔아놓은 돈까지 모두 털어갔다. 것 봐라, 누가 널 거두겠느냐는 표정으로 여자가 실의에 차 있던 나에게 혀를 끌끌 찼다. 그런데 이상하게도 죽이고 싶도록 미운 건 그놈이 아니었다.

나는 여자를 돌아보았다. 길게 뻗은 인중 밑으로 거칠게 일어선 두툼한 입술. 여자는 갈라진 입술을 벌리며 투숙 기간에 따른 숙박비를 간단하게 설명할 뿐 이제 보리수 여인숙에 들고 나는 사람들에게 더 이상 관심이 없었다. 여자가 잘려나간 다리 쪽에 뭉개지듯 흐트러진 치마를 애써 편편하게 폈다.

"내가 한창때, 봉제 공장에서 나만 잡으면 만사 오케이였어. 내 밑으로 미싱사들이 줄줄이 굴비처럼 엮여 들어오니 그럴 만도 했지."

맘먹고 오줌까지 싸놓고 불리했던 전세를 돌리려는 심사라니. 그래 봤자 이제 허름한 여인숙에서 이불 한 채 만들기도 버거운 신세다. 그런 처지에 여자의 말에 자꾸 힘이 들어간다. 젠장. 나는 졸음을 참지 못하고 쉴 새 없이 주절대는 여자를 뒤로하고 방으로 돌아왔다. 방이 참 따뜻하네. 쪽지 한 장을 남기고 녀석은 가고 없었다. 나는 이불 속으로 파고들었다. 이상하게도 아무리 기억을 하려고 해도 녀석의 얼굴이 좀처럼 떠오르지 않았다.

크리스마스 오후, 메가박스는 쉴 틈 없이 돌아가는 발전기처럼 수증기를 뿜어내며 돌아갔다. 밀려 나오고 밀려 들어가고. 사람들은 메가박스로 몰려들었다. 엘리베이터 안은 만원이었고 간이 무대가 비어 있는 매표소 앞은 천국이나 마찬가지다. 가방이나 뒷주머니에 대놓고 손을 넣어도 알아채지 못했다. 하지만 나는 아, 이쯤이다 싶으면 손을 털어야 한다는 것을 모를 정도로 아마추어가 아니다. 나는 번호표를 뽑아 들고 매표소 앞으로 갔다. 매니저가 초췌한 모습으로 매표소 하나를 꿰차고 있었다.

"고객님, 어떤 것으로 예매하시겠습니까?"

매니저가 불안한 음색으로 말했다. 나는 매니저의 눈을 똑바로 쳐다보았다. 그리고 장난기 어린 눈빛으로 요즘 어떤 영화가 좋으냐고 물었다. 하지만 매니저의 눈은 한쪽 손에 쥐고 있는 휴대폰에 가 있었고 반복해서 폴더를 여닫고 있었다. 그럴 때마다 매니저는 초조한 듯 입술을 자근거리며 씹어댔다. 내가 다시 아저씨, 하고 부르자 매니저는 귀찮은 표정으로 그건 고객님이 알아서 판단하라고 했다. 빌어먹을 인간, 그런 삐딱한 소리로 고객을 대하다니. 나는 포스터를 훑으며 시간을 끌다가 도시가 온통 화염에 휩싸인 포스터를 발견하고는 표를 끊었다. 오늘 같은 날 감동의 파노라마가 펼쳐지는 쪽을 택하게 된다면 눈물을 찔끔거리며 훔친 지갑이나 닌텐도를 되돌려 주는 불상사가 생기게 될지도 모르는 일이다.

축복된 하루를 끝내고 골목으로 들어선 것은 자정이 가까워서였다. 물론 모자를 넣은 쇼핑백을 옆구리에 끼고서 말이다. 언제나 느끼는 것이지만 건설로 골목은 어느 것 하나 선명한 것이라고는 없다. 건설로 표지판이 붙은 입구 전봇대 불도 꺼져 있다. 그나마 멀리 흐릿하게 여인숙 입간판 불빛이 보이면 빌어먹을 안도감 같은 게 느껴지곤 했다. 일단의 소속감도 생겼다. 그런데 흐릿하게라도 켜져 있던 여인숙 입간판 불이 꺼져 있다. 불길한 예감에 입간판을 앞뒤로 흔들어보았다. 동네북처럼 발길에 차여 가끔 전기선이 빠지기도 했는데 전기선은 제대로 연결되어 있었다. 간판의 불을 켜는 일만은 잊지 않는 여자였다. 코끝까지 차 있던 흥이 순식간에 깨졌다.

프런트 방에도 불이 꺼져 있었다. 아무렴 어때, 라고 마음을 다지다가 나도 모르게 프런트 문을 왈칵 열어젖히고 말았다. 성급히 벽면의 스위치를 올렸다. 여자가 어이없게 아무렇지도 않은 듯 벽에 등을 기대고 앉아 있었다.

"불은 왜 꺼놓고 지랄이야!"

하마터면 '놀랬잖아'라는 어처구니없는 말이 튀어나올 뻔했다. 여자가 지금 당장 죽어 나자빠진다 해도 나는 놀라지 않을 것이다. 설사 경찰이 내 뒷덜미를 잡아챘다고 한들 나는 절대 놀라지 않을 것이다. 나는 잠시 숨을 고른 후 어색하게 짝을 이루고 있는 여자의 다리를 태연하게 내려다보았다.

"미운 정도 정이라고 성한 다리 놔두고 못난 다리만 쓰다듬게 되는구나."

여자가 기다렸다는 듯이 분홍빛이 도는 의족을 쓸어 올리며 말했다. 그러더니 쓰다듬던 의족을 바나나 떼어내듯 갑자기 뚝 떼어냈다. 소시지 끝처럼 쪼그라진 다리가 훤하게 눈에 들어왔다.

"그 놈팡이가 보통 놈은 아니더구나. 다른 놈들은 한눈에 알아보겠더니만, 내가 그런 놈들은 늘 조심하라고 했지. 봐라, 어디 제대로 된 놈이."

시위하는 것처럼 불을 꺼놓고 이따위로 신세 한탄을 늘어놓는 이유가 고작 그거였다니. 나는 여자의 말이 채 끝나기도 전에 문을 힘껏 닫아버렸다.

녀석을 발견한 것은 불을 막 켰을 때였다. 녀석이 흰 목덜미를 내보이며 엎드려 있었다. 문을 열 때 온기가 느껴진 것은 그 때문이었을까. 녀석은 심사가 꼬일 대로 꼬인 여자의 곱지 않은 시선을 견디며 내 방으로 들어왔을 것이다. 나는 말없이 쇼핑백에서 모자를 꺼내 벽에 걸었다.

"온통 모자뿐이네. 모자 모으는 게 취민가 보지?"

녀석이 잠에 취한 목소리로 손등 위에다 턱을 괴고 말했다.

"넌, 언제나 모자를 마음대로 골라 쓸 수 있겠구나."

이렇게 시답잖게 모자 따위로 말을 걸어오다니, 꼬질꼬질한 여인숙에 빌붙어 살면서 고작 재미로 모자를 사들인다고 생각하는 녀석에게 모자를 사들이는 이유를 시시콜콜 말할 수 없긴 했다. 빌어먹을, 녀석이 피식 웃으며 길지 않게 하는 말을 방심하고 듣고 있다 보면 뭔가를 자꾸 되짚어보게 되었다. 무엇보다도 훤하게 드러난 녀석의 뒷덜미만 보면 이상하게도 맥이 풀렸다.

"왜 하필 나야?"

나도 모르게 튀어나온 말이지만 나는 녀석과 말이 오가기 전 먼저 쐐기부터 박아야 했다. 녀석이 왜 나인가에 대해 감동적으로 설명해온다면 피차 얼굴을 보고 삥을 뜯는 것처럼 쪽팔리는 일이다. 나는 녀석에게 과장된 목소리로 나 같은 독거소녀에게 재수 없게 빌붙을 생각이라면 큰 오산이라고 잘라 말하고 서둘러 방값을 받아냈다. 꼼수라고는 없을 것 같은 녀석의 뒤통수에 대고 이불까지 같이 덮을 생각은 말라고 오히려 큰소리를 쳤다. 그러곤 방을 나와버렸다.

나는 복도에 서서 양끝에 자리 잡은 내 방과 프런트를 번갈아가며 쳐다보았다. 보일러가 들어오지 않는 복도는 발목이 시릴 정도로 차가웠다. 삐이그으덕, 틀어진 마룻바닥 살을 밟으며 입구 쪽으로 걸어갔다. 어긋난 마루판은 조심하면 할수록 밟는 소리가 길고 경망스러웠다. 나는 프런트 문을 열고 안으로 들어갔다. 이불 더미에 비스듬히 몸을 누이고 있던 여자가 성급히 상체를 일으키는 시늉을 했다. 나는 이불 더미로 가서 이불 한 채를 확 잡아 빼내 바닥에 그대로 내팽개친 후 발로 이불의 네 귀퉁이를 대충 펴냈다. 여자를 끌어다 이불 위에 눕힌 후 여자의 곁에 누웠다.

남편이 있나 자식이 있나, 너만 잘하면. 여자는 양부모가 나를 이곳에 밀어 넣으며 했던 말처럼 보리수 여인숙은 내 것이 될 수도 있다고 했다. 여자가 이런 식으로 코맹맹이 소리를 내며 미끼를 던지기 시작한 것은 내가 놈팡이를 달고 오면서부터였다. 여자는 코딱지 같은 허름한 여인숙이 남편이고 자식이고, 누구든 길들이고 잡아맬 수 있는, 대단한 무엇인 양 여겼다. 먹여주고 재워주며 자라나는 새싹의 은공을 챙기려는 여자는 이 허름한 여인숙에 나를 짱박아놓고 호구 새끼로 길들이고 싶겠지. 하지만 나는 여자가 생각하는 것보다 훨씬 계산이 빨랐다. 이제 이깟 여자 하나쯤은 내가 너끈히 속여넘길 수 있다는 것을 여자는 모르고 있을까. 내 가슴께로 여자의 손이 천천히 다가오자 나는 몸을 돌렸다.

메가박스 안은 조조 손님들로 붐볐다. 간이 무대에는 아직 볼드모트가 서 있지 않았다. 마음만 먹으면 두세 건은 가뿐히 해낼 수 있었지만 왠지 내키지 않았다. 아침에 방으로 돌아가보니 녀석이 가고 없었다. 나는 음료수를 홀짝이며 매표소 앞에 앉았다. 추로스를 흔들며 설탕 가루를 날리고 다니는 초딩 녀석들도 눈에 들어오지 않았다. 휴대폰을 내려다보며 내가 정말 녀석에게 전화번호를 제대로 알려주었는지 생각을 되짚어보았다. 그때 수염을 깎지 않은 매니저가 초췌한 모습으로 매표소 앞을 지나갔다. 곧 관람객들이 나오는 비상 출구 쪽으로 사라졌다. 그곳은 매니저의 방과 반대 방향이며 창고가 있는 곳이다. 뿐만 아니라 간이 무대와 벽면이 닿아 있는 곳이기도 했다. 그곳에 분장실이 있는 것 같았다. 나는 음료수를 들고 그쪽으로 천천히 걸음을 옮겼다.

삐죽이 열린 문틈으로 매니저의 모습이 보였다. 망토의 깃을 세운 볼드모트가 등을 보이고 매니저를 향해 앉았다. 아직 머리를 감추지 않은 볼드모트의 뒷모습이 낯설었다. 책상 위에는 대머리 가발을 씌워두는 틀이 세워져 있고 분장 도구가 어지럽게 흩어져 있었다. 매니저가 흰색 와이셔츠 소매 깃을 걷어 올리고 조각품을 감상하듯 한 손으로 턱을 괸 채 볼드모트를 지그시 넘겨다보았다. 나는 매니저가 볼드모트의 머리카락을 어떻게 감쪽같이 감추는지 내심 궁금해졌다. 이제 곧 분장을 시작하겠지. 볼드모트의 머리카락을 감추고 코를 뭉갠 뒤 얼굴에 보리수 여인숙 입간판같이 흐릿한 청색으로 바탕을 칠하고 왼쪽에 5~6센티의 흉터를 그려 넣을 것이다. 목에 굵고 짙게, 문신 같은 핏줄을 새겨 넣고 입술은 푸른색으로 마무리하겠지. 나는 열린 문틈으로 가까이 다가섰다.

느긋하게 감상을 끝낸 매니저가 분장을 시작하려는 듯 볼드모트의 망토 깃을 밑으로 살짝 잡아당겼다. 볼드모트의 머리카락에 젤 같은 것을 묻혀 펴 바르고 납작하게 빗으로 빗어 내렸다. 잠시 후 틀에서 「반지의 제왕」의 골룸이 뒤집어쓴 것 같은 대머리 가발을 벗겨내더니 조심스럽게 볼드모트의 머리에 씌웠다. 삐져나온 머리카락을 정리하는 듯 머리 주변을 돌며 섬세하게 매만졌다. 그런 다음 분칠을 하듯 파우더를 펴 바르자 볼드모트의 머리카락은 감쪽같이 감추어졌다. 나는 볼드모트의 뒷모습을 지켜보며 바닥을 보인 음료수를 빨대로 빨아 당겼다. 몰래 지켜보기도 지겹다고 생각하는 순간 매니저의 팔 동작이 멈추며 몸이 서서히 앞으로 기울었다. 나는 이미 바닥을 보인 음료수를 확인하듯 빨대를 뽑고 컵을 흔들다 멈칫했다. 볼드모트의 얼굴을 향해 고개를 비스듬히 틀며 눈을 감는 매니저가 눈에 들어왔던 것이다. 낌새가 이상하다 싶은 순간 매니저가 볼드모트의 목을 끌어안았다. 녀석이 버티듯 양손을 뒤로 뻗어 의자를 꽉 잡았다. 호모 새끼! 안간힘을 쓰듯 힘줄이 도드라진 녀석의 손목을 보니 나도 모르게 욕이 튀어나왔다. 그때 볼드모트가 고개를 돌렸다. 우스꽝스럽게 대머리 가발을 덮어쓰고 있었지만 영락없는 녀석의 얼굴이었다. 나는 들고 있던 빨대를 그대로 놓쳐버렸다. 하필, 안식이라는 그 낯선 단어가 떠오르며 재수 없게 죽도록 뺨을 얻어맞은 음악 시간이 자꾸만 생각났다. '일찍 나갔더구나.' 날아온 여자의 문자 위로 눈물 한 방울이 떨어져 내렸다.

비둘기를 키우는 시간

여자는 모사화가 든 아트백을 들고 지하 작업장을 나왔다. 사장은 액자 공장에 그림만 전해주고 바로 들어오라고 했다. 밀린 작업을 해내려면 또 밤을 새워야 할지도 몰랐다. 여자는 버스 정류장으로 향하다 벽에 붙은 포스터를 발견하고 자신도 모르게 걸음을 멈추었다.

'마술이 있는 환상의 극장으로 당신을 초대합니다.'

포스터 한편에 검은색 턱시도를 걸친 마술사가 홍보 문구를 내려다보고 있었다. 마술사의 어깨 위에는 흰 비둘기가 움츠리고 앉아 선홍색 눈으로 여자를 보고 있었다. 세상 어디쯤을 보고 있는지 알 수 없는, 동공이 보이지 않는 눈과 마주친 여자는 홍보 문구가 그리 헛되다 생각되지 않았다. 여자는 포스터에 그려진 약도를 보며 극장의 위치를 가늠했다. 그곳은 액자 공장 반대편에 있었고 작업장에서 한 시간 정도 떨어져 있었다. 극장 주변에는 강이 흘렀고 강 하류는 바닷물과 강물이 섞이는 기수역이었다. 여자는 TV 프로에서 숭어 떼가 기수역으로 모여드는 것을 본 적이 있었다. 숭어가 오랜 시간 그곳에 머무는 이유는 몸의 염도를 조절하기 위해서라고 했다. 강바닥에 깔린 펄을 먹으며 체액 염도보다 진한 바닷물을 서서히 받아들인다는 것이다. '밤'이라는 모래주머니에서 불순물을 걸러내며 바다에 적응하는 법을 터득한 숭어는 기수역을 벗어나 바다로 나아갔다. 생사를 건 모험이 무모해 보였지만 숭어는 끊임없이 기수역으로 모여들었다. 여자는 포스터를 뒤로하고 버스 정류장으로 향했다.

여자는 편백나무 숲을 지나 물안개가 피어나는 강가에 다다랐다. 멀리 내일의 극장이라는 간판이 보였다. 나지막한 건물을 지나 극장이 있는 목조 건물 2층으로 들어섰을 때 실내에는 잔잔한 음악이 흐르고 있었다. 다른 카페와 달리 극장식 무대가 홀 가운데 원형으로 자리하고 있었다. 종업원이 늦은 점심을 먹다가 여자 쪽을 흘깃거렸다. 아트백을 내려놓고 자리에 앉자 종업원이 다가와서 메뉴판을 내밀었다. 여자는 자몽티를 주문하고 마술 공연 시간을 물었다.

"아, J 공연 말이죠? 곧 시작될 겁니다."

종업원이 메뉴판을 챙겨가며 말했다. 잠시 뒤 종업원이 자몽티를 내왔다. 여자는 그림이 없는 밋밋한 아이보리색 머그잔을 바라보았다.

여자가 그림을 베껴 그리는 일을 하게 된 것은 삼 년 전부터였다. 얼굴도 모르는 아버지는 극장 간판을 그리는 사람이었다고 했다. 여자도 자라면서 무언가를 곧잘 따라 그렸고 내림이었는지 모사화이긴 해도 그림 그리는 일에 선뜻 마음이 끌렸다. 숙식 제공이라는 공장 사장의 말에 망설임 없이 작업실 귀퉁이에 딸려 있는 방에 짐을 풀었다. 여자가 그리는 것은 주로 시골 풍경이나 정물화 같은 거였다. 솜씨만 좀 있으면 누가 해도 그만인 일을 해서 그런지 아무리 부지런을 떨어도 보수는 형편없었다. 더군다나 그런 보수조차도 번번이 지급이 미루어졌다. 수습생들이 수시로 들락거렸지만 오래 버티는 사람은 거의 없었다. 어쩌다 들르는 사장 대신 액자 공장에 그림을 전해주는 것이 외출의 전부였다. 액자에 넣어진 그림은 아파트촌 도로변이나 지방의 장터 좌판에 진열되었다가 허름한 이발소나 선술집으로 팔려나갔다.

여자는 자몽티를 마시며 아트백을 물끄러미 내려다보았다. 완성된 그림을 챙겨 작업실을 나서는 여자에게 사장은 그림이 팔려야 월급을 줄 수 있다고 했다. 월급이 몇 달이나 밀려 있었지만 그림이 팔린다고 한들 그 돈이 고스란히 여자의 몫으로 돌아오지는 않을 것이다. 여자는 휴대폰을 꺼내 음을 줄이고 창밖을 내다보았다. 물안개가 걷히며 강 허리가 서서히 드러났다. 거기쯤이 바다와 닿는 기수역인 모양이었다. 제트 스키 한 대가 물살을 가르며 강 하류 쪽으로 빠르게 지나갔다. 수면 위로 길게 물길이 열리는가 싶더니 이내 흔적도 없이 닫혔다.

극장 문이 열리고 사람들이 하나둘 자리를 찾아 앉았다. 경치가 좋은 편백나무 숲 주변을 찾아왔다가 극장에 들른 것 같았다. 공연이 곧 시작된다는 안내 멘트가 나왔다. 음악이 꺼지고 검은색 턱시도를 걸친 남자가 대기실 커튼을 젖히고 무대 쪽으로 걸어왔다. 종업원이 말한 J인 모양이었다. 가만히 보니 포스터 속 남자였다. 무대에 오르기 전 J는 주머니에서 빨간 모형의 코를 자신의 코에 붙인 후 낮은 계단을 빠르게 밟아 무대로 올라갔다. 무대 조명이 안개처럼 풀어졌다. J가 무대 가운데 서서 두 손을 모아 잡고 익살스럽게 인사를 했다. 사람들이 무대를 향해 박수를 쳤다.

여자도 박수를 치며 J가 입은 턱시도를 훑어보았다. 야윈 몸 때문인지 나비넥타이는 비틀어졌고 가슴 쪽 앞섶이 들떠 있었다. J가 오른손을 들어 지휘봉을 들듯 엄지와 검지를 모아 턱시도 앞주머니에서 손수건을 꺼냈다. 관중석을 향해 검은 손수건을 가볍게 흔들어 보였다. 사람들은 맥주나 커피를 마시다가 팔랑이는 손수건을 바라보았다. 시종 옅은 웃음을 잃지 않은 J가 입술을 비트는 순간 손수건이 불타올랐다. 여자는 몸을 앞으로 기울이며 두 손을 맞잡아 턱 밑에 모았다. 몇몇 사람이 의자에 몸을 깊숙이 기대며 팔짱을 끼고는 관망하듯 물러앉았다. J가 불타오르는 손수건을 허공에 던졌다. 수백 년 동안 마술사들이 보여준 것처럼 J도 손수건을 붉은 장미로 변신시켰다. 그 순간 여자는 자신도 모르게 힘껏 박수를 쳤다. 지나치게 큰 박수 소리에 놀란 사람들이 팔짱을 풀며 여자를 쳐다보았다. J의 손이 허공을 몇 바퀴 휘젓자 또 한 송이 꽃이 피어났고 불이 붙은 막대도 순식간에 장미로 변했다.

J의 손가락은 아무것도 없는 허공에서 동전이 쏟아져 내리게 했고 맨손에서 연이어 카드를 뽑아냈다. 사람들은 번번이 탄성을 지르면서도 막상 동전이 뽑아져 나오고 카드가 나오는 순간엔 예상했다는 듯 가벼운 박수를 쳤다. 그러거나 말거나 J는 박수 소리를 끌어안듯 두 팔을 뻗고는 어깨를 으쓱였다. 잠깐이지만 눈빛도 빛났다. 사람들 박수가 사라지자 J가 허공에 뜬 눈빛을 거두고 테이블 쪽을 둘러보았다. 관객 중 누군가에게 손을 내밀어 무대 위로 올리고 싶은 모양이었다. J의 시선이 여자에게 멈췄다. 여자는 그제야 다른 사람들과는 달리 자신이 혼자라는 것을 알았다. J가 여자에게 손을 내밀었다. 여자는 의자에서 엉덩이를 내리고 유치원 아이처럼 떠 닿지 않았던 두 발을 바닥에 디뎠다. 바짓단에 가려진 굽 높은 구두로 중심을 잡으려고 발가락 끝에 힘을 모았다. 여자가 일어서자 여기저기서 어머, 라는 소리가 들려왔다. 난쟁이와 마술사라니 환상적인 커플이군, 뒤쪽에서 누군가가 수군거렸다. 여자에게 손을 내밀고 있는 J의 눈이 잠시 흔들렸다.

여자의 키는 어느 날부터 마술에 걸린 것처럼 성장을 멈추어 버렸다. 그때부터 여자는 늘 사람들이 수군거리는 소리를 듣고 자라야 했다. 그 소리는 불쑥불쑥 날아오는 오빠의 주먹과 함께 여자의 일상이 되었다. 여자가 독립하기 전까지도 쉴 새 없이 복부와 옆구리 혹은 자라지 않은 등으로 오빠의 주먹이 날아들었다. 결혼을 앞둔 오빠는 눈에 거슬리는 물건을 버리듯 하루빨리 여자를 치워버리고 싶어 안달이었다. 너만 없으면, 을 입버릇처럼 달고 살던 엄마는 여자가 집을 나오는 날 얼핏 눈물을 흘렸던 것도 같았다.

여자는 음향기기 옆을 지나 짧은 계단을 천천히 걸어 올라갔다. 뒤뚱거리지 않으려 다리에 힘을 주었지만 그게 오히려 보폭이 작은 걸음을 더 더디게 만들었다. 난쟁이와 마술사라니, 이거 짠 거 아냐? 등뒤에서 비아냥거리는 소리가 들려왔다. J는 계단을 오르는 여자를 묵묵히 지켜보고 있었다. 여자가 무대에 올랐을 때 바닥에 J의 그림자가 길게 늘어져 있었다. 그의 그림자 허리쯤에 그림자가 포개졌을 때 여자가 걸음을 멈추었다. J가 다가왔다. 극장 안이 조용해졌다.

J가 낮은 자세로 허리를 굽히고 중세 기사같이 모자를 벗어 여자에게 정중히 내밀었다. 모자 안은 검은 천으로 둘러싸여 깊이를 짐작하기 어려웠다. J가 여자 쪽으로 모자를 기울였다. 그곳에 비둘기가 숨어 있을 거라고 여자는 생각했다. 비둘기는 조용히 날개를 접고 누군가 꺼내주기를 바라며 어둠을 보고 있으리라. 여자는 오른손을 모자 안에 집어넣었다. 막이 열리듯 검은 천이 벌어지고 다시 한 겹의 막이 갈라졌다. 무언가 손끝에 닿았다고 생각하는 순간 나지막하고 은근한 목소리가 들려왔다.

"기다려."

여자는 모자에 손을 넣은 채 J의 얼굴을 향해 고개를 들었다. 빨간 코 위에 움푹 들어간 두 눈이 여자를 응시하고 있었다. 여자는 당황해서 고개를 돌리고 성급히 손에 잡힌 것을 꺼내 올렸다. 사람들 사이에서 어, 하는 소리가 흘러나왔다. 사람들의 웅성거림은 잦아들지 않았다. 그들이 놀란 것은 모자에서 나온 새가 하얀 비둘기가 아니라 회색 비둘기였기 때문이었다.

여자가 모사하는 그림에는 새가 많았다. 해바라기나 화려한 꽃, 잎이 무성한 나무같이 새는 흔한 소재였다. 여자는 고즈넉한 시골 풍경이나 변두리 외딴집을 따라 그리다 회색 비둘기를 슬쩍 그려 넣곤 했다. 모사하는 풍경화가 다 비슷비슷해서인지 밋밋한 배경에 새가 날고 있어도 사장은 눈치 채지 못했다. 같은 무채색이라도 흰 비둘기였다면 사장은 금방 알아챘을 거였다. 풍경을 제치고 변두리 집을 제치고 시선이 그리로 쏠렸을 것이다.

여자는 손에 들린 비둘기가 날아가지 않도록 두 손으로 감싸 안았다. J가 두 팔을 허공에 뻗으며 날려보라는 시늉을 했다. 여자는 비둘기를 들어올려 무대 위로 날렸다. 비둘기가 날개를 둔하게 펼치며 그림 속의 배경을 날듯 천장 쪽으로 날아올랐다. 사람들 시선이 천장으로 향했다. 곧 다시 날아오리라 생각했던 비둘기는 천장 대들보에 앉은 채 움직이지 않았다. 사람들이 다시 웅성대기 시작했다. 환상의 세계로 돌아오지 않는 비둘기라니. 대들보에 앉은 비둘기와 무대 위의 J를 번갈아 쳐다보면서 누군가 홍보 문구를 인용했다. 뻔한 결말에서 벗어나서인지 비둘기가 마술사의 어깨 위로 다시 돌아올 때보다 술렁임은 더했다.

J가 곡예사처럼 공중제비로 무대를 가로질렀다. 그가 무대 끝에 아슬아슬하게 착지하는 것으로 마술쇼는 끝이 났다. 사람들은 마지못해 박수를 치면서도 대들보 위의 회색 비둘기에게서 시선을 놓지 않았다. J가 한쪽 손을 여자에게 뻗어 감사를 표시하면서 다시 박수를 받아냈다. 여자는 몸을 움츠리고 어설프게 고개를 숙여 인사를 했다.

"기다려."

무대를 내려오려는 여자에게 J가 말했다. 조급함이 섞인 낮은 목소리였다. 그 목소리는 멀리서 들려오는 종소리처럼 아득하면서도 길게 여자의 귀에 맴돌았다. J가 마지막 인사를 하고 무대 밖으로 걸어 나갔다. 무대의 조명이 꺼지고 다시 음악이 흘렀다. 종업원들은 무대와는 상관없이 태연하게 커피를 뽑거나 맥주를 따라 날랐다. 테이블로 돌아온 여자는 J의 모습에서 시선을 떼지 않았다. J가 커튼을 열고 대기실로 들어갔다. 비둘기는 여전히 대들보에 몸을 움츠리고 앉아 극장 안을 내려다보고 있었다.

여자는 아트백을 들고 극장을 나와 주차장으로 걸어갔다. 강 하류 쪽으로 제트 스키를 타고 갔던 사람들이 하나둘 선착장으로 올라오고 있었다. J가 낡은 체크 남방에 베이지색 면바지 차림으로 극장 문을 열고 나왔다. 한쪽 손에는 마술 도구 상자를 들었고 다른 한쪽 팔에는 검은 턱시도가 걸쳐 있었다. 그가 주차장 쪽으로 걸어오다가 여자가 서 있는 곳 반대 방향으로 걸어갔다. 여자는 아랑곳없다는 듯 J가 차문을 열고 뒷좌석에 마술 도구 상자를 던져 넣었다. 뒷좌석에 빈 새장이 하나 놓여 있었다. J는 턱시도를 차 옷걸이에 걸고 차문을 닫았다. 극장 안의 몇몇 사람들이 창 너머로 여자 쪽을 넘겨다보았다. J가 조수석의 물건을 주섬주섬 챙겨 뒷자리로 옮긴 뒤 조수석의 방석을 꺼내 먼지를 털어내고는 운전석에 앉았다. 여자는 혹시 기다리라는 말을 잘못 알아들었나, 하는 생각이 들었다. 극장 안의 사람들이 끈질기게 여자 쪽을 바라보고 있었다. 여자의 등줄기로 땀이 흘러내렸다. 여자는 천천히 주차장을 걸어 나왔다.

편백나무 숲을 되돌아 나오며 여자는 자신이 자못 경솔했다고 생각했다. 그러면서도 J가 귀에 대고 속삭이는 것처럼 기다리라고 했던 말이 생생하게 떠올랐다. 그때 휴대폰이 울렸다. 사장이었다. 사장은 지금쯤 여자가 액자 공장에 그림을 맡기지 않았다는 사실을 알았을 것이다. 여자의 느린 걸음걸이를 탓하다가 당장이라도 찾아올 듯 거기 어디냐고 고함을 치르겠지. 그러다 혹시 물감이나 그림 재료를 허투루 쓰지 않는지 여기저기 들추고 있을 것이다. 여자는 휴대폰의 종료 버튼을 꾸욱 눌렀다. 편백나무 가지가 흔들리며 바람이 불어왔다. 여자는 바람이 부는 쪽으로 몸을 돌렸다. 멀리 차 한 대가 속력을 줄이며 오고 있었다. J의 차였다. J가 조수석 유리문을 열고 여자의 얼굴을 빤히 쳐다보았다. 빨간 장식을 떼어낸 J의 코는 새의 부리처럼 코끝이 살짝 휘어 있었다. 타, 그가 말했다. 오래 부리던 조수에게 말하듯 짧고 무뚝뚝한 말투였다. 뒤이어 오던 차가 신경질적으로 경적을 울렸다. 여자는 어린아이처럼 짧은 자신의 그림자를 자르며 J의 차에 올랐다. J가 운전대에 두 손을 올리고 사각의 얇은 아트백을 흘깃 쳐다보았다. J는 편백나무 숲을 빠져나오다가 비둘기의 작은 부리에 귀소본능이 숨어 있다는 것을 아느냐고 대뜸 물었다. 비둘기는 새 중에서 유일하게 부리로 젖을 게워 먹여 새끼를 키운다고 했다. 사람을 잘 따르지 않는 것도 그런 기억 때문이라는 것이다. 여자는 극장 대들보에 앉은 비둘기를 떠올리며 고개를 끄덕였다.

정원길이라는 주소가 붙은 좁은 골목은 정작 정원이라고는 눈에 띄지 않았다. 집들은 골목을 사이에 두고 가르마를 타듯 산을 향해 양 갈래로 나누어져 있었다. 골목 입구에 허름한 활어 횟집이 생뚱맞게 하나 들어서 있었고 낡은 한복집에는 노랑 저고리에 빨간 치마를 입은 마네킹이 어색하게 팔을 뻗고 있었다. 동네 노인들이 붉은 장미가 핀 담벼락 밑에 앉아 부채질을 하다가 장난을 치고 있는 아이들을 귀찮은 듯 쫓아냈다. J가 경적을 울리며 작은 슈퍼 앞에 차를 세웠다. 아이들이 담벼락으로 붙어서고 노인들의 무료한 시선은 J의 동선을 따라 움직였다. 슈퍼로 들어간 J가 검은 봉지를 들고 나왔다. 검은 봉지 안으로 조미 김과 개구리참외 몇 알이 보였다. 여자는 낯선 여행지에 도착한 듯 창문을 열었다. 늦은 빨래를 했는지 좁은 옥상에서 하늘을 향해 젖은 옷을 털며 빨래를 너는 모습이 보였다. 어느 집에서 고등어조림이 조리 시간을 넘겼는지 살포시 간장 탄 냄새가 풍겼다.

J의 집은 박보살이라는 명패가 붙은 집 옆에 있었다. 붉은색과 노란색, 남색의 천이 걸린 무속집 대나무가 애매하게 두 집 경계를 나누고 있었다. 박보살 집 쪽문이 열리고 한 여자가 뒤뚱거리며 나와 좁은 길 위로 쌀을 한줌 뿌렸다. 구구구구 비둘기가 모여들었고 몇몇 아이가 인라인을 타고 금붕어처럼 몸을 비틀며 좁은 길을 미끄러져 갔다. 그의 집은 마술사의 집처럼 담쟁이가 벽을 타고 오르지도 않았고 낡은 담벼락은 지저분하게 금이 가 있었다. 어둑어둑한 골목을 끼고 있는 낮은 집들을 내려다보자 이상하게 고요가 밀려왔다. 여자는 숨을 크게 들이켰다. 마당에서 올려다본 집안은 지나치게 고요하고 어두웠다. 현관문을 열고 들어가자 닭똥 냄새 같은 것이 풍기며 어디선가 비둘기 우는 소리가 들렸다. J가 불을 켰을 때 벽면에 늘어놓은 새장이 눈에 들어왔다. 십여 개가 넘는 새장에는 길거리에서 흔하게 보던 회색 비둘기가 들어 있었다. 그 사이에 하얀색 비둘기 한 마리가 몸을 움츠리고 여자를 보고 있었다. 포스터에서 보았던 선홍색 눈을 가진 비둘기였다.

뚜홁 뚦뚜루룩 우해해해해. 러시아산 흰 비둘기가 울었다. 그만 울어라. 여자는 거울에 붙은 녀석의 잔 깃털을 훔쳐내며 낮은 목소리로 주의를 주었다. 녀석의 울음소리는 마치 미친 여자가 웃어 젖히는 것처럼 지독하다. 녀석을 곁에 두려면 특이한 울음소리를 참아내야 한다고 J는 말했다. 러시아산 흰 비둘기는 마술사의 모자 안에 날개를 접고 진득하게 숨어 있을 몇 안 되는 새 중 하나라고 했다. 마술사라면 누구나 한 마리쯤은 갖고 싶어 한다지만 그 수가 많지 않고 가격이 비싼 탓에 쉽게 가질 수 있는 건 아니었다. 설사 손에 넣었다 하더라도 제대로 길을 들이지 않으면 제멋대로 날아가버린다고 했다. 사람을 잘 따르는 다른 흰 비둘기에 비해 러시아산 흰 비둘기는 의심이 많고 오만해서 길들이는 맛이 더 있다고 했다. J가 어린 녀석을 사들인 것도 얼마 되지 않았다고 했다.

어느 날, 지방 공연에서 돌아온 J는 흰 비둘기를 꺼내 방 안에 날려보았다. 녀석이 방 안을 한 바퀴 돈 다음 엉뚱하게도 옷걸이 끝에 앉아버렸다. J가 흰 비둘기를 잡아 한 손으로 움켜쥐고 손가위를 들었다. 녀석의 날개깃을 편편하게 펴고는 셋째 마디까지를 싹둑 잘랐다. 잘린 날개 몇 가닥이 바닥으로 떨어졌다. 날개깃에 피가 맺히다가 이내 바닥으로 떨어졌다. 양쪽 날개 끝을 잘라줘야 엉뚱한 곳으로 날아가지 않는다고 했다. 속도감을 줄여 새가 멀리 날아가지 못하게 하는 거였다. J가 날개깃을 자른 녀석을 허공으로 다시 날렸다. 녀석은 전등 아래에서 몇 번 퍼덕이더니 앉은뱅이처럼 여자 발치로 주저앉았다. 녀석이 몸을 움츠리고 선홍색 눈으로 여자의 발치 쪽을 보았다. 그날 J는 회색 비둘기들과 섞여 있는 녀석을 방에 들여놓았다. 길들이려면 녀

146

석을 혼자 두어야 한다고 했다. 녀석이 외로워야 주인에게 의지를 한다고 덧붙였다.

여자는 거울 속 녀석의 눈을 가만히 넘겨다보았다. 녀석의 눈을 보고 있으면 에쀠테른이라는 모딜리아니의 화첩 속 여자가 떠올랐다. 모딜리아니의 아내인 그녀의 초상에는 동공이 거의 보이지 않았다. 여자는 모사를 마친 뒤 방에 누워 모딜리아니의 화첩을 뒤져보곤 했다. 눈동자가 없는 그녀의 회색 눈, 유난히 긴 얼굴과 목을 보고 있으면 이상하게 여자의 마음이 고요해졌다. 모사를 마친 어느 날 여자는 화첩을 펼쳐놓고 그녀를 그리기 시작했다. 여자는 캔버스에 젯소를 발라 말린 다음 바탕색을 칠하고 한 번도 그려본 적이 없는 기이한 형태의 긴 얼굴과 목선을 그리며 밤을 새웠다. 에쀠테른의 모자와 검은 머리, 검은 드레스에 채색을 하느라 검은 유화물감을 다 써버린 날, 결국 모사화 작업도 중단되었다.

사장은 벼르고 있었던 사람처럼 여자에게 갖은 잔소리를 퍼부었다. 목이 긴 에쀠테른을 내려다보던 사장의 표정은 지금도 잊히지 않았다. 사장은 그림을 낚아채어 가위로 자르기 시작했다. 주제도 모르고, 너 같은 병신들 장난하라고 돈 들여 물감 사다놓은 줄 알아! 잘린 그녀의 목 부분이 가지고 놀다 찢어버린 종이 인형처럼 바닥에 떨어졌다. 사장은 여자가 그린 또 다른 그림을 찾아내려고 서랍과 방을 뒤졌다. 작업을 멈춘 동안의 수지타산을 한 뒤 보수를 줄 수 없다고 억지를 부리곤 모딜리아니 화첩을

챙겨 가버렸다. 사장이 그토록 화를 내는 것이 물감 때문만이었
는지 알 수 없었다.

여자는 아트백에서 모사화를 꺼냈다. 넓은 항아리에 수북하게
꽃혀 있는 해바라기 그림과 소쿠리에 담긴 붉은 사과 그림을 넘
기자 풍경화 한 점이 나왔다. 고즈넉한 오후, 변두리 외딴집 뒤
로 비둘기가 날고 있었다. 여자는 배경에 묻어 있는 회색 비둘기
를 보자 피식 웃음이 나왔다. 성정이 급한 사장은 아직도, 아니
어쩌면 그림이 삭아 없어지더라도 여자가 그려 넣은 비둘기를
발견하지 못할 것이다. 여자는 손가위로 그림을 한 장 한 장 자
르기 시작했다.

뚜훍 뚦뚜루룩 우해해해해. 녀석이 울었다. 여자는 벽에 걸린
낡은 턱시도 아래 의자를 끌어다 놓았다. 얼마 전 J는 지방 공연
을 다녀오면서 턱시도를 한 벌 사 왔다. 너무 낡아 주머니가 자
꾸 샌다는 것이다. 여자가 꼼꼼하게 기워도 얼마 가지 못했다.
여자는 의자 위에 올라가 턱시도를 걸어 내렸다.

턱시도의 소매 깃은 닳아 있었고 주머니 쪽은 심하게 반질거
렸다. 여자는 크기가 조금씩 다른 주머니 중에 낡아서 올이 해
진 비둘기의 주머니를 검은 실로 기웠다. 무게를 견뎌내느라 다
른 주머니보다 훨씬 더 낡아 있었다. J는 지방 공연을 가기 전 새
로 산 턱시도 주머니마다 마술 소품을 꼼꼼히 숨겼다. J는 턱시
도 뒤에 숨은 주머니를 찾아내고는 익숙하지 않은지 몇 번이고
연습을 했다. 여자는 새 주머니에서 서툴게 소품을 찾아내는 J의

모습을 몰래 지켜보았다.

뚜룩 뚧뚜루룩 우해해해해. 그래 알았다. 여자는 모이통을 꺼내 들고 거실로 나갔다. 닭똥 같은 비릿한 냄새가 거실 곳곳에 배어났다. 여자는 거실 구석에서 상자를 끌어와 딛고 올라서 새장 문을 열고 퍼덕이는 비둘기를 낚아챘다. 비둘기의 심장이 빠르게 뛰었다. 여자는 비둘기를 꺼내 품에 안고 부엌으로 갔다.

비둘기가 고개를 빼며 여자의 품에서 푸덕였다. 여자는 비둘기의 깃을 손으로 쓰다듬고는 굵은 실로 몸을 둘러 묶었다. 불위에 올려놓은 찜통에서 김이 올라오고 있었다. 그래 미안하다. 조금만 참아라. 여자는 찜통 뚜껑을 열고 비둘기를 넣었다. 뚜껑을 닫고 지그시 누르자 묵직한 움직임이 잠시 느껴지더니 이내 조용해졌다. 하나, 둘, 셋, 넷…… 여자는 비둘기의 털이 알맞게 뽑힐 시간만큼 기다렸다. 뚜껑을 열고 집게로 비둘기를 건져 올렸다. 비둘기가 집게 끝에 축 처진 채로 달려나왔다. 여자는 데친 비둘기를 그릇에 담아 깃털을 뽑기 시작했다. 깃털이 뽑힌 자리에 소름처럼 오돌토돌 자국이 일었다. 여자는 적갈색이 도는 비둘기를 도마 위에 올려 한 손으로 비둘기의 머리를 잡고 목 아랫부분을 칼로 내리쳤다.

여자가 생리를 처음 시작한 것은 초등학교 6학년 때였다. 붉은 피가 묻은 이불을 내려다보는 엄마의 얼굴이 심하게 일그러졌다. 할 거는 다 하는구나, 마치 딸의 부정을 찾아낸 듯 경멸에 찬 목소리였다. 어기적거리며 학교를 향하는 여자를 비웃으며 오빠가 돌을 던졌다. 그 뒤부터 오빠의 주먹질은 강도가 더 심해졌다. 몇 살 터울 오빠가 동생에게 심하게 주먹질을 해대도 엄마는 모른 체 지나쳤다. 어쩌다 목욕이라도 같이 가게 되면 아장거리는 여자의 짧은 보폭으로는 엄마의 빠른 걸음을 도저히 따라잡을 수가 없었다. 여자와 걸을 때면 언제나 엄마의 걸음이 지나치게 빨랐다.

여자는 비둘기 목 아래 칼을 깊숙이 찔러 넣고 배를 갈랐다. 비릿하게 피 냄새가 올라오며 모래주머니가 찢겼다. 모래주머니의 둥근 단면이 훤히 드러났고 미처 소화시키지 못한 쌀알이 불어 있었다. 여자는 회색 비둘기의 모래주머니를 들추고 아랫배 쪽에서 검붉은 간을 도려냈다. 미끄덩거리는 간을 도마 위에 놓고 잘게 다졌다. 염분이 많은 모래를 좋아하는 녀석을 위해 다진 간에 모래를 섞었다. 하지만 몸에 쌓인 소금을 빼내지 않으면 성장이 더디다고 J는 말했다. 어디선가 떠도는 이야기를 듣고 온 J는 비둘기를 한 마리 잡아 보였다. 몸안의 소금을 빼내고 근육과 운동신경을 키우는 데 생간이 좋다는 것이다. 여자는 먹이를 모이통에 담아 새장 안에 넣어주었다. 녀석이 모이통에 부리를 넣고 조금씩 먹이를 쪼아 먹기 시작했다.

J가 돌아왔다. 성실한 가장처럼 거실의 회색 비둘기와 함께 지방 공연을 떠났다가 무력한 표정으로 빈 새장을 들고 돌아온 것이다. J는 들고 간 턱시도를 여자에게 던지고는 새장에서 녀석을 꺼냈다. 아기를 안듯 품에 안더니 너무 먹였군, 이라고 말했

다. J가 지방 공연이 잦은 이유는 잘나가는 마술사라서가 아니었다. 단지 세상에는 J같이 삼류 마술사를 필요로 하는 곳이 더 많은 것 같았다. J는 녀석을 새장에 넣으려다 허공에 그냥 날리고는 소주잔을 기울였다. 녀석이 날아 옷걸이 위에 앉았다.

"어렸을 때 마술 구경을 한 적이 있었지. 마술이 끝날 무렵 꼬마가 필요했는지 앞자리에 앉은 나를 무대로 안고 가더군. 신발한 짝을 벗겨내고는 궤짝에 넣고 불을 붙이는 거야. 나는 불타오르는 궤짝을 보며 울음을 터트렸고 울음소리가 커질수록 사람들은 더 크게 웃어 젖히더군. 발악하듯 울음소리가 더 커지는 그 순간 마술사가 말했지. 꼬마야. 네가 울음을 그치면 아저씨가 신발 한 짝 다시 찾아줄게. 내가 울음을 딱 멈추는 순간 신발 한 짝이 거짓말처럼 마술사의 손에 들려 있는 거야. 그 기억이 마치 환상처럼 머릿속에서 떠나질 않더군."

보일러공에 페인트공까지, 마술을 배우기 전까지 안 해본 일이 없었다고 했다. 그날 극장에서 여자를 본 순간 타버린 줄 알았던 신발 한 짝이 거짓말처럼 다시 나타나던 그 순간이 자꾸 떠오르더라고 말했다. 뭐에 홀렸는지, J가 말끝에 녀석의 모이를 입에 물고 바닥에 벌렁 누웠다. 녀석이 날아와 J의 입술에 물린 모이를 쪼아 먹었다.

여자는 거실의 빈 새장을 끌어내렸다. 배설물을 치우고 소쿠리를 들고 대문 앞으로 갔다. 하늘에는 늦여름 구름이 군데군데 몰려 있었다. 여자는 대문 밖을 살피다 지저분하게 금이 간 담벼락 밑에 모여 있는 비둘기 쪽으로 살금살금 다가갔다. 박보살 집에서 늘 뿌려주는 쌀 때문에 그쪽에 비둘기가 자주 모여들었다. 여자는 구구구구 낮은 소리를 내며 비둘기 앞으로 쌀을 한줌 뿌렸다. 의심 많은 비둘기가 선뜻 몸의 방향을 바꾸지 않았다. 여자는 낮은 소리를 내며 J의 집 쪽으로 쌀을 흘렸다.

비둘기 몇 마리가 J의 집 쪽으로 방향을 틀었다. 여자는 조용히 대문 안으로 쌀을 뿌려 넣었다. 비둘기가 여자를 따라 안으로 들어왔다. 여자는 소쿠리를 잡은 손에 힘을 주었다. 그래, 착하지. 여자는 쌀을 쪼아 먹느라 행동이 굼뜬 비둘기 위에 소쿠리를 덮었다. 여자는 푸덕이는 비둘기를 품에 안고 억센 비둘기의 날개를 가지런히 펴 올렸다. 그리고 가위로 네 마디째 깃을 잘랐다. 비둘기가 잠시 날개를 퍼덕이다가 이내 주저앉아버렸다. 여자는 비어 있는 새장에 비둘기를 넣고 그 위에 검은 보자기를 덮었다. 비둘기는 J의 모자 안에 있는 것처럼 어둠 속에서 날개를 접을 것이다.

J가 회색 비둘기와 함께 지방 공연을 떠났다. 여자는 박보살 집과 이어진 지저분하고 낡은 벽면에 젯소를 바르듯 흰색 페인트를 칠했다. 밋밋한 벽 한쪽, J의 시선이 닿는 자리에 비둘기를 그려 넣었다. 늦은 밤 J가 돌아온다면 여자가 남긴 비둘기 한 마리를 발견하리라.

뚜훍 뚧뚜루룩 우해해해해. 녀석이 울었다. 여자는 거울 너머로 녀석을 바라보았다. 모자를 쓴 에퓌테른의 회색 눈이 여자를 보고 있는 듯했다. 여자는 갸름한 얼굴과 긴 목을 만지듯 자신의 둥근 얼굴과 짧은 목을 매만졌다. 여자는 벽에 걸린 J의 낡은 턱시도를 걸어 내렸다. J의 턱시도에는 유난히 많은 주머니가 있다. 카드 주머니, 오색 테이프의 주머니, 손수건과 붉은 장미꽃의 주머니…… 깃 뒤에 숨은 봉의 주머니까지. 소매 끝에 작게 달린 동전의 주머니에 마술용 동전을 넣었다. 카드의 주머니에 카드를 숨기고 턱시도 앞에 있는 손수건의 주머니에 손수건을 끼웠다. 그런 다음 J의 낡은 턱시도를 입고 거울 앞에 섰다. 여자의 모습이 커다란 검은 주머니에 들어 있는 것처럼 우스꽝스러웠다. 뚜훍 뚦뚜루룩 우해해해해. 녀석이 거울 너머에서 울었다. 녀석인 듯 에퓌테른인 듯 동공 없는 눈동자가 여자를 보고 있었다.

여자는 손수건의 집에서 손수건을 꺼내 허공으로 들어올렸다. 손수건에 불을 붙이자 순식간에 타오르며 재가 되었다. 장미의 집에서 서툴게 장미를 뽑아 올렸고 카드의 집에서 카드를 뽑아냈다. 뚜훍 뚦뚜루룩 우해해해해. 녀석이 울었다. 여자는 새장에서 러시아산 흰 비둘기를 꺼내 아래로 처진 비둘기 주머니에 넣었다. 아기를 품듯 처진 주머니를 양손으로 받쳐 올렸다. 뚜훍 뚦뚜루룩 우해해해해. 가슴 안에서 흰 비둘기가 울었다. 녀석의 따뜻한 체온 때문에 심장 부근이 따뜻해졌다. 여자는 주머니에서 녀석을 꺼냈다. 검지를 녀석의 목 밑 부위에 갖다 대자 녀석이 계단을 오르듯 여자의 검지로 옮겨 앉았다. 여자는 녀석을 들

어 허공으로 날렸다. 녀석이 날개를 펼치고 전등을 피하고 옷걸
이를 돌아 거짓말처럼 여자의 손끝에 내려앉았다.

여가를 즐기는 방법

오월의 중국 쓰촨 날씨는 초가을처럼 서늘했다. 객실에서 내려온 장은 겉옷의 지퍼를 올리며 호텔 밖을 내다보았다. 관광버스가 이미 도착해 있었다. 버스에는 '백주회의 수정방 양조장 방문 기행'이라는 한글 현수막이 크게 붙어 있었다. 장은 일행이 내려오기를 기다리며 아내가 꼼꼼하게 메모한 수정방 안내 책자를 뒤적였다. 스토리텔링이 먹히는 시대임. 600년 역사를 강조할 것. 아내가 책자 군데군데 적어놓은 붉은 글씨가 눈에 들어왔다. 배갈이나 마시는 모임보다 중국 전통술의 유적지를 찾아가는 모임이 더 그럴듯하지 않겠어? 뭐든 명분을 달아줘야 사람들이 모이지. 아내는 다른 유명 백주에 밀려 고전을 면치 못하던 수정방이 스토리텔링 마케팅에 힘입어 기사회생한 이야기를 덧붙여놓았다. 장도 그 회사가 우연히 발굴한 양조장 유적지를 이용해 매출을 늘렸다는 기사를 주류 전문지에서 읽은 적이 있었다. 수정방을 마시면 마치 600년 역사를 마시는 것처럼 착각하게 만드는 전략이 맞아떨어진 것이다. 혹시 알아? 백주회도 명품 반열에 들지. 아내는 자신이 구상 중이던 명주 유적지 탐방이란 샘플 상품을 장에게 권하며 말했다.

투어 플래너인 아내는 여행사에서 속칭 '도깨비 여행' 프로그램을 개발하는 일을 맡고 있었다. 도깨비 여행은 금요일, 퇴근과 함께 여행지로 떠나서 월요일 출근하기 직전에 돌아오는 일종의 번개 여행이다. 오래전부터 찾는 사람이 꾸준히 늘더니 최근 들어 붐으로 이어졌다. 가까운 일본이나 중국의 맛집 기행 정도의 상품이었지만 테마라는 수식어가 붙자 직장인들이 봇물 터지듯 몰려들었다. 아내는 그 덕에 현대인의 여가에 기여했다는 사장 칭찬을 받으며 승진까지 했다.

호텔 엘리베이터 문이 열리고 백 교수와 주성봉이 내렸다. 조교인 민 선생과 다른 회원들도 뒤따라 내렸다. 장은 안내 책자를 뒷주머니에 꽂고 반기듯 백 교수에게 다가갔다. 예순을 넘긴 백 교수의 얼굴에 피곤한 기색이 묻어났다.

"교수님, 아침 날씨가 쌀쌀합니다."

"그러게 말이오."

백 교수가 옷깃을 여몄다. 민 선생과 주성봉도 목을 움츠렸다. 호텔 로비 한가운데 놓인 행운목 앞으로 단체 여행객이 모여들었다. 한국에서 비행기를 같이 타고 온 관광객들이었다. 그들은 메디칼 기행이라는 깃발을 든 가이드와 함께 기념사진을 찍었다. 그들이 꼬리를 물고 발 마사지 숍으로 사라지는 것을 보며 장은 카메라를 꺼내 들었다. 회원들을 불러모아 백 교수를 중심으로 촬영 각도를 잡고 호텔 로고를 배경으로 셔터를 눌렀다. 내친김에 관광버스 앞에서도 단체 사진을 한 컷 더 찍었다. 장은 '백주회의 수정방 양조장 방문 기행'이라고 쓴 현수막이 배경에 들어오도록 신경 썼다.

"문장에 유적지라는 단어가 빠졌군."

장이 카메라에 저장된 컷을 확인하다가 백 교수의 말에 고개를 들었다.

"그리고 방문보다는 답사로 바꾸는 것이 백주회 격에 맞지 않겠소?"

장은 별 생각 없이 현수막을 훑다가 백 교수의 말에 고개를 끄덕였다.

"우리 교수님이 고문으로 오신 뒤로 백주회 물이 달라졌어요. 이렇게 아무것도 아닌 말들이 그럴듯한 문화적 용어로 바뀌니 말이오."

호텔에 드나드는 관광객을 구경하고 섰던 주성봉이 한마디 했다.

'백주회의 수정방 유적지 답사 기행'

주성봉의 말대로 백 교수가 지적한 단어가 들어가자 한결 그럴듯하게 느껴졌다. 장은 카메라에 저장된 컷에서 카페 사이트에 올릴 사진을 추려내고 관광버스에 올랐다.

버스는 도심을 벗어나 외곽으로 접어들었다. 몇 해 전 대지진이 일어난 쓰촨성을 지날 때였다. 가이드는 이 지역은 기름진 농토와 다양한 곡물 생산으로 백주를 만들기에는 천혜의 조건을 갖췄다고 했다. 쓰촨의 매운 요리는 백주와 궁합이 잘 맞아 백주 발전에 한몫했다는 말을 덧붙였다. 장은 수정방에서 만드는 백주 중에서 가장 비싼 세기전장과 어울릴 음식을 떠올려보았다. 매콤한 해산물 요리와 사천식 마파두부 요리가 무난할 듯싶었다. 특히 해산물 요리는 백 교수가 좋아하는 요리였다. 장은 흘깃 백 교수를 쳐다보았다. 백 교수는 눈을 지그시 감고 버스 좌석에 등을 파묻고 있었다. 그의 은회색 머리에 눈부신 햇살이 스며들었다.

장이 백 교수를 만난 것은 중국 옌타이대학에서 주최한 세미나에서였다. 그 자리에는 주류 도매업을 하면서 알게 된 지인이 초대를 해서 가게 되었다. 영업을 확장하려면 인문학적 소견을 넓혀야 한다며 중국에 출장차 와 있던 장을 불러냈던 것이다. 백주와 중국 인민들의 여가라는 주제로 열린 세미나였는데 발제자 중 한 명이 백 교수였다. 사회학과 교수인 그를 텔레비전 시사 프로그램에서 본 적이 있어 장이 먼저 알은체를 했다. 그는 이제 그 일도 젊은 사람 차지라며 허탈하게 웃었다. 퇴직을 앞두고 출연 제의도 뜸한 모양이었다. 그날 세미나를 마치고 장은 백 교수와 한국에서 온 일행을 따라 뒤풀이 자리까지 동석하게 되었다. 뒤풀이 자리가 파할 즈음 장은 휴대폰에서 자신이 운영하는 백주회 카페 사이트를 열어 보였다.

"백 교수님도 백주를 좋아하시니 이참에 한국 가시면 백주회나 가입하시지요. 퇴직 날도 얼마 남지 않았는데……"

장을 세미나에 초청한 지인이 백주회 카페 사이트를 넘겨다보며 말했다.

"그러잖아도 백주회 고문을 한 분 영입하려고 하는데 잘됐습니다."

장은 내친김에 백 교수에게 고문 자리를 청했다.

"다들 알다시피 농경 사회 이후 참다운 의미의 여가는 없다고 봐야 하지요."

백 교수는 장의 제안 따위에는 관심이 없는 듯 헛기침 끝에 다른 교수에게 말을 붙였다.

"명망 있는 백 교수님께서 저희 회원들을 위해 고견을 내주신다면 영광으로 알겠습니다."

장은 백 교수 앞에 놓인 빈 잔에 정중하게 술을 한 잔 따랐다.

"한국에 가면 꼭 한번 찾아뵙겠습니다."

중국에서 돌아온 장은 백 교수에게 전화를 걸어 약속 날짜를 잡았다. 장이 제법 값이 나가는 모감주 한 병을 들고 연구실로 찾아갔을 때 그는 햇볕이 내리쬐는 창가에 등을 대고 앉아 졸고 있었다. 조교인 민 선생이 차를 내왔다. 백 교수는 멀찍이 장을 건너다보았다.

"자본주의 사회에서 왜 사회주의 혁명이 일어나지 않는지 아시오?"

백 교수가 안경 너머로 장을 보며 느닷없이 물었다. 머뭇거리는 장에게는 아랑곳하지 않고 그는 스스로 답을 해나갔다.

"계급의 통제 기제로서 여가가 수행하는 역할 때문이오. 여가 생활은 노동 계급의 혁명적 의식을 약화시키고 오히려 자본주의 사회에 매몰되도록 부추기는 역할을 하고 있소. 여가가 기존 질서의 이데올로기 재생산에 기여하고 있는 셈이지."

장은 세미나에서보다 더 힘이 들어간 백 교수의 말에 제법 진지한 표정을 지어 보였다.

"후기 자본주의 사회에서 유흥은 일의 연장일 뿐이오. 더군다나 공장에서 대량으로 똑같이 찍어내는 공산품 같은 그런 여가가 진짜인 양 탈을 쓰고 있는 게 문제란 말이지."

장은 그의 강론에 고개를 끄덕이다 백 교수의 퇴직 날짜를 헤아려보았다. 백 교수가 백주회의 고문으로 참석한 것은 그 뒤로 얼마 지나지 않아서였다.

도심 외곽을 한참 달리던 버스가 수정방 유적지 앞에 도착했다. 미리 나와 있던 안내원이 장과 백주회 일행을 맞았다. 안내원은 원나라 시대의 증류소와 정미소를 연상시키는 명나라 증류소로 장과 일행을 안내했다.

"수정방 유적지는 13세기 원나라부터 명나라를 거쳐 청나라까지 백주를 생산했던, 중국 역사상 가장 오래된 유적지랍니다."

백 교수가 안내원의 말을 듣고 번역하듯 말했다. 나무판자를 지붕에 얹어놓은 허름한 모양의 증류소 앞으로 회원들이 모여들었다.

"발효 구덩이 옆으로 생긴 퇴적층을 보십시오. 600여 년 역사를 고스란히 담고 있지 않습니까?"

백 교수가 현재에도 사용 중이라는 발효 구덩이 옆 퇴적층을 가리켰다.

"그런 역사를 지닌 술이 수정방이지요."

장이 백 교수의 말을 이어받았다.

"수정방을 마시는 것은 결국 역사를 마시는 셈이군요."

회원 중 한 명이 자못 고무된 표정으로 말했다. 장은 잊지 않고 발효 구덩이 옆 퇴적층을 카메라에 담았다. 주성봉은 지루한 듯 귀를 파더니 건들건들 이곳저곳을 기웃거리다 자리를 찾아 앉았다. 백 교수가 유적지에서 발견된 수원을 다시 살려 지하수를 끌어올렸고 그 물로 600년 전 맛을 되살려 수정방을 만들었다고 안내문을 읽어가며 설명을 할 때도 그는 내내 흰머리를 쓸어 올리며 담배를 피우거나 딴 곳을 보고 있었다.

지역에서 제법 큰 규모의 골프 연습장을 운영하는 주성봉은 1970, 80년대에 봉제 공장을 하면서 돈을 벌었다고 했다. 그 뒤로 신발 공장을 거쳐 오늘날 골프 연습장까지, 자수성가한 사람 특유의 억셈이 묻어나는 인물이었다. 장은 무료한 듯 하품을 하는 주성봉과 일행을 이끌고 유물 전시장을 둘러본 뒤 버스에 올랐다.

운전기사는 얼마 뒤 수정방 거리에 차를 세웠다. 장은 습관처럼 카메라를 어깨에 메고 버스에서 내렸다. 수정방 거리는 옛 양조장과 술 판매 거리를 재현한 장소답게 가짜 물건이 많은 곳이었다. 물건 좀 볼 줄 안다는 사람도 속는 경우가 허다했다. 사실 중국을 수없이 드나든 장도 자신할 수는 없었다. 회원들이 명주 판매 가게로 몰려 들어갔다. 그들이 가게를 다시 나오려면 한 시간은 족히 걸릴 것이다. 장은 일행이 가게로 모두 들어가는 것을 확인한 후 재현 거리에서 좀 벗어난 골목 쪽으로 서둘러 걸음을 옮겼다. 장이 다시 재현 거리에 돌아왔을 때 쇼핑을 마친 사람들이 차에서 그를 기다리고 있었다.

　버스는 제갈량과 유비의 묘가 안치된 무후사를 지나고 있었다. 장은 재현 거리에서 들고 탄 쇼핑백을 무릎 밑에 조심스럽게 내려놓았다. 무후사 주변으로 알록달록한 화차밭이 드넓게 펼쳐졌다. 장은 아내의 블로그를 장식하고 있는 화려한 배경 사진을 보는 것 같아 화차밭에서 시선을 떼지 못했다.

　'유채꽃이 어릴 적 흔하게 보던 장다리꽃이라지 뭐야.'

　봄마다 제주도의 유채꽃을 찍어 자신의 블로그에 올리던 아내는 그 말을 끝으로 유채꽃 순례를 접었다. 이를 대신해 세계 각국의 희귀 꽃들을 촬영한 사진을 올리면서 아내의 블로그는 입소문을 탔다. 아내는 뒤늦게 유채꽃이 장다리꽃이 아니라는 것을 알았지만 이미 유채꽃에 대한 흥미를 잃은 상태였다. 사실 꽃에 문외한인 장은 유채꽃이 어렸을 때 만만하게 보았던 장다리꽃이라서 더 친근하고 좋았었다. 아무튼 그 덕에 아내는 여행사에 취직을 하게 되었고, 능력을 인정받아 지금의 투어 플래너가 되었다.

장은 운전사에게 부탁해 화차밭에 잠시 내렸다. 사진을 찍어 아내에게 보내기 위해서였다. 뒤늦게 주성봉이 차에서 나와 바지춤을 풀어내며 멀찍이 등을 돌리고 섰다.

"장 형! 수정방 거리에서는 왜 사라진 거요?"

볼일을 다 보았는지 지퍼를 올리며 주성봉이 다가와 사진을 찍는 장의 어깨를 슬쩍 쳤다. 버스에서 한참을 기다렸다는 것이다.

"백주에 대해선 이제 다들 고수이신데, 시시콜콜 제가 아는 척하기보다 슬쩍 빠져주는 게 낫지요. 돌아다니며 사진 좀 찍었습니다."

장은 그러다가 아는 사람을 만나 늦었다고 둘러댔다.

"아까 차에 탈 때 보니 뭘 잔뜩 사 들고 타던데, 어디 좋은 게 있습디까?"

장이 들고 탄 쇼핑백을 눈여겨 본 모양이었다. 주성봉은 자신도 모르는 알짜 물건을 장만 특별히 구했는가 싶어 안달하는 눈치였다. 장은 별거 아니라며 말을 얼버무렸다. 사진을 몇 컷 더 찍으려고 휴대폰을 드는데 주성봉이 카메라는 어디 두고 휴대폰으로 사진을 찍느냐고 물었다.

"아내가 꽃을 좋아해 휴대폰으로 바로 전송하려고요."

"요즘 휴대폰은 화질도 좋더만, 장 형은 불편하게 꼭 카메라를 메고 다니니 하는 말이오."

"우리 회원들이 볼 사진인데 좋은 카메라로 제대로 찍어야지
요."

장은 시시콜콜 물어대는 주성봉에게 대답을 그렇게 하면서도
이상하게 불쾌한 생각이 들었다.

"하긴 성의 없이 휴대폰이나 들이대는 것보다 카메라를 들이
대니 뭔가 있어 보이긴 합디다."

주성봉이 버스에 먼저 오르며 기어이 한마디 뱉어냈다. 빌어
먹을, 장은 찍은 사진을 돌려보다가 초점이 맞지 않은 사진 한
장을 발견하고 삭제 버튼을 눌러버렸다.

버스에 오른 뒤 장은 사진을 추려 아내에게 전송했다. 의자에
등을 묻는데 아내로부터 엄지를 추켜올린 이모티콘이 날아왔다.
화차밭 사진이 마음에 든 모양이었다. 장은 다음 일정을 생각하
다 자신도 모르게 눈을 감았다.

호텔에 도착한 것은 오후 네시가 다 되어서였다. 수정방 유적
지를 다녀온 뒤 저녁 시간은 자유 시간이었다. 회원들은 일찌감
치 무리를 지어 번화가로 빠져나갔다. 장은 사우나를 마치고 객
실에 들러 잠시 눈을 붙인 뒤 쇼핑백 두 개를 챙겨 만리장성으
로 향했다. 식당에 도착해 종업원이 안내하는 내실 문을 열었
다. 백 교수와 민 선생, 주성봉이 이미 와 있었다. 장은 들고 온
쇼핑백을 벽면에 붙여놓고 자리에 앉았다. 물을 한 컵 들이켜고
종업원에게 미리 주문한 대로 달라며 메뉴판을 접었다. 중국에

도착한 첫날 미리 예약을 해둔 터였다. 백주도 과하지 않은 것으로 이미 주문을 해놓았다. 술을 별로 좋아하지 않는 민 선생을 위해 특별히 백년고독을 한 병 추가로 주문했다. 백년고독은 다른 술과 달리 나무통에서 발효시켜 은은한 나무향이 나는데 민 선생은 그 끝에 느껴지는 달콤함이 좋다고 했다. 장은 그걸 잊지 않고 있었다.

잠시 뒤 종업원이 요리와 술을 들고 왔다. 매운 해산물 요리와 사천 마파두부가 먼저 나왔다. 장은 물수건으로 손을 닦고 피곤함을 털어내듯 어깨 위로 팔을 올려 기지개를 켰다. 맞은편에 앉은 백 교수와 눈이 마주치자 장은 조심스럽게 회전판을 돌렸다. 매운 해산물 요리가 백 교수 앞에서 멈추었다. 곁에 앉은 주성봉이 배가 고프다며 먼저 음식을 떠냈다. 민 선생이 백주 뚜껑을 비틀어 백 교수 잔에 따랐다.

"백주 향의 종류는 다양하지요, 소주와 비슷한 농향과 마오타이같이 깊은 장맛이 나는 장향, 그리고 중국 행화촌에서 나는 분주의 청향, 쌀향이 강한 미향과 농향과 장향이 어우러진 겸향까지, 사실 백주회 회원이라면 모든 향을 한 번 정도 두루 맛보았을 겁니다."

장은 백 교수 앞에서 점잖게 이야기를 꺼냈다.

"중국에서 가장 오래된 발효지에서 만든 최고로 아름다운 술을 마실 수 있는 사람은 교양을 가진, 비교적 사회적 지위가 높은 계층을 말한다지요."

장은 해산물 요리를 우적거리며 씹고 있는 주성봉을 쳐다보며 말을 이었다.

"사회적 지위가 높은 계층이란 매일 아침 음악을 들으며 신문을 보고 아침을 먹은 후에는 기사가 운전하는 차를 타고 사무실로 출근하여 컴퓨터를 켜서 메일을 확인한 다음 그날 처리해야 할 문건을 살피고 비서가 체크한 일정을 소화하고 오후가 되면 사무실을 떠나 업무 파트너와 저녁을 먹고 골프 약속을 하는, 그런 문화인을 뜻한다고 수정방 측에서 마케팅을 하고 있지요."

장은 아내가 수정방 안내 책자에 꼼꼼하게 적어놓은 문장을 자연스럽게 뱉어냈다.

"한국에서야 그런 부류는 이제 특별하달 것도 없지 않습니까? 골프도 옛날 말이지……"

주성봉이 백주를 한 잔 따라 마시다가 시큰둥하게 말했다.

"개나 소나 휘둘러대니 토요일, 아니 평일 저녁에도 골프장마다 사람들이 바글바글합니다. 그 덕에 저도 먹고삽니다만."

장은 주성봉의 골프장에 백주를 납품하던 일을 떠올렸다. 주성봉이 백주회에 들어오고 반년 만에 성사된 일이었다. 장은 회전판을 살짝 돌려 해산물 요리를 백 교수 앞으로 다시 돌렸다. 민 선생이 요리를 덜어 백 교수 접시에 놓았다.

"우리 백 고문님 챙기느라 고생이 많으신데 자 한잔 받으시지요."

장은 백년고독을 민 선생 잔에 따랐다.

코스 요리가 나오기 시작했다. 장은 요리를 들고 온 종업원에게 낮은 소리로 몇 마디 하고는 지갑에서 돈을 꺼내 주머니에 찔러주었다. 종업원이 나간 뒤 장은 들고 온 쇼핑백을 조심스럽게 테이블에 올려놓았다. 그리고 슬쩍 민 선생 쪽으로 밀었다. 민 선생이 쇼핑백에서 고급스럽게 포장된 박스를 꺼냈다. 사람들 시선이 민 선생이 꺼낸 박스로 쏠렸다.

"아니…… 이건 수정방 세기전장 아니오?"

먼저 알아본 것은 주성봉이었다.

"맞습니다. 중국의 상위 1프로만 마신다는 바로 그 명주지요."

민 선생이 포장 박스에 고정시킨 나사를 풀어내고 세기전장을 조심스럽게 들어냈다. 세기전장은 뚜껑과 술병이 맞물린 자리에 제품 인증서가 고급스럽게 붙어 있었다. 진짜 명주는 그곳에 비밀이 다 숨어 있다 해도 과언이 아닙니다. 진짜임을 재차 묻는 장에게 술을 전해준 사람은 그렇게 말했다. 인증서 하단에 있는 웹사이트 주소에 접속해 인증번호를 입력하면 진짜인지 확인할 수 있다는 말에 장은 확신이 섰다.

"언제 그럴 시간이 있었단 말이오? 양조장에서 나올 때 빈손이더니, 그럼 재현의 거리에서 사라진 이유가?"

주성봉이 쇼핑백의 정체를 이제야 알겠다는 듯 뒷말을 끊었다.

"수정방 쪽에 아는 사람이 있어 특별히 부탁을 했지요."

사실 수백만 원이나 하는 술을 제값 주고 사는 것은 어리석은 짓이었다. 장은 우쭐한 마음을 내심 숨기며 민 선생이 세기전장을 백 교수 앞에 조심스럽게 내려놓는 것을 지켜보았다.

"역시 장 형은 젊은 사람이라 화끈한 구석이 있다니까."

주성봉이 두툼한 입술을 실룩였다. 자신에게 귀띔도 없이 알짜 물건을 혼자 싸게 구입한 장이 내심 섭섭한 눈치였다.

백 교수는 작품이라도 감상하듯 테이블 위에 있는 세기전장을 바라보았다. 조급증이 났는지 주성봉이 회전테이블을 자신 앞으로 돌렸다. 주성봉이 앞에 있는 세기전장을 한 번 훑더니 감상이 채 끝나지도 않은 술병의 뚜껑을 비틀어버렸다. 장은 자신도 모르게 얼굴이 일그러졌다. 술값의 전부가 들어 있는 것과 마찬가지인 인증서를 그리 무지막지하게 비틀어버린 것에 짜증이 일었던 것이다.

"워낙 가짜가 판을 친다지만 장 형 안목이라면 믿을 수 있지 않겠어요?"

말은 그래도 주성봉은 무언가를 쉽게 믿는 사람이 아니었다.

"명주는 뚜껑의 인증서를 보면 진짜인지 아닌지 알 수 있다고들 하지 않습니까?"

장은 회전판을 돌려 널브러진 뚜껑을 주워 들었다. 인증서에 찍힌 숫자는 이미 알아볼 수 없을 정도로 훼손되어 있었다.

"에고, 그것도 모르고 비틀어버렸으니."

주성봉이 진짜고 가짜고가 뭐가 중요하겠느냐며 회전판을 자기 앞으로 돌렸다. 장은 그 말에 더 기분이 상했다.

"자, 한잔 받으세요."

주성봉이 백 교수 잔에 세기전장을 먼저 따랐다.

"솔직히 우리 때야 즐길 거리가 뭐 있었습니까? 백 교수님도 마찬가지겠지만요, 화투나 술이 다였지……"

주성봉이 장의 눈치를 보다가 생뚱맞게 화투 이야기를 꺼냈다. 백 교수는 주성봉의 말에 자신은 무관하다는 듯 헛기침을 하면서 고개를 돌렸다.

"좀 여유 있어야 꽃놀이라도 갔지, 안 그래요 백 교수님? 우리 집 여편네도 이제 유럽 여행도 귀찮은 모양이지 뭡니까. 앉아서 화투패나 떼고 있으니……"

백 교수가 마지못해 주성봉 잔에 세기전장을 따랐다. 주성봉이 세기전장을 단숨에 입안으로 털어 넣었다.

"이 나라나 저 나라나 다리 아프게 돌아다녀봐야 그게 그거라고 합디다. 아는 게 있어야 눈에 뵈지요. 가이드 뒤나 병아리처럼 졸졸 따라다니다가 돌아올 때 명품 가방 한두 개 사 들고 오는 게 그나마 낙이라더니…… 늙으니 그마저도 재미가 없는 모양입니다."

주성봉이 마파두부를 입에 넣고 오물거렸다. 그의 말끝에 잠시 침묵이 흘렀다. 민 선생이 슬그머니 아이폰을 끄고 헛기침을 두어 번 하더니 입을 열었다.

"생존의 문제에 생의 에너지를 소진하는 자본주의 사회에서 사는 오늘날 한국인에게 지적 숙련이나 미적 심미안을 고양시킬 수 있는 여지를 남겨놓지 않았기 때문이지요."

민 선생이 작정한 듯 한마디 했다. 주성봉이 민 선생의 말뜻을 이해하려는 듯 눈동자를 위로 굴렸다.

"민 군 말이 맞네, 그러다 보니 말초적인 것을 자극하는 잡스러운 모임이 성행하고, 개인의 자율성이 부족하고 자아 신념의 기회가 적은 가짜 여가가 판을 치게 된 게지."

백 교수와 말을 주거니 받거니 하던 민 선생은 한국 놀이문화의 부재를 주제로 논문을 준비 중이라며 머리를 긁적였다.

"초기 산업사회에서 식량 부족을 기근이라고 했다면 경제성장을 이룬 현대는 물질적 풍요로 인해 시간의 기근 현상을 초래하게 되었죠. 차량 구입 비용을 벌기 위해서 더 많은 시간을 노동에 투자해야 하는, 목적과 수단이 뒤바뀐 왜곡된 여가가 판을 치게 된 거죠."

"아아…… 민 선생, 좋은 술을 앞에 두고 뭐 그리 골치 아픈 말을 하고 그래요, 자자…… 술이나 마십시다."

주성봉은 자신의 감정이나 말이 백 교수나 민 선생의 입에서 어렵게 해석되는 것이 내심 골치 아픈 듯 손을 내저으며 민 선생의 잔에 술을 따랐다. 주성봉은 그런 분위기를 참아내지 못하면서도 말끝에는 백 교수와 민 선생에게 동조를 구하듯 그들을 끌어들였다.

민 선생이 몸을 조금 틀어 세기전장을 천천히 한 잔 마셨다.

"백주 시장에서 밀려나던 첸싱기업이 수정방 유적지 발견 후 엘리트 남성, 즉 한자 그대로 고급 지식분자들만이 마실 수 있는 술이라는 차별화된 전략으로 시장을 공략했다지요."

장이 움츠리고 있던 어깨를 펴며 백 교수에게 말했다.

"그런 스토리텔링 마케팅이 명분 좋아하는 중국 엘리트들에게 먹혀들어간 거지요."

백 교수가 한마디 보탰다.

"차별화된 전략이라고 해봤자 계급 간의 위화감만 조성할 뿐이지, 결국 정서마저도 상품화시켜 똑같이 찍고 똑같이 느끼게 해서 일사천리로 팔려나가게 만들려는 뻔한 술책 아니오. 그 전략이란 것이."

장은 일부러 일어나 백 교수 쪽으로 가 그의 잔에 세기전장을 따랐다. 백 교수가 그럴듯하게 명분을 내세우다가도 가끔 정색을 하고 학생들한테 하듯 말을 뱉어낼 때면 장은 왠지 자신을 향한 비난인 듯 느껴졌다. 백 교수가 말을 멈추고 세기전장을 입에 한 모금 품고 음미를 했다. 그러더니 나머지를 홀짝 들이켰다.

"입에 넣자마자 탁하니 쏘는 맛은 여느 배갈과 같지만 자극은 훨씬 덜한 편이군요. 쓴맛이 있나 싶으면 단맛이 있고 단맛이 고이는가 싶으면 이내 정갈하게 걷히는 것이 역시……"

백 교수를 만난 이후 처음 듣는 찬사였다. 장은 자신의 술잔 옆에 세워둔 세기전장 뚜껑을 내심 흐뭇하게 쳐다보았다.

"최초로 술을 빚은 생명체는 원숭이라는 설이 있지요."

백 교수가 잔을 내려놓으며 말했다. 원시시대 원숭이가 자신이 딴 과일을 나무 갈라진 틈이나 바위의 움푹 팬 곳에 저장해두었는데 인간이 우연히 발효된 그것을 먹어보게 되었고, 맛이 좋아 따라 만들어 먹기 시작했다는 것이다. 백 교수는 수렵, 채취시대의 과실주에서 유목시대 가축의 젖으로 만든 젖술을 비롯해 농경시대 이후 곡물이 원료인 곡주까지 인류가 술과 역사를 같이했음을 강조했다.

"원숭이가 술을요?"

주성봉이 뒤늦게 세기전장 술잔을 들어 보이며 놀란 듯 되물었다. 그는 백 교수가 강조한 술의 오래된 역사에는 관심이 없는지 원숭이란 단어에 힘을 주었다.

"가설이란 말이지, 정말 원숭이가 그랬는지는 아무도 모르는 일이지요."

"전 정말 원숭이가 술을 만들어 마셨다는 얘긴 줄 알고, 괜히 명품 술맛 떨어지는 줄 알았습니다."

백 교수가 피식 웃으며 장의 잔에 세기전장을 따랐다. 술잔은 다시 백 교수에게로, 민 선생을 거쳐 주성봉에게 이어졌다.

"이거, 한 잔 값이 우리 골프 코치 일당하고 맞먹는 셈이군요."

세기전장에 대한 백 교수의 찬사 탓인지 주성봉이 한 방울이라도 튀어 나갈까 조심스럽게 잔을 들어올렸다.

"향이나 맛이나 일품이에요. 그렇지 않아요 백 교수님?"

주성봉이 백 교수에게 잔을 들어 보였다. 백 교수가 세기전장을 천천히 한 모금 마셨다.

"암튼 백주회에 대한 장 형의 열정은 알아줘야 한다니까요.

우리 고명하신 백 교수님 고문 영입에, 세기 최고의 명품 술까지, 이제야 백주회가 제대로 돌아가는 느낌입니다."

"우리 회원들에게도 사장님이 운영하시는 골프연습장 가입을 권유하고 있습니다. 어려운 세상 이렇게 서로 돕고 사는 거지요."

장은 주성봉의 잔에 술을 따랐다. 백 교수는 세기전장을 앞에 두고 두 손을 배 위에 포갠 채 지그시 눈을 감았다. 백 교수가 입을 다물자 장도 입을 다물었고 수정방 양조장에 대한 이야기도 거기서 멈추었다. 잠시 침묵이 흘렀다.

"백…… 고문님……"

장이 빈 잔에 세기전장을 따르며 나지막한 목소리로 백 교수를 깨웠다. 백 교수가 설핏 눈을 뜨며 헛기침으로 무안함을 대신했다.

"아무리 술이 좋아도…… 뭐 좀 심심하지 않아요?"

주성봉이 코스 요리 끝에 나온 후식을 억지로 먹다가 뒤통수를 긁었다.

"그럼 노래방이라도 가시게요?"

민 선생이 시계를 보며 주성봉을 쳐다보았다.

"민 선생도 순진하시기는…… 중국까지 와서 노래방에나 틀어박히라고요."

장은 남아 있던 쇼핑백 하나를 슬그머니 회전 테이블 위에 올려놓았다. 사람들 시선이 다시 쇼핑백으로 모아졌다.

"샘플 제작 중인데 아는 사람을 통해 힘들게 손에 넣었죠."

큰 비밀이라도 듣는 것처럼 사람들이 장의 말에 귀를 기울였다. 장은 잠시 뜸을 들이다가 만리장성의 요리 접시보다 좀더 큰 물건을 쇼핑백에서 꺼내 회전테이블에 올렸다. 민 선생은 하품을 삼킨 끝에 눈물이 그렁그렁한 눈으로 짙은 살구색 젤리 질감의 모형을 쳐다보았다. 도저히 무엇에 쓰는 물건인지 모르겠다는 표정이었다.

"아!"

주성봉이 자신의 무릎을 쳤다. 백 교수는 목을 낮게 돌리며 점잖게 물건을 건너다보았다.

"기능도 확인할 겸 물건을 술잔이 도는 방향으로 돌리겠습니다."

장이 제안했다. 그럼 그럴까요? 라고 말한 것은 주성봉이었다.

"자, 먼저 주 사장님 쪽으로 갑니다."

장은 술잔에 세기전장을 따르고 그 옆에 모형을 올려 주성봉 쪽으로 회전 테이블을 돌렸다. 민 선생이 팔짱을 끼고 뒤로 물러앉았다. 모형이 주성봉 앞에 멈추었다. 주성봉은 수정방 세기전장과 모형이 조명을 받으며 테이블 위에 섞여 있는 것을 작품 감상하듯 조용히 지켜보았다. 그는 털이 수북하게 심어진 모형 가운데를 슬쩍 헤집었다.

"시중에 유통되기도 전에 이 귀한 물건을 손에 넣다니, 역시 장 형입니다."

주성봉은 진짜 알짜는 따로 챙겼다며 너스레를 떨었다.

"이제 백 교수님 차렙니다. 자 받으세요."

주성봉이 회전 테이블을 백 교수 쪽으로 돌렸다. 세기전장과 모형이 백 교수 앞에서 멈추었다. 백 교수는 모형을 외면한 채 세기전장을 천천히 한 모금 마셨다. 민 선생이 슬쩍 장 쪽으로 테이블을 돌렸다.

"이제 다들 이 물건의 정체를 아셨나 봅니다."

주성봉이 백 교수와 민 선생을 향해 호탕하게 웃었다.

"그럼 제가 한번 작동시켜볼까요?"

장이 모형을 들어 모형 반대편에 있는 스위치를 눌렀다. 모형이 서서히 움직이며 부풀어 올랐다. 장은 진동과 수축, 이완이 자유롭게 이루어지는 과정은 기존 제품과 별반 다름이 없다고 했다.

"다른 점은…… 삽입이 끝나고 페니스의 크기가 어느 정도 부풀어 오르면 질 외벽에서 젤리 같은 분비물이…… 나온다는 점입니다. 더불어……"

장이 잠시 말을 멈추었다. 민 선생과 주성봉의 시선이 장에게 고정되었다.

"기능이 하나 추가되어 지금까지 한 번도 느껴보지 못한 새로운 경험을 할 수 있다는 겁니다."

"그게…… 어떤…… 기능이?"

민 선생이 관심을 보이며 물었다.

"그건 아직 저도 모릅니다."

사실 장도 업자가 말한 그 기능을 확인하지 못한 터였다.

"워낙 신상품이라 후기가 없다는 말이네."

주성봉이 들떠서 말했다. 이 세상에 존재하지 않는, 신세계의 상품을 보는 듯 백 교수의 표정이 제법 진지해졌다.

"자, 이제 스위치를 눌러 작동해보십시오."

장이 모형을 주성봉 쪽으로 보냈다. 주성봉이 모형을 들고 스위치를 눌렀다. 부풀어 오른 모형의 뒷부분은 복어의 배를 집게로 집은 것처럼 골을 이루며 요염한 엉덩이 모습을 되찾았다. 주성봉이 거침없이 가운데 부분에 손을 넣었다.

"어…… 장 형……"

주성봉의 생생한 중계가 이어졌다. 얼굴이 붉어진 민 선생이 장과 눈이 마주치자 고개를 돌렸다. 이리저리 손목을 돌리던 주성봉이 모형에서 손을 뺐다.

"색다른 기분인걸요. 백 교수님도 한번 넣어보세요."

주성봉이 모형을 백 교수 쪽으로 밀었다. 백 교수가 말없이 모형을 내려다보다가 입을 열었다.

"18세기 이전까지 남성과 여성의 신체는 그저 돌출과 함몰의 차이에 불과했다고 하지요. 시대가 바뀌고 여성을 판단하는 주체가 남성으로 넘어가면서 성적인 시각으로 여성의 몸을 보기 시작했습니다. 르네상스 이후 남성의 시각이 개입된 시초의 작품이 보티첼리의 비너스의 탄생이라고들 봅니다만……"

백 교수가 모형을 찬찬히 살폈다. 주성봉이 짓궂게 모형의 스위치를 눌렀다.

"인도의 힌두교는 성에 대해 예술과 과학, 영적 행위라는 개방적 태도를 가집니다. 성교를 과학적으로 접근한 기록물을 세계 최초로 남기기도 했으니까요."

모형이 부풀어 올랐다.

"하지만 힘을 쥔 남성의 편의에 따라 성은 이제 지하 세계를 오가게 되었고 사회 문화적으로 억압된 성은 급기야 형체가…… 으음…… 이렇게 일그러지고 말았습니다."

모형은 수축과 이완을 반복하고 있었다.

"지하로 숨어든 이 피지배체들의 소리 없는 표출이라고 볼 수 있겠습니다. 이 작품은."

백 교수의 말끝이면 이내 심드렁해지던 주성봉이 전에 없이 크게 고개를 끄덕였다. 모처럼 누군가에게 인정받는 아이 같은 진지함이 묻어 있었다.

"장 형, 이번 거는 내가 먼저요."

백 교수의 말이 채 끝나기도 전에 주성봉이 모형을 낚아챘다.

"이거 오늘 밖으로 나간 회원들 억울하겠는걸…… 이런 귀한 걸 놓치고……"

주성봉이 빈 쇼핑백에 모형을 재빨리 넣었다.

"장 형이 들고 오는 물건은 하나같이 마력이 있다니까. 마약처럼 백주회에서 발을 빼지 못하게 만드니 말이오."

주성봉은 물을 한 모금 입에 넣고 굴리다 이내 삼켰다.

"장 형은 마치 집시 같구려."

백 교수가 맥없는 목소리로 느닷없이 말했다.

"집시라니요?"

되물은 것은 주성봉이었다.

"『백년 동안의 고독』에 나오는 멜키아데스 같은 사람 말이오."

"집시라면 떠돌이 장돌뱅이 아니오?"

주성봉이 제법 아는 척 말을 꺼냈다. 장도 그 소설을 읽은 적이 있었다. 장의 또래라면 노벨문학상을 받은 그 책을 한번쯤 책꽂이에 꽂아보았을 터였다. 장은 멜키아데스라는 집시가 마콘도라는 원시 낙원에 문명 세계의 물건을 전염병처럼 퍼트린다는 앞 장의 내용을 대충 더듬다가 이내 생각을 털어냈다. 이렇게 술판이 끝날 쯤이면 백 교수는 으레 일말의 가책인 양 한마디씩 내뱉곤 했다. 그것은 언뜻 장을 향한 질타인 듯해도 자위 용품을 피지배체의 소리 없는 표출로 해석한 백 교수 자신에 대한 초라한 변명 같은 것인지도 몰랐다.

"그런 인물이 있었습니까?"

장은 모르는 척 능청스럽게 되물었다.

"어느새 세기전장도 다 비었군."

주성봉이 재미 삼아 회전 테이블을 돌렸다. 속이 빈 세기전장 병이 장 앞에서 멈추었다. 주성봉은 다음 잔이 아쉬운 듯 입맛을 다셨다. 자리를 털고 일어설 요량으로 장은 세기전장 빈 병을 주워 올렸다. 주성봉이 회사에 좋은 술 잔뜩 두고 빈 술병은 왜 그리 챙기느냐고 물었다. 그 말이 휴대폰을 두고 왜 군이 카메라로 사진을 찍느냐고 묻는 것처럼 들렸다.

"우리 회원들이 마신 이런 명주를 쓰레기통으로 들어가게 둘 수는 없지요."

장은 세기전장 빈 병에 뚜껑을 조심스럽게 닫아 돌렸다. 주류 도매상을 하면서 수도 없이 뚜껑을 만져본 장은 고개를 갸우뚱거렸다. 닫다 보니 이상하게 싸구려 뚜껑 돌아가는 느낌이 드는 거였다.

"장 형 왜 그래요?"

주성봉이 물었다. 장은 황급히 빈 병을 쇼핑백에 넣고 계산대로 향했다. 계산을 마치고 호텔로 돌아오며 장은 기분 탓일지도 모른다고 생각했다. 사실 백 교수가 집시 운운하는 바람에 여흥이 깨졌던 것이다. 술이 진짜건 가짜건, 600년 역사가 진짜든 아니든 중요한 것은 아니었다. 백주회 회원들이 600년 역사를 근사하게 마셨다고 생각한다면 명주 기행은 성공이었다.

*

호텔에서 짐을 챙겨 나온 장은 일행과 함께 공항으로 향했다. 전날 번화가로 나갔던 회원들은 관광버스에 타자마자 곯아떨어졌다. 주성봉은 그중 한 명을 붙잡고 모형 이야기를 꺼내며 수선

을 떨었다. 아예 회원들을 깨워 뒷자리로 모았고 이내 웃음이 터
져 나왔다.

"자, 삽입합니다."

주성봉의 목소리와 함께 뒷좌석에서 괴성이 쏟아졌다. 백 교
수가 창 쪽으로 고개를 돌렸다. 창밖으로 멀리 황사가 일었다.
장은 피로회복제 뚜껑을 열어 백 교수에게 건넸다.

"어제 좋은 술을 마셔서 그런지…… 허허."

백 교수가 피로회복제를 받아들었다.

어젯밤, 만리장성에서 호텔로 돌아온 장은 백 교수가 묵고 있
는 객실 문을 두드렸다. 백 교수가 젖은 머리를 털며 나왔다. 장
은 따로 챙겨 놓았던 세기전장과 모형을 백 교수에게 건넸다.

"허허…… 참."

백 교수가 물건을 받아들며 머리를 긁적였다. 장은 객실로 돌
아와 명주 기행 도깨비 상품의 만족도를 별 다섯 개로 찍어 아내
에게 전송했다.

버스는 어느새 쓰촨 시내를 벗어나고 있었다.

첫
눈

눈은 아직 내리지 않았다. 그는 다리미를 달구고 난로에 불을 지폈다. 난로는 늘 세탁물을 수거하고 돌아온 그의 언 손을 녹여 주었다. 주인은 골방을 내주며 혼자 지내기에는 아쉽지 않을 거라고 했다. 세탁물 수거 아르바이트를 전전하는 그에게 짬짬이 세탁 기술을 가르쳤다. 치매를 앓다 가출한 아내를 찾으러 다니는 시간이 부쩍 많아져서였다. 지난해 주인은 다 접고 아내를 찾아 떠난다고 했다. 그가 성실해서 아쉽지만 헐값에 가게를 넘긴다고 했다. 다 털고 간다면서도 다리미만은 미련이 남는 모양이었다. 삼십 년이나 된 낡은 다리미를 자리를 떠날 때까지 만지작거렸다. 손잡이가 반질거리는 다리미는 흙과 기름이 묻지 않은 최초의 연장이었다. 그에게 그렇게 행운이 찾아왔다.

바람이 불었다. 기온은 낮았지만 옷이 마르기 좋을 정도의 훈기를 머금은 바람이었다. 그는 가게 밖에 걸어둔 연미복을 걷어

내렸다. 이태리 수입 원단과 모가 섞인 연미복은 사실 손질할 것
이 별로 없었다. 옷에 잡냄새도 배지 않았고 바지의 주름도 날이
섰다. 변두리 주택가 세탁소에 이처럼 고급 예복을 맡기는 사람
은 없었다. 더군다나 연미복 세탁은 그로서도 처음이었다. 한 달
전 병원 직원이 와서 옷에서 아무런 냄새도 나지 않게 해달라며
연미복을 맡겼다. 냄새에 예민한 옷 주인이 유난히 드라이클리
닝 냄새를 싫어한다는 것이다. 그는 그 정도 솜씨가 될지 모르겠
다고 머리를 긁적였다. 묻혀 온 냄새보다 세탁을 하면서 밴 냄새
를 제거하기가 더 어려웠다. 세탁을 끝낸 옷에서 아무 냄새도 나
지 않게 하는 데 도무지 자신이 없었다. 직원은 사뭇 긴장한 자
세로 서 있는 그에게 행거칩을 꽂을 때 각을 맞추어달라는 주문
을 하고 자리를 떠났다.

그는 연미복 윗도리를 뒤집어 다림판 위에 올렸다. 다리미 가
까이 손바닥을 대자 온몸으로 따뜻한 기운이 전해졌다. 다리미
의 온도는 100도가 넘었다. 전 주인은 그 정도 온도는 따뜻한 게
아니라 뜨거운 거라고 몇 번이나 주의를 주었다. 그런 것을 모를
만큼 둔하지는 않았다. 단지 작고 단정한 연장에서 나오는 열이
그가 주인으로서 일을 하고 있다는 사실을 일깨워주는 듯해서였
다. 그는 다리미 손잡이에 손을 얹어 지그시 힘을 주었다. 겨드
랑이 밑으로 이어진 시접 선을 평평하게 펴다가 문득 전 주인은
잘살고 있는지 궁금해졌다. 다리미 밑에서 구겨진 시접 선이 펴
지듯 주인도 남은 생을 그렇게 주름 없이 살면 좋겠다고 생각했

다. 그는 연미복을 다시 뒤집으면서 누군가의 행복을 빌어주고 있는 자신의 모습이 새삼스러워 웃음을 흘렸다. 열에 옷감이 상하지 않게 연미복 위에 보호 천을 올리자 그의 삶도 보호받고 있다는 생각이 들었다.

그는 다림질을 마치고 연미복의 먼지를 털어냈다. 따로 챙겨두었던 하얀 행거칩을 펼쳤다. 손바닥만 한 행거칩 모서리에 실크 100프로라는 표시가 앙증맞게 적혀 있었다. 그는 다리미 온도를 내리고 행거칩을 다려 각을 맞추어 접었다. 각을 살펴본 후 윗호주머니에 꼽고 연미복을 가게 밖에 내다 걸었다. 이대로 바람이 불어준다면 다리미의 열 냄새도 곧 날아갈 거였다.

"솜씨가 좋습니다."

오후 무렵 세탁소에 들른 직원이 연미복에 코를 가져다 대며 말했다. 그러고는 병원 세탁 일 한번 해보지 않겠냐고 물었다. 그는 길 건너 병원 벽에 붙어 있는 '산모들의 건강을 책임지겠습니다'라고 큼지막하게 적힌 현수막을 본 적이 있었다. 그는 경솔해 보일 만큼 손을 크게 내저었다. 직원은 자신이 입고 있는 유니폼을 가리키며 이런 옷 세탁은 그리 까다로운 일은 아니라고 했다. 주된 세탁물은 직원들의 유니폼과 조리실의 위생복이라 했다. 병상의 침대 시트나 환자복은 대형 세탁업체가 맡고 있다고 덧붙였다. 직원은 세탁 일을 맡기는 이유가 그의 인상이 좋아서라고 말했지만 그 업체에 번번이 별도 주문을 하는 게 눈치가 보이는 것 같았다. 그는 따뜻한 물 한 잔을 직원에게 건넨 후 연미복에 비닐을 씌우며 이런 고급스러운 옷은 언제 입느냐고 물었다. 직원이 피식 웃었다. 옷 주인은 병원장의 첫째 사위인데 이태리에서 성악을 전공한 테너 가수라고 했다. 지금은 병원에 사무장으로 있는데 한 달에 한두 번 연미복을 입고 무대에 선다는 것이다. 한 사람이, 병원장의 사위이고 성악가이며 사무장이라니…… 그에게는 아득하고 먼 이야기처럼 들렸다. 그가 한 번도 소속되어보지 못한 멀고 먼 세계, 거기다가 무대 위에서 노래까지 한다는 말에 그는 직원의 손으로 넘어간 연미복을 다시 한 번 쳐다보았다. 접힌 시접은 제대로 다 찾아 다녔는지 그는 잠시 몸을 굽혀 살폈다. 직원은 다음날 병원에 들러달라며 명함을 건넸다. 그리고 세탁물은 지하 1층 조리실에 맡기면 된다면서 가게를 떠났다.

그는 난로 앞에 앉았다. 형이 일찍 죽지 않았더라면 이곳에 마주앉아 지나간 일들을 추억 삼아 떠올렸을 것이다. 가게를 하나 마련하니 부쩍 형 생각이 났다. 이제 형의 얼굴도 가물가물했다. 그때는 형도 너무 어려서 어쩌다가 이 세상에 어린 두 피붙이만 남게 되었는지 이유를 설명해주지 못했다. 더군다나 그가 굶어 죽지 않을 만큼 집을 비웠다가 들어오기를 반복했다. 설사 집에 들어온다 한들 우애가 깊어 정을 나누는 것은 아니었다. 종일 잠을 자거나 트집을 잡아 그를 두들겨 패기 일쑤였다. 부끄럽게도 그는 형의 기일을 알지 못한다.

어느 겨울날, 집으로 형사가 찾아왔다. 그는 머리에 쌓인 하얀 눈을 털어내며 방 안을 둘러보았다. 남의 집을 털면서도 동생은 챙겼나 보네. 형사는 그렇게 중얼거리며 장난감 전화기를 그에게 안겼다. 그걸 가지고 놀 나이는 아니라는 생각이 들었는지 그에게 몇 학년이냐고 물었다. 그가 4학년이라고 대답하자 형사는 한숨을 내쉬었다. 잠시 머뭇거리다가 그는 형이 오토바이를 타다가 사고를 당했다고 말했다. 장난감 전화기는 오토바이 뒤에 실려 있었다고 했다. 새것처럼 비닐로 포장되어 있었지만 수화기 끝이 심하게 갉아 먹혀 있었다. 그는 무수히 난 이빨 자국을 보며 그럼 형이 집에 돌아오지 않느냐고 물었다. 내심 형이 영원히 집에 오지 않았으면 좋겠다는 생각을 했던 것이다.

"밖에 첫눈 오는 거 봤냐?"

형사는 대답 대신 엉뚱하게 첫눈 이야기만 늘어놓았다. 나중에야 좋은 데 갔을 거라고 말을 얼버무렸다. 밥이나 잘 챙겨 먹고 살아라. 형사는 그의 손에 돈을 쥐여주고 나가다 돌아보았다.

"날짜라도 기억했다가 하늘에 술이라도 한잔 뿌려줘라."

그 말을 던지고 문밖으로 사라지는 형사 뒤로 함박눈이 내리고 있었다. 그는 난롯불을 쬐거나 다림질을 하다가 문득 형도 죽기 전에 이런 따뜻한 기운을 느껴보았을까 하는 생각이 들었다.

*

그녀는 조리대를 치우다 가슴을 문질렀다. 느닷없이 가슴이 뭉치고 아렸다. 씻어놓은 채소는 물기가 거의 빠지고 있었다. 주방 여사님들은 오늘도 뒷마무리를 하지 않고 퇴근을 했다. 매번 주의를 줘도 영양사인 그녀의 말을 은근히 묵살하곤 했다. 그녀는 손질한 채소를 비닐봉지에 담아 냉장고에 넣었다. 삶고 있는 돼지 족에서 뽀얀 국물이 우러나고 있었다. 산후조리동에는 젖이 돌지 않는 산모가 여럿 되었다. 특실에 입원한 산모는 병원장의 막내딸이었다. 병동 산부인과 의사인 강 선생과 결혼했는데 유난히 젖이 돌지 않았다. 원장 사모님은 조리실까지 찾아와 젖이 돌게 하는 음식을 특별히 주문했다. 돼지 족발을 푹 우려낸 국물로 미역국을 끓여보자고 한 이는 종숙 여사였다. 애를 낳고 젖이 돌지 않을 때 사용하는 민간 처방인데 그 덕을 톡톡히 보았다는 것이다. 그녀는 가스 불을 끄고 미역을 물에 불렸다. 차조밥과 미역국, 삼색 나물과 새우살 야채전으로 꾸민 식단은 내일 아침 산모들이 섭취해야 할 칼로리를 공급하기에 너끈해 보였다. 그녀는 야근한 직원들을 위해 두부조림과 생선커틀릿을 추가하고 냉장고에서 두부를 꺼내 굽기 좋게 잘랐다. 두부라도 구워놓으면 조리 시간을 줄일 수 있기 때문이다.

퇴근이랄 것도 없었다. 그녀는 휴게실 문을 열었다. 방바닥에서 온기가 올라왔다. 벽에 기대앉아 다리를 뻗자 피곤이 밀려왔다. 휴게실에 딸린 방을 내주며 병원이 자리를 잡을 때까지 수고 좀 해달라고 한 사람은 사무장이었다. 식자재 업체의 소개로 사무장을 처음 만났을 때 숙식은 물론 월급에 수당을 더 얹어주겠다고 했다. 직원들과 산모들의 식단을 미리 짜서 들고 간 그녀의 태도가 미더운 모양이었다. 그날 사무장은 충혈된 눈으로 식단표를 꼼꼼히 들여다보았다. 개원하면서 신경을 너무 쓴 탓이라며 연신 눈을 비벼댔다. 핏기가 가라앉은 맑은 눈이 마치 어린아이의 눈과 같다고 느낀 순간은 첫 식단을 차려 그 앞에 내놓았을 때였다. 따뜻한 밥상을 처음 받아본 사람처럼 그는 흥분을 감추지 못했다. 그는 허겁지겁 식판을 다 비웠다. 점심도, 저녁도 그는 음식을 모두 비웠다. 보고 배운 바도 없이 자신의 몸 어디에서 그런 손맛이 나오는지 그녀도 모를 일이었다.

잠시 눈을 감았을 뿐인데 벌써 서너 시간이 흘러 있었다. 그녀는 발끝까지 덮여 있는 담요를 내려다보았다. 사무장이 다녀간 모양이었다. 그녀는 그렇게 쪽잠을 자다 누군가의 눈에 띄었다는 게 부끄러웠다. 웅크리고 잠을 자는 습관이 붙게 된 이유는 그녀가 영양사 자격증을 따기 위해 밤을 새우면서부터였다. 기억하고 싶지 않지만, 어쩌면 훨씬 그 이전부터였을 것이다.

그녀는 어렸을 때 어느 지하 방에서 굶어 죽기 직전에 발견되었다. 누군가 잠긴 문을 열었다는 것이다. 학대와 방치를 일삼던 철없는 어린 부모가 아이를 버리고 잠적했다는 기사는 그녀가 초등학교에 들어간 후로도 따라붙었다. 그때 누군가 전화 제보를 하지 않았더라면, 조미영 학생은 죽었을 거라고 담임선생님은 말했다. 이 세상에 따뜻한 사람이 얼마나 많은지 이야기를 하는 중이었다. 그날 그녀가 구급대원의 품에 안겨 밖으로 나왔을 때 얼굴에 차가운 것이 떨어져 내렸다. 눈을 뜨니 어렴풋이 하늘이 보였다. 하늘에는 온통 하얀 솜털뿐이었다. 옆에서 누군가 첫눈의 기적이라고 말하던 것도 같았다.

아침 식사를 마친 직원들이 병원 구내식당을 빠져나갔다. 여사님들이 밥을 먹기 위해 상을 차릴 때였다. 사무장이 내려왔다. 그는 장인과 겸상을 하거나 직원들과 섞여 밥을 먹는 일이 거의 없었다. 늘 혼자였다. 사무장이 가운데 자리를 잡고 앉았다. 회식에 몇 번 어울리다 보니 자연스럽게 같이 밥을 먹게 된 것이다. 그의 아내는 화가인데 교회에서 만나 결혼을 했다고 한다. 지금은 개인전 준비를 위해 유럽 어딘가로 스케치 여행을 떠났다고 했다.

"산비둘기 요리가 거시기에 그렇게 좋다는 걸 아시남유?"

밥을 먹다가 종숙 여사가 유들유들하게 말을 꺼냈다. 지난번 꿩 요리에 이어 이번에는 산비둘기 요리였다. 사무장이 포수를 한 명 사귀느냐고 농담을 했다. 종숙 여사는 전에 일하던 해물탕집의 사장이 사냥을 즐겼다고 말했다. 이런 일을 하다 보면 정력에 좋다는 음식을 찾아다니는 사람들을 종종 만날 수 있었다. 해물탕집 사장도 그런 모양이었다. 종숙 여사는 그곳에서 10년 동안 주방장으로 일했다고 했다. 그런 경력이 소문이 나 그녀가 이곳에 왔을 때 엄청난 사람이 들어왔다며 조리실 분위기가 술렁였다. 하지만 종숙 여사는 그 모든 기대를 저버리고 입담 하나로 지금껏 버티는 중이었다.

산비둘기 요리는 그녀도 처음 듣는 바였다. 그가 디저트로 내놓은 홍시를 집어 들며 씁쓸하게 웃었다. 병원장이 사냥을 즐긴다는 것은 누구나 다 아는 사실이었다. 사냥을 몇 번 따라다닌 둘째 사위인 강 선생 말이 간호사의 입을 타고 조리실까지 전해졌다. 의사들 앞에서 사냥개처럼 떨어진 새를 주우러 다니는 남자, 그가 사무장이라는 뒷담화를 듣고 그녀는 귓등으로 흘렸다.

"산비둘기 대여섯 놈을 푸욱 곤 국물에 만두나 떡을 넣고 끓여 잡숴봐."

종숙 여사는 그게 비아그라에 비할 바가 아니라고 했다. 남녀합을 맞추는 데 그만이라는 것이다. 특히 겨울 산비둘기는 더 효험이 좋다고 했다. 사무장이 자신과는 상관없다는 듯 팔짱을 끼고 의자에 등을 기댔다. 그걸 먹고 일을 치른 뒤 며칠 동안 일어나지 못했다는 말에 한바탕 웃음이 터질 때였다. 조리실 문이 살그머니 열리더니 세탁소 남자가 조심스럽게 들어왔다. 그녀는 생경한 풍경인 양 왁자한 웃음소리에 주눅이 든 남자에게 눈길을 주었다. 다른 세탁소와는 달리 연미복과 위생복의 시접까지 빠짐없이 찾아 다리는 남자에게 눈길이 갔던 것이다. 세탁소 남자에게선 사람을 함부로 부려보지 않은 사람들이 갖는 태생적인 연약함이 느껴졌다. 왜소한 체구 때문만은 아니었다. 그녀는 식탁 쪽을 힐끗거리는 남자에게 식사라도 하고 가라고 말했다. 남자는 과장되게 손사래를 치며 성급히 세탁물을 챙겨 가버렸다. 산비둘기에 대한 뒷말이 오가는 중이라 아무도 세탁소 남자를 눈여겨보지 않았다. 종숙 여사가 우스갯소리로 다 같이 산비둘기나 잡으러 가자며 사무장을 쳐다보았다. 그가 피식 웃으며 자리에서 일어났다. 원장이 병동을 돌 시간이었다. 원장은 하루에 한 번 강 선생을 데리고 병동 전체를 돌았다. 지하 조리실까지 내려와 구석진 곳까지 꼼꼼하게 살피고 올라갔다.

휴식 시간도 거의 끝나갔다. 그녀는 세탁기에서 자신의 옷을 꺼내 옥상으로 갔다. 지하에서는 빨래가 마르지 않아 옥상에 줄을 하나 걸어놓았던 것이다. 산모들을 위해 옥상 정원을 꾸민다는 말이 있었지만 사무장이 입버릇처럼 말했듯 그건 병원이 자리를 잡은 뒤에야 생각해볼 일이었다. 그녀는 빨랫줄에 옷을 널다가 거리를 내려다보았다. 7층이라 그런지 거리가 한눈에 들어왔다. 하지만 그녀가 바라보는 세상에는 한 평, 아니 한 뼘이라도 다리를 뻗고 몸을 뉠 곳은 없었다. 어쩌다 보니 지하로만 떠돌게 되었다. 그래서인지 어디서든 손바닥만 한 곳이라 할지라도 바람이 불고 햇볕이 드는 곳을 찾아냈다. 산후조리원 위층에 방치된 옥상을 발견한 것은 그녀에게 행운이었다. 그녀는 빨래를 널고 담벼락 앞에 쭈그리고 앉았다. 옥상에 올라와 빨래를 널고 잠시 햇볕을 쬐는 시간이 그녀의 유일한 휴식 시간이었다. 그녀는 바람에 날리는 자신의 옷가지를 보며 설사 여름이라 할지라도 이런 볕이 좋을 것 같았다.

그녀는 찬 기운을 털어내며 산후조리원 복도로 내려갔다. 복도 가득 햇빛이 들어차 있었다. 병실 앞에 늘어선 꽃바구니들이 그 빛을 받아 찬란하게 빛나고 있었다. 아름다움도 지나치면 어지럼이 이는 모양이었다. 미친듯 피어 있는 꽃들을 보자 그녀는 현기증이 일었다. 경쟁이나 하듯 병실 앞에 내놓은 꽃바구니들 사이로 특실 문이 열려 있었다. 병원장의 딸이 있는 방이었다. 그녀는 무언가에 홀리듯 그곳으로 다가갔다. 산모가 윗옷을 풀어 헤치고 아기에게 젖을 물리려 애를 쓰고 있었다. 그런 모습을 안타깝게 지켜보고 있던 강 선생이 다른 쪽 젖가슴에 입을 대고 빨기 시작했다. 산모가 아프다고 투정을 부렸다. 병실 안으로 해가 길게 들고 있었다. 그곳은 더할 나위 없이 따뜻해 보였다. 일 좀 줄이고 쉬엄쉬엄 즐기며 사세요. 몇 해 전 산부인과를 찾았을 때 의사는 그녀에게 아이를 갖기 힘들 거라고 했다. 하혈이 잦아 병원을 찾았다가 들은 말이었다. 그녀는 자신도 모르게 가슴을 문질렀다. 마치 생리 때처럼 가슴이 뭉치는 거였다. 어렸을 때 그 일을 겪은 후 그녀는 배가 고픈 것과 배가 아픈 것의 차이를 잘 구별하지 못한다. 배가 고팠던 기억보다 숨이 끊어질 것 같은 고통이 더 오래갔기 때문이었다. 배가 고프다는 것도 살아 있을 때 느끼는 감정이었다. 지금도 그때 일을 떠올리려 하면 이상하게 가슴이 아리며 통증이 먼저 밀려왔다. 그녀는 서둘러 복도를 빠져나왔다.

*

눈은 아직 내리지 않았다. 그는 연미복을 다리다가 이상한 생각이 들었다. 이번에도 연미복은 구김 하나 없었다. 아무래도 옷 주인은 한 번도 연미복을 입지 않은 것 같았다. 그는 각을 맞추어 행거칩을 다려 윗호주머니에 꽂았다. 밖에 걸어 열 냄새를 뺀 다음 비닐을 씌웠다. 영양사 조미영이라는 이름이 적힌 위생복도 챙겼다. 연미복과 함께 세탁물을 가져갔을 때 챙기는 사람이 그녀였다. 그는 자전거 뒤에 옷을 걸고 장갑을 꼈다. 병원은 그리 멀지 않은 곳에 있었다. 따르릉따르릉 비켜나세요, 자전거가 나갑니다 따르르르릉. 그는 자전거 페달을 밟으며 자신도 모르게 콧노래를 흥얼거렸다. 예전에 공사장을 떠돌 때였다. 함바집 여자들과 노래방이라도 갈라치면 마땅히 부를 노래가 없었다. 한 곡 부르라는 성화에 못 이겨 부른 노래가 이 노래였다. 그녀들은 그가 어설픈 노래를 끝낼 때까지 박수를 쳐주었다. 밥을 먹으러 가면 다른 사람들보다 수북하게 밥을 얹어주며 정말 총각이냐고 놀려댔었다. 왜소한 몸 때문인지 얼굴의 주름 때문인지 다들 그의 나이를 예닐곱 살은 더 많이 보았던 것이다. 이 겨울에 그녀들은 잘 지내고 있는지 문득 안부가 궁금해졌다. 그는 병원을 향해 힘껏 페달을 밟았다.

지하 입구에 내려서자 밥 냄새가 구수하게 풍겨왔다. 그는 세탁한 옷을 양손 가득 들고 조리실 문을 열었다. 한 남자를 중심으로 네다섯 명의 여자가 식탁에 둘러앉아 늦은 아침을 먹고 있었다. 웃고 떠들며 밥을 먹는 모습이 마치 한가족처럼 단란해 보였다. 며칠 전 그는 세탁물을 가지러 왔다가 하마터면 주책을 부릴 뻔했다. 영양사 아가씨가 그에게 알은척하며 밥이라도 먹고 가라고 말을 걸었던 것이다. 그때 그는 덥석 그 자리에 끼고 싶었다. 하지만 마음과는 달리 크게 손사래를 치고 말았다. 자신의 마음을 들킨 것 같아 부끄러워 성급히 그곳을 빠져나왔다. 어쩌다 보니 그는 벼르기라도 한 듯 늘 그 시간에 지하에 들르게 되었다.

그는 세탁물을 조리실 벽에 걸었다. 명세서와 연미복만 든 채 영양사 아가씨 쪽으로 천천히 걸음을 옮겼다. 아침 식사도 거의 끝나가는 것 같았다. 테이블 위에 홍시와 귤이 수북하게 놓여 있었다. 남자는 그가 다가오는 것은 아랑곳하지 않고 무대에 섰을 때의 이야기를 하고 있었다. 그 남자가 사무장인 모양이었다. 둘러앉은 여자들이 귤을 까먹으며 남자의 이야기를 듣고 있었다. 그는 알아듣지도 못할 오페라니 칸초네니 하는 말들을 그녀들은 잘도 알아듣는 것 같았다. 그런 노래들은 그가 한 번도 가본 적 없는 머나먼 나라의 노래일 거였다. 그는 자신이 세탁한 연미복을 입고 무대에 서서 노래를 부르는 사무장의 모습을 그려보았다. 그러자 입지도 않은 옷을 세탁해 돈을 받는다는 것이 한없이 죄스러워졌다.

"장인어른이 도무지 놔주지를 않으니…… 언제 한번 제 무대에 여사님들을 초대하겠습니다."

사무장이 이야기를 마치고 홍시를 한입 베어 물었다. 씨를 뱉어내고 행거칩만 한 휴지를 뽑아 입을 닦을 때였다. 엉거주춤 서 있는 그를 발견한 영양사 아가씨가 눈인사를 보냈다. 그녀가 좀 먹어보라며 홍시를 내밀었다. 홍시의 빛깔이 탐스러워 보였다. 그는 괜찮다며 황급히 손을 내젓다가 그만 홍시를 툭 쳐버렸다. 하필 홍시가 연미복을 씌운 비닐 위로 떨어져 터져버렸다. 그는 당황하여 연미복을 의자에 걸쳐놓고 손으로 곤죽이 된 홍시를 쓸어내렸다. 너무 다급하게 손을 놀려서인지 비닐이 찢어지며 연미복에 홍시 곤죽이 흘러들었다. 그는 재빨리 손가락으로 홍시가 묻은 데를 훑고는 휴지에 물을 묻혀 자국을 닦아냈다. 다행히 자국은 남지 않을 것 같았다. 사무장이 불쾌한 얼굴로 그를 쳐다보았다. 그는 죄송하다며 머리를 조아리고는 최선을 다해 다시 드라이하겠노라고 말했다. 둘러앉아 있던 여자들이 그만하면 얼룩은 남지 않겠다고 말을 거들었다. 사무장이 연미복을 슬쩍 보며 공연 날짜도 얼마 안 남았는데 그냥 입겠다고 했다. 그는 머뭇거리다가 말을 꺼냈다.

"매번 죄송해서요. 연미복…… 말입니다."

사무장이 그를 쳐다보았다. 사람들 시선이 모두 그에게로 쏠렸다.

"……세탁할 것도 없는데…… 입지도 않으시는 옷을……"

그는 머리를 긁적이며 몸을 조아렸다.

"……매번 세탁해서 돈을 받는다는 게…… 죄송해서요."

가족에게 죄를 고하는 낯선 사람을 보듯 여자들이 그를 쳐다보고 있었다. 그가 고민 끝에 앞으로 연미복은 무료로 세탁해주겠다고 말하려던 참이었다. 갑자기 사무장 얼굴이 붉어졌다. 사람들과 섞여 말할 때의 낮고 안정된 목소리와는 전혀 다른 날선 목소리로 말했다.

"김 군이 말을 안 듣네."

김 군은 연미복을 처음 세탁소에 맡겼던 직원이었다. 그는 사무장의 뜬금없는 말에 당황했다.

"매번 죄송해서요. 연미복은 서비스로 해드리겠습니다."

그는 그 말을 하기 위해 지금껏 기다리고 있었던 것처럼 서둘러 말을 꺼냈다. 입지 않은 깨끗한 옷을 돈을 받고 드라이한다는 것이 죄스럽다는 말도 또렷하게 덧붙였다. 사무장의 얼굴이 심하게 일그러지더니 매번 옷에서 냄새가 나 세탁소를 바꾸려 했다고 두서없이 말했다. 무대에서 묻은 냄새가 빠지지 않았다는 것이다. 게다가 행거칩은 세상에 단 하나밖에 없는 거라며 언성을 높였다. 첫 무대에 설 때 이탈리아인 스승이 직접 꽂아주었다는 것이다. 사무장은 그 행거칩도 각이 맞지 않아 무대에 섰을 때 사람이 우습게 보이게 한다고 했다. 그는 지금 뭐가 잘못되었는지 도무지 알 수가 없었다. 태연하게 귤을 까먹고 있던 여자들의 표정이 점점 굳어져가고 있었다.

"그 옷은! 당신 같은 사람들이 함부로 할 옷이 아니란 말이야!"

사무장이 버럭 화를 내고 조리실 문을 박차고 나갔다. 잠시 뜨악해 있던 그녀들도 하나둘 눈치를 보며 자리를 떴다. 그는 다들 떠난 자리에 우두커니 앉아 있는 여자의 이름표만 난감하게 바라보았다. 영양사 조미영이란 이름표 옆으로 아기 실밥이 나풀거렸다. 지금껏 왜 그것을 보지 못했는지 그는 더 참담한 마음이 들었다.

*

사무장은 들판 한가운데 차를 세웠다. 그녀를 잠시 쳐다보더니 꼭 산비둘기를 잡기 위해 온 것은 아니라고 말했다. 서쪽에서 바람이 불어오고 있었다.

"나뭇가지들이 모두 동쪽으로 쏠려 있잖소."

사무장이 숲을 바라보며 말했다. 그의 말대로 커다란 나뭇가지들이 모두 동쪽으로 휘었다. 너구리 털이 달린 야상 점퍼를 입은 그는 평소와 달리 매우 거칠어 보였다. 그는 바람이 지나가는 들판으로 몸을 돌렸다. 숲에서 날아오른 새들이 들판을 지나갈 때를 기다린다는 거였다. 숲이 흔들리는 만큼 새들도 쉽게 날아오를 것도 같았다. 하지만 기다려도 새는 날아오르지 않았다. 사무장은 고집이라도 부리듯 허공을 올려다보며 그 자리에 붙박이처럼 서 있었다. 그녀는 손발이 너무 시렸다. 보온병에서 커피를 따른 잔을 손에 쥐자 따뜻한 기운이 전해졌다. 한차례 세찬 바람이 숲을 휩쓸고 지나가며 한 무리의 새가 날아올랐다. 사무장이 필사적으로 방아쇠를 당기기 시작했다. 하늘에 요란한 총성이 울려 퍼졌다. 하지만 그가 겨눈 것이 새가 아니라 하늘이었던 양 새는 한 마리도 떨어지지 않았다.

그의 아내가 곧 돌아온다고 했다. 종숙 여사가 배식을 하러 특실에 갔다가 원장 사모님과 막내딸이 하는 말을 들었다는 것이다. 귀국하면 개인전을 크게 연다고 했다. 종숙 여사는 그 말을 전하면서 교회에 노래를 불러주고 돈을 받는 아르바이트가 있는 모양이라며 고개를 갸우뚱거렸다. 사무장이 이곳에 오기 전에 한동안 그 일을 했다는 것이다. 그녀는 병원 근처에서 그들 가족을 본 적이 있었다. 그는 처가 식구 끝자락에 묻어 일식집으로 들어가고 있었다. 앞 무리가 가게 안으로 빨려 들어가듯 사라지자 그는 가게 문턱 앞에서 걸음을 멈추었다. 안으로 선뜻 들어가지 못하고 서성대더니 유리문에 자신의 모습을 비추어 보며 세 번이나 넥타이를 고쳐 맸다. 그 순간 그녀는 그가 영원히 가게 안으로 들어가지 않더라도 아무도 그를 찾으러 나오지 않을 거라고 생각했다. 누구도 문을 열어보지 않았고 아무도 발견해주지 않았을 때 느낀 참담함은 시간이 흘러도 그녀의 기억 속에서 무뎌지지 않았다.

그녀는 자라면서 문득 자신이 굶어 죽기 직전, 지하 방문을 열어준 사람이 누구인지 궁금해지곤 했다. 그녀는 가끔 문이 열리며 한 남자가 들어오는 꿈을 꾸곤 한다. 그럴 때마다 그녀는 기다리기라도 한 듯 낯선 남자를 향해 달려갔다. 자신의 모습은 네다섯 살쯤의 어린아이였다. 배고픔에 지쳐 장난감을 늘 손에 쥐고 갉아 먹고 있던 아이. 하지만 아무리 달려가도 그녀는 그 사람의 품에 안길 수 없었다. 그날 이후 방송국에서 전화 제보를 한 사람을 찾았지만 나타나지 않았다고 했다.

숲이 한 번 더 요란하게 흔들렸다. 산비둘기가 우는 소리는 진작부터 들렸다. 날아오르지 않는 새들을 어떻게 해야 날아오르게 하는지 사무장도 그녀도 잘 알지 못했다. 그가 총을 어깨에 메고 거친 걸음으로 그녀 쪽으로 걸어왔다. 돗자리 위에 차려놓은 샌드위치는 차갑게 식어 있었다. 그녀는 귤과 바나나를 꺼내 껍질을 깠다. 사무장이 투덜거리며 엽총을 돗자리 위에 내려놓았다. 장인과 왔을 때는 제법 잡았는데 오늘은 운이 없다고 했다. 그녀는 샌드위치와 커피를 그에게 내밀었다. 그는 샌드위치를 집어 입에 밀어 넣고 우적우적 씹더니 푸른 하늘을 원망스럽게 올려다보았다. 하늘이 너무 눈부셔서 그녀는 눈을 감았다. 그러자 이상하게 세탁소 남자가 떠올랐다.

그런 일이 있고 나서 다음날 남자가 조리실 문을 다시 열고 들어왔다. 하필 사무장과 둘러앉아 늦은 아침을 먹을 때였다. 남자의 얼굴이 부쩍 수척해져 있었다. 밤새 자신의 실수를 자책하느라 밤을 새웠을지도 몰랐다. 남자는 지난번과 같은 자세로 사무장에게 다가왔다. 사무장 앞에 선 남자는 너무 죄스러워 연미복값은 받지 않겠다고 또박또박 말했다. 사무장이 거칠게 일어나 남자의 멱살을 잡았다. 이런 식으로 찾아와 행패를 부리면 경찰을 부르겠다고 했다. 세탁소 남자는 잔뜩 위축되어 있었다. 자신이 무엇을 잘못했는지 도저히 알 수 없다는 표정이었다. 그때 김 군이 나타났고 그 광경을 보더니 황급히 경찰서에 전화를 걸었다. 그녀는 바람 한 점 들지 않는 지하실이 너무 갑갑했다.

"제발요!"

그녀는 자신도 모르게 소리를 질렀다. 놀란 것은 사무장만은 아니었다. 김 군이 얼떨결에 전화기를 접었다. 누구보다도 놀란 것은 세탁소 남자였다. 그녀는 자신이 연미복 보관을 잘못해서 음식 냄새가 배어든 모양이라고 했다. 종숙 여사와 다른 여사님들도 한마디씩 말을 보탰다. 사무장이 멱살을 풀었다. 사실 그녀가 남자에게서 연미복을 받았을 때 아무 냄새도 나지 않았다. 그가 매번 공연을 갔다 왔다며 그녀에게 연미복을 가져왔을 때에도 옷은 세탁한 상태 그대로였던 것이다. 세탁소 남자는 거래명세서를 놓고 돌아갔다. 연미복에 줄을 반듯하게 긋고 전체 금액에서 연미복 값을 뺀 금액이 삐뚤삐뚤하게 적혀 있었다. 한 자한 자 얼마나 공을 들여 썼는지 볼펜 자국이 깊게 파여 있었다. 김 군은 사무장의 눈치를 보며 솜씨 좋은 다른 세탁소를 알아보겠다고 했다. 다음날 그녀는 챙겨두었던 거래명세서를 사무장에게 건넸다. 사무장은 명세서를 구겨 쓰레기통에 던졌다.

그녀는 숲을 지루하게 쳐다보았다. 샌드위치를 모두 먹어치운 사무장이 털모자를 깊숙이 눌러쓰더니 다시 들판으로 걸어갔다. 날아오르지 않는 새 때문에 화가 났는지 숲을 향해 총을 쏘기 시작했다. 그때 산비둘기 몇 마리가 날아올랐다. 사무장은 날아오르는 새를 향해 총구를 겨누고 방아쇠를 잡아당겼다. 명중이었다. 새는 날아오르는 것도 순간이었지만 떨어지는 것도 순간이었다. 그가 기세등등하게 새가 떨어진 곳을 바라보다가 허공을 향해 총을 몇 발 더 쏘아대며 호탕하게 웃었다.

"옥상에 사냥개라도 한 마리 길러야겠소!"

그는 들판을 달려가는 자신의 모습을 떠올리는지 진정이 되지 않는 눈치였다. 마치 오페라 무대에 선 듯 들판에 우뚝 서서 소리를 질렀다. 그게 노래인지 절규인지 그녀는 헷갈렸다. 그는 이곳으로 차를 몰고 오면서 내내 노래를 흥얼거렸다. 은연중에 그러는 것 같았다. 처음에는 오페라의 한 대목을 흥얼거리는 줄 알았다. 들어보니 찬송가였다. 그녀는 자신도 모르게 숲속으로 천천히 걸어 들어갔다.

산비둘기는 아직 숨이 붙어 있었다. 비둘기가 몸을 가늘게 떨었다. 조리실에서 일하면서 그녀는 웬만한 음식 재료들은 다 만져보았다. 까마귀는 물론 꿩의 빛나는 깃털까지 뽑아보았다. 양기를 돋우는 각별한 음식 재료를 찾아 헤매는 사람들은 기필코 목적물을 찾아내 그녀 앞으로 가져왔다. 그녀만큼 손질을 잘하고 맛을 내는 사람이 드물다고 치켜세우며 어머니 솜씨가 좋은 모양이라고 했다. 인사치레의 말이었지만 그녀는 자신이 누군가의 딸이었다는 평범한 사실에 당황했다. 감히 누리지 못할 호사를 누리고 있는 사람처럼 부끄러워졌다. 그녀는 지하 숙소에서 웅크리고 잠이 들 때마다 행여 자신을 버린 그들이 참회 끝에 자신을 찾는다 할지라도 나서지 않겠다고 다짐했다. 설사 수많은 사람에게 묻고 물어 찾아왔다고 해도 그녀는 만나주지 않을 것이다. 산비둘기의 숨이 끊겼다. 그녀는 비둘기의 몸 위에 나뭇잎을 긁어서 덮어주었다. 숲을 나오자 사무장이 그녀의 빈손을 보며 새는 어디 있느냐고 물었다. 그녀는 아무리 찾아보아도 보이지 않는다고 말했다. 사무장이 그녀를 빤히 쳐다보았다. 그의 표정은 서서히 짜증에서 경멸로 바뀌어가고 있었다.

─영양사 아가씨, 그날 사무장이라는 자가 경찰을 불러대서 상당히 불쾌했소. 역시 내가 생각했던 것과 다른 병원이었소. 영양사 아가씨의 친절을 평생 잊지 않겠소. 사무장이라는 자는 내가 좀더 이해하도록 하겠소. 내가 그자의 옷을 함부로 다루지 않았다는 것을 그도 알 것이오. 님의 앞날에 축복과 행운이 첫눈처럼 소복소복하게 싸이기를 영원토록 기원하겠소.

자정이 다가오고 있었다. 그는 구들에서 올라오는 냉기를 피해 엉덩이를 좌우로 들었다. 그도 살면서 누군가에게 이런 문자메시지를 쓸 줄은 몰랐다. 휴대전화 전송 버튼을 누르려다 그는 내용을 한 번 더 읽어 내렸다. 아무래도 다른 병원이었소, 와 영양사 아가씨 사이가 눈에 거슬렸다. 너무 가깝게 느껴졌던 것이다. 그는 잘 눈는 천 옆에 달아오른 다리미를 놓아둔 것처럼 마음이 놓이지 않았다.

처음 세탁 기술을 배울 때 그는 옷을 자주 눋게 해 낭패를 보았다. 매번 잘 눋는 세탁물은 실크나 레이온처럼 섬약한 재질이 아니었다. 200도의 고열을 견뎌내는 면(綿)이었다. 세탁 일을 배우며 그는 면이라는 섬유를 처음 알았다. 마흔이 다 될 때까지 누구도 면에 대해 일러주지 않았던 것이다. 설사 말했다 하더라도 쌀도 아니고 라면도 아닌, 한낱 천 조각의 이름을 새겨듣지 못했을 거였다. 전 주인은 면만큼 만만한 천도 없다고 했다. 따뜻하면서도 차가워 사계절 모두 사람 몸에 안겨든다고 했을 때 그는 선뜻 그 말을 이해하지 못했다. 고작 작은 천 조각 하나에 어떻게 그런 성정이 들어 있다는 말인지. 그는 면을 마주할 때면 자신의 인생에서 빠져나간 무언가와 맞닥뜨린 기분이 들었다. 그럴 때면 다리미를 쥐고 있다는 것도 잊고 자꾸 밖을 내다보았다.

그는 다른 병원이었소와 영양사 아가씨 사이를 띄웠다. 그 사이에 여린 천 위에 보호 천을 올리듯 '그러나'를 찍어 넣었다. 사무장이 그의 멱살을 움켜쥐었을 때 그는 어이없게도 연미복 치수와 사무장의 몸 치수가 많이 어긋난다는 생각을 했다. 적어도 2인치는 차이가 날 것 같았다. 한때 그도 공사장에서 웃통을 벗고 소란을 피운 적이 있었다. 정말 억울해서가 아니었다. 창피해서였다. 병원 벽에는 아직 산모들의 건강을 책임지겠다고 쓴 현수막이 붙어 있었다. 그는 그 말이 결코 허황되게 느껴지지 않았다. 여전히 영양사 아가씨는 조미영이라는 이름표를 달고 누군가를 위해 정성껏 미역국을 끓이고 밥을 지을 것이다. 그는 병원 앞을 지날 때면 밥 냄새가 구수하게 올라오는 것 같아 자신도 모르게 잠시 멈춰 서곤 했다.

그는 문자메시지를 한 번 더 읽은 후 전송 버튼을 눌렀다. 난로라도 켜려고 밖으로 나가다 그는 문득 창밖을 내다보았다. 가로등 아래 함박눈이 내리고 있었다. 올해 들어 처음 내리는 눈이었다. '날짜를 기억했다가 술이라도 한잔 뿌려줘라.' 그날 형사가 했던 말을 그는 어렴풋이 이해할 수 있었다. 하지만 형이 죽었다는 슬픔보다 이젠 맞지 않아도 된다는 안도감이 더 컸던 탓인지, 뒤에 날짜를 떠올리려 해도 도무지 생각나지 않았다. 첫눈을 뒤집어쓰고 온 형사만 떠오를 뿐이었다. 그는 다려놓은 양복을 꺼내 입고 검은 넥타이를 맸다. 오래전부터 사놓은 술도 한 병 챙겼다. 그는 형이 볼 수 있게 가게 문을 활짝 열었다.

"형, 잘 보이지?"

그는 함박눈이 내리는 밤하늘을 향해 술을 따라 뿌렸다. 형은 패악스러우면서도 순진한 구석이 있었다. 그날 형사가 그의 손에 안긴 장난감 전화기 수화기 끝은 갉아 먹혀 있었다. 새것인 양 포장지를 씌웠지만 무수히 난 이빨 자국을 발견하지 못한 모양이었다. 형은 동생을 때린 것이 미안했는지 가끔 그런 엉뚱한 것을 훔쳐 오곤 했다. 그는 허공을 향해 술을 한 잔 더 흩뿌리며 그때 형에게 맞았지만 하나도 아프지 않았다고 말했다.

그녀는 옥상으로 올라갔다. 빨래를 걷지 않았다는 사실이 뒤늦게 떠올라서였다. 이제 옥상에 빨래를 너는 일도 얼마 남지 않았다. 이곳에 산모들을 위한 정원을 만든다고 했다. 사무장은 그 일에 매달리느라 분주했다. 그의 아내가 돌아왔고 이제 더는 여사님들과 둘러앉아 밥을 먹지 않았다. 사무장이 앉던 자리에 종종 식자재를 납품하는 총각들이 앉아 밥을 먹었다. 종숙 여사는 여전히 입담이 좋아 총각들의 발길을 잡았다. 늦은 아침을 먹는 시간이면 그녀는 자신도 모르게 조리실 문을 자꾸 쳐다보곤 한다. 꿈속에서처럼 한 남자가 문을 열고 들어올 것만 같았다. 그녀는 옥상 문을 열었다. 어느새 눈이 내리고 있었다. 함박눈이었다. 생일을 몰라 유별나게 챙길 일은 없었지만 구급대원의 품에 안겨 첫눈을 맞던 날을 생일로 여겼다. 지하 조리실에서 일을 하다보니 첫눈이 오는 풍경을 번번이 놓쳤다. 그녀는 눈이 탐스러워 하늘을 올려다보았다. 그때 한 통의 문자가 들어왔다. 맞춤법도 맞지 않는 글을 읽다 보니 세탁소 남자였다. 남자는 그녀의 앞날에 축복과 행운이 첫눈처럼 소복소복하게 쌓이기를 기원한다고 했다. 들쑥날쑥한 그녀의 생일에 그렇게 아름다운 기도를 해준 사람은 그가 처음이었다. 그녀는 빨래를 걷은 후 거리를 내려다보았다. 날리는 눈송이 사이로 가게 하나가 아직 불을 밝혀 놓고 있었다. 올해 첫눈은 유난히 늦었다.

홍
루

녀석이 톱밥 속으로 숨어들었다. 녀석은 밀크셰이크처럼 어감이 달콤한 밀크스네이크종이다. 먹이 줄 것. 따뜻하게 해줄 것. 간단한 러시아 단어로 적어놓은 메모지를 들여다보았다. 이반이 출항하기 전 남긴 글이다. 이반은 녀석의 등을 쓰다듬고 마지막 선물처럼 케이지를 내 앞에 내려놓았다. 한국 사람과 러시아 사람은 닮은 구석이 많아. 이반은 러시아 사람들도 개나 고양이, 새 같은 애완동물을 좋아한다고 말했다. 하지만 뱀이라니, 나는 검정 바탕에 노랑, 빨강 줄무늬가 있는 이국의 낯선 뱀에게서 멀찍이 떨어졌다. 러시아에서 뱀은 집을 지키는 수호신과 같다고 생각해. 녀석을 보고 놀란 나에게 위로라도 하려는지 이반은 한국에도 그런 얘기가 있다는 걸 어디선가 들었다고 했다. 명자, 이반은 내 이름을 부르고 입으로 휘이휘이 휘파람 부는 흉내를 냈다. 그러면 집안이 텅 비게 돼, 녀석이 사라질지도 모른다고. 종종 휘파람을 불던 내게 이반은 러시아 속담을 빗대 말했다. 나는 멀찍이 녀석을 내려다보며 이반의 익살에 웃음을 내보였었다.

이반을 만난 것은 클럽 로즈에서였다. 로즈는 P시에서 속칭 텍사스촌으로 불리는 외국인 거리에 있었다. 예전에는 주로 미군들이 드나들었는데 미군이 철수하고 러시아 선원과 상인들이 주를 이루었다. 그날도 나는 로즈에서 맥주를 마시며 립스틱이 번지지 않았는지 거울을 들여다보고 있었다. 그때 젊은 러시아 청년 하나가 보드카를 들고 내 앞으로 다가왔다. 마담 장 앞에서 한국 얘기를 듣던 선원 중 하나였다. 술을 마실 때 거울을 보면 안 돼요, 아름다움까지 먹어버리거든요. 내 귓불에 입술을 가져다 대며 그가 속삭였다. 흔한 작업 멘트라는 생각을 하면서도 나는 그의 나긋한 목소리에 귀를 기울였다. 이반이라고 했다.

그는 시베리아 횡단 열차가 처음 출발하는 곳이 고향이라고 말했다. 나는 시베리아 열차가 끝없이 달리는 드넓은 숲과 초원을 떠올렸다. 그에게 「러브 오브 시베리아」란 영화를 본 적이 있느냐고 물었다. 그는 양손을 허공에 올려 내 얼굴을 길게 그려 보였다. 그의 손이 움직일 때마다 왼쪽 손목에 새겨진 푸른색 돛 문신이 펄럭였다. 그는 눈을 반짝이며 내가 여주인공과 닮았다고 했다. 나는 그가 그린 얼굴이 허공에 그대로 떠 있는 것처럼 시선을 옮기지 않았다. 이곳에서는 러시아 사람과 첫 대면을 할 때 영화 이야기를 꺼낸다. 그러면 사람들은 영화 속 여주인공을 만난 것처럼 이국의 여자들에게 마음을 열었다. 하지만 이야기는 대개 영화 속 지명이나 주인공의 이름을 들먹이는 선에서 끝이 났다. 러시아 말로도, 한국말로도 더는 대화를 나눌 수 없는 순간에 이르면 서로의 손을 잡았다.

그가 턱을 괴고 조용히 내 눈을 들여다보았다. 그의 눈은 한 번도 가본 적 없는 낯선 여행지처럼 나를 설레게 했다. 음악이 흘렀고, 클럽 로즈는 마치 떠나는 사람과 돌아오는 사람을 품고 있는 대합실 같았다. 그의 손목에 새겨진 푸른 돛 때문이었을까, 나는 문득 그라면 함께 여행을 떠나도 좋으리라는 생각이 들었다. 그에게 같이 여행을 떠나지 않겠느냐고 물었다. 월요일만 아니라면 언제라도 좋아요. 월요일 여행은 불행하거든요. 러시아 속담이에요. 느닷없는 제안이었지만 그는 망설임 없이 답했다. 나는 벽면에 붙은 러시아 달력을 바라보았다. 그날은 금요일이었고 우리는 약속이라도 한 듯 자리에서 일어섰다. 우리는 마치 오래전에 만난 사람처럼 손을 잡고 아무 손님도 잡지 못한 나타샤 앞을 지나쳐 거리로 나왔다. 밤하늘에는 만국기가 꽃잎처럼 나풀거렸고 만국기의 행렬이 끝나는 곳에서 우리는 입을 맞추었다. 두 블록 떨어진 내 숙소로 걸어올 때까지 손을 놓지 않았다. 지금도 이반이 러시아 속담을 말하며 내 입술에 입을 맞출 것만 같다.

시계가 밤 아홉시를 넘겼다. 녀석은 원색의 몸을 감춘 채 아직 기척이 없다. 나는 열선을 펴서 케이지 바닥 넓이만큼 접었다. 그 위에 타월을 깔고 케이지를 얹었다. 사람 옷 입히는 것과 같다고 생각하시면 됩니다. 판매원이 열선 까는 방법을 일러주었다. 겨울철, 스스로 온도 조절을 하지 못하는 녀석에게 열선은 생명줄과 다름없다고 했다. 녀석이 25도의 체온으로 이국의 땅에서 살아간다는 것은 어쩌면 불행일 수 있었다. 나는 콘센트에 열선의 코드를 꽂고 케이지에서 멀찍이 물러섰다. 거실의 불을 낮추고 이반이 남긴 메모지를 냉장고에 붙였다. 주방 창가로 가서 거리를 내려다보았다.

북향으로 나 있는 주방에서 밖을 보면 아래층에 있는 중국집 '홍루'의 뒤꼍이 훤히 보였다. 홍루 뒤꼍에 가로등 빛이 희미하게 새 들었다. 쥐라도 쫓는지 고양이 한 마리가 쏜살같이 담 자락을 타고 지나간다. 지난봄, 가게의 주인이 바뀌면서 홍루(紅樓)라는 간판이 내걸렸다. 홍루는 붉은 다락방이라는 뜻이지만 이곳에 사는 화교들은 늙은 기생의 방이라는 별칭으로 이해하고 있었다. 나는 변두리 사거리의 허름한 중국집 이름 홍루를 몇 번이고 되뇌었다. 거리는 스산할 정도로 빛이 꺼져가고 휑하니 바람만 몰아 불었다. 멀리 텍사스 거리의 불빛이 눈에 들어왔다.

나는 등뒤로 손을 넘겨 자주색 민소매 드레스의 지퍼를 올렸다. 목선이 등뒤로 깊게 파인 드레스였다. 이반을 만났을 때 이 드레스를 입었다. 이반이 긴 허리를 굽히고 여윈 등에 입술을 댈 때면 나는 수줍은 소녀처럼 간지러움을 참아내곤 했다. 나는 거울을 보며 빨강 립스틱을 덧바르고 귓불 뒤에 향수를 뿌렸다. 구제를 구입해 수선한 밍크코트를 꺼내 걸치고 자투리로 만든 밍크 모자를 머리에 비스듬히 얹었다. 진주 귀걸이를 하고 장갑을 꼈다. 은색 스팽글이 촘촘하게 박힌 클러치 백을 들고 밖으로 나왔다. 바람이 몹시 차가웠다. 텍사스촌에 접어들자 겨우내 공중에 걸려 있던 해진 만국기가 바람에 나풀댔다. 그 아래, 술에 취한 러시아 선원 두 명이 러시아 혁명가 「스텐카 라진」을 부르며 지나갔다. 나는 시애틀 노래 주점과 캄차카 노래방을 지나 클럽 로즈로 걸음을 옮겼다.

로즈에는 러시아 민요인 「백만 송이 장미」가 흐르고 있었다. 낮고 고혹적인 중년 여가수의 목소리가 담배 연기와 흐린 불빛에 섞여들었다. 손님이라고는 한국 선원 두 명과 러시아 선원 두 명이 전부였다. 마담 장이 표정 없이 내 쪽을 바라보았다. 나는 이반을 만났던 자리에 앉아 장갑을 벗어 테이블 위에 얹었다. 한국 선원과 함께 있던 나타샤가 다가와 서툰 한국어로 언니, 마셔? 라고 물었다. 나는 보드카와 러시아 닭꼬치인 샤실릭을 시켰다. 담배를 피워 물고 천천히 로즈 안을 둘러보았다. 마담 장이 무료하게 하품을 해댔다. 필리핀에서 온 구잘은 러시아 선원과 섞여 「백만 송이 장미」를 따라 부르고 있었다. 음악이 끝날 무렵 나타샤가 보드카와 샤실릭을 내왔다. 나는 담배를 끄고 보드카를 한 잔 따랐다. 보드카를 한 모금 마시자 뜨거운 열기가 순식간에 목까지 치달았다. 이반은 보드카를 마시는 순간이면 고향을 떠났다는 것도, 추운 바다 위를 떠돈다는 것도 모두 잊는다고 했다. 나는 열기가 되뿜어져 나오는 목을 진정시키기 위해 샤실릭에서 닭 가슴살 한 점을 빼 마요네즈에 찍어 입에 넣었다.

내가 보드카를 마시기 시작한 것은 미군이 철수하고 나서였다. 러시아 선원들이 골목을 차지하고 거리의 젊은 여자들은 아메리칸드림을 좇아 짐을 꾸려서 떠났다. 고작 러시아 선원의 비위나 맞추며 살지는 않을 거라고 했다. 마담 장도 미군을 따라 미국으로 갔던 여자였다. 나는 미군 대신 러시아 선원을, 맥주 대신 보드카를, 영어 대신 러시아어를 몸에 익혔다. 이 거리에 나타샤와 구잘이 찾아들었다. 나타샤는 러시아에서 발레리나였고 구잘은 필리핀에서 가수였다고 했다. 그렇게 누군가는 꿈을 찾아 이곳을 떠났고 누군가는 꿈을 좇아 이곳으로 왔다. 하지만 텍사스촌으로 되돌아온 사람들은 좀체 이 거리를 다시 벗어나지 못했다.

마담 장이 러시아 민요 대신 빠른 행진곡으로 음악을 바꾸었다. 선원들이 경쾌한 해군의 노래에 맞춰 무릎과 팔을 흔들며 춤을 추기 시작했다. 보드카 병이 순식간에 비어갔다. 시계는 벌써 열한시를 넘겼다. 한국 선원이 나타샤의 뺨을 비비며 등줄기를 훑었다. 선원 하나가 그녀의 치마 속으로 손을 넣는 순간 그녀가 마담 장에게 눈짓을 보냈다. 마담 장이 전화를 건다. 얼마 지나지 않아 러시아 아가씨가 클럽 안으로 들어왔다. 나이트클럽에서 춤을 추는 여자였다. 계산을 마친 그들이 클럽 안을 빠져나갔다. 손님은 이제 두 명의 러시아 선원만 남았다.

살집이 많은 러시아 선원 하나가 보드카를 마시며 계속 나를 쳐다보았다. 눈이 마주치자 선원은 보드카 병을 쥐고 동료를 벗어나 내 쪽으로 걸어왔다. 구잘의 얼굴이 일그러졌다. 비틀거리는 선원보다 구잘이 먼저 내 테이블 앞에 와 선다. 러시아 선원이 들으라는 듯 러시아 말로 이번에도 손님을 채가면 가만두지 않겠다고 말한다. 나는 담배를 피워 물었다. 선원이 멈칫거리는 사이 구잘이 밖으로 나갔다.

선원이 내 앞에 앉는다. 그는 잔에 보드카를 따르며 자신의 고향 이야기로 말을 건넸다. 나는 그에게 이반을 아느냐고 물었다. 그는 어깨를 추켜올리며 자신이 이반이라고 했다. 그러곤 자주색 드레스가 마음에 든다며 슬쩍 어깨를 감싸 쥐었다. 해군의 노래가 끝나고 러시아 혁명가가 시작되었다.

구잘이 필리핀 친구와 함께 나타났다. 구잘의 친구가 러시아 선원의 팔을 꿰찼다. 멍청이! 저 언니 나이 많아, 주름 많아. 구잘이 선원에게 하는 말이 들려왔다. 구잘의 말에 동료 선원이 내 앞에 앉은 선원에게 손짓을 보냈다. 동료가 만류하는 손짓을 무시하듯 선원이 지갑을 꺼내 보드카와 샤실릭 값의 두 배를 테이블 위에 올려놓았다. 지켜보고 있던 구잘이 거칠게 다가왔다. 언니년 나빠! 그녀가 내 머리채를 휘어잡았다. 놀란 선원이 벌떡 일어서더니 테이블의 돈을 챙겨 동료 쪽으로 가버렸다. 망할 년! 어린년이! 마담 장이 구잘을 향해 소리를 질렀다. 언니년, 나빠! 구잘이 악다구니 끝에 손을 풀었다. 그들이 모두 빠져나갔다. 샤실릭 꼬치가 꾸들꾸들 말라갔다. 러시아 혁명가가 끝나고 경쾌한 아코디언 연주와 함께 새로운 음악이 흘러나왔다. 유난히 손님이 없는 밤이었다.

"이 짓도 이제 지긋지긋해, 러시아 년들을 한국 놈들에게 붙이고 필리핀 년들은 러시아 놈에게 붙이고, 이렇게 갈보년들 불러대는 것도 신물이 난다고!"

그녀가 보드카를 마시며 넋두리를 해댔다. 쿨럭쿨럭, 천식 때문인지 잔기침이 뒤따랐다.

"그래도 옛날에 이 바닥에서 명자, 하면 알아줬는데, 사내들을 홀리는 묘한 매력이 있었지, 그 시절에는 먹물 튄 년이 드물 때였으니……"

그녀가 가느다란 손가락으로 담배를 집어 올려 입에 물었다. 흐릿한 불빛을 타고 담배 연기가 피어올랐다.

"그거에 혹해서 사내놈들이 많이 집적댔지…… 그때 한 놈 잡아 떠나지, 무슨 미련이 있다고……"

그녀의 목소리는 무대 위에 홀로 앉은 재즈 가수의 독백처럼 한없이 낮았다.

"너나 나나, 진즉에 이 바닥을 떠야 했는데…… 사나운 팔자는 이래도 저래도 막히니……"

그녀는 마치 거울을 보듯 나를 보고 있었다. 손님은 더는 들지 않을 것이다. 나는 코트를 걸쳤다. 클러치 백을 열어 계산을 마치고 조용히 로즈를 나왔다.

홍루의 간판이 바람에 흔들거렸다.

나는 홍루 앞에서 머리를 손으로 빗어 넘기고 모자를 반듯하게 썼다. 보드카 때문인지 속에서 열이 올랐다. 어두운 계단을 지나 2층 현관문을 열었다. 녀석은 아직도 톱밥 속에 파묻혀 있다. 녀석에게 다가가 케이지 밑에 조심스럽게 손을 가져다 댔다. 따뜻했다.

월요일에 길을 떠나면 여행이 불행하게 된다고 했던 이반은 정작 월요일에 떠났다. 이반이 돌아오지 않는다면 그건 단순히 그가 월요일에 떠났기 때문이리라. 나는 욕실로 들어가 화장을 지우고 드레스를 벗었다. 거울에 깡마른 몸이 드러났다. 이반이 명자, 라고 이름을 부른 뒤 커다란 손가락으로 무언가를 그려 보이면 나는 러시아 회화책을 뒤지듯 그가 허공에 그려낸 그림을 꼼꼼히 살폈다. 이반은 종종 그렇게 자신이 탈 배가 지나갈 곳을 손으로 그려 보여주었다. 그럴 때마다 이반의 손목에 새긴 푸른 돛이 허공에서 움직였다. 이반은 지금 어느 바다를 지나고 있을까? 나는 깡마른 몸에 샤워기의 물을 뿌렸다.

이른 아침, 잠에서 깬 것은 녀석 때문이었다. 문득 녀석에게 아무것도 주지 않았다는 생각이 들었다. 나는 가운을 걸치고 거실로 나갔다. 케이지에서 멀찍이 떨어져 톱밥 위를 보았다. 녀석의 모습이 보이지 않았다. 이반이 떠난 후 녀석은 줄곧 톱밥 속에 파묻혀 있는 것일까? 나는 케이지 안을 살폈다. 쌓인 톱밥의 곡선이 흐트러짐 없이 처음 그대로였다. 나는 냉동실 문을 열고 이반이 사놓은 먹이를 하나 꺼냈다. 먹이는 알루미늄 포장지에

싸여 있었다. 개수대에 따뜻한 물을 받아 포장된 먹이를 그대로 담았다. 재스민 차를 우려내 창가로 간다.

눈이 흩날렸다.

홍루 옥상에는 엘피지 통 네 개와 물탱크, 남자의 것으로 보이는 작업복과 면장갑, 깨진 그릇이 나뒹굴었다. 낡은 옥상 밑 가게 벽에는 메뉴판이 걸려 있다. 자장면에서 시작해 길게 이어진 메뉴 아래 삐뚤삐뚤하게 적힌 이국의 음식들. 남자는 흑빵과 함께 육개장과 비슷한 쌀단까와 빈대떡처럼 생긴 블린 같은 러시아 음식도 만들었다. 이반은 종종 그곳에 들러 쌀단까에 흑빵을 적셔 먹곤 했다.

눈이 내려앉은 홍루 뒤켠에 남자가 모습을 드러냈다. 남자가 등을 보이고 양파 껍질을 벗기기 시작한다. 내가 보는 것은 언제나 남자의 등이다. 남자는 마치 그림 속에 들어 있는 사람처럼 묵묵히 앉아 양파를 깠다. 넓은 고무대야를 가랑이 사이에 끼우고 물에 불린 양파의 껍질을 벗겨낸다. 인조 털이 달린 두툼한 점퍼에 가려진 남자의 양옆 어깨가 끊임없이 움직인다. 나는 양파 껍질이 뒤섞인 혼탁한 물에 한쪽 손을 깊숙이 집어넣고 까지 않은 양파를 찾는 남자의 기울어진 어깨를 본다. 언뜻언뜻 삐져나오는 물에 불은 남자의 붉은 손. 남자는 좀체 허리를 펴고 위를 올려다보는 법이 없다.

남자의 등뒤로 살금살금 나타샤가 다가간다. 그녀는 고양이처럼 허리를 익살스럽게 굽히고 남자의 등뒤에 몰래 다가섰다. 나타샤가 두 손으로 남자의 눈을 가린다. 남자가 양파 껍질이 붙은 젖은 손을 차마 나타샤의 손에 포개지 못하고 주춤거린다. 나타샤가 손을 풀었다. 나는 뒤돌아보고 멋쩍어하는 남자의 표정을 바라보며 식어가는 찻잔을 볼에 대고 눌렀다.

나타샤가 남자 앞에 턱을 괴고 앉는다. 분홍색 양모 스웨터에 청바지를 입은 그녀의 모습이 클럽에서와는 달리 앳돼 보였다. 남자가 양파 껍질을 벗기는 일을 멈추었다. 나타샤가 일어서더니 뒤꿈치를 모으고 양발을 벌려 발레의 쁠리에 자세를 취한다. 두 팔을 뻗어 머리 위로 올리고 천천히 발끝으로 뒤꼍을 옮겨다녔다. 한눈에 봐도 그녀가 백조 동작을 하고 있음을 알 수 있었다. 나타샤가 허리를 꼿꼿하게 세우고 총총걸음으로 뒤꼍을 돌아 남자 앞에 섰다. 그녀가 숨을 쉴 때마다 동그랗게 입김이 뿜어져 나왔다. 나는 남자를 향해 웃고 있는 나타샤를 보며 식은 찻잔을 내려놓았다.

개수대에 던져놓은 녀석의 먹이가 녹았다. 먹이를 건져서 접시에 담고 알루미늄 포장지를 벗겨냈다. 손가락 한 마디보다 살짝 큰 연한 분홍색 먹이가 모습을 드러냈다. 순간 나는 숨을 멈추고 뒤로 물러섰다. 태어난 지 얼마 되지 않은 새끼 쥐가 녀석의 먹이라니. 처음 기지촌에 왔을 때처럼, 처음 러시아 선원을 만났을 때처럼 무섭고 낯설었다. 나는 숨을 가다듬었다. 집게로 새끼 쥐를 집어 올려 녀석에게로 갔다. 톱밥 위는 아직도 텅 비어 있었다. 케이지 뚜껑을 조심스럽게 열고 먹이를 내려놓았다.

휘파람을 분다. 녀석이 나타나기를 바라며 휘파람을 분다. 어릴 적 나는 늘 혼자였다. 혼자 있는 시간이면 아무도 없는 집 마루에 앉아 허공을 향해 휘파람을 불어대곤 했다. 설령 어른들의 말처럼 뱀이 나온다 해도 괜찮을 것 같았다. 휘파람을 불면 곁에 누가 있는 것처럼 무서움이 가셨다. 이반의 말대로 휘파람을 불어서 집이 비었는지 집이 비어서 휘파람을 불었는지 지금도 알 수는 없었다.

나는 케이지에서 시선을 거두고 소파에 앉아 여행자를 위한 러시아 회화책을 폈다. 90쪽 '거리'에서부터 120쪽 '모자 가게'까지는 이반이 떠나기 전 러시아어로 읽어주었다. 151쪽 기차 여행 편을 한글로 따라 읽는다. '그제야 마구 쎄스츠 나 보예즈 제?' 어느 기차에 타야 합니까?

홍루 뒤꼍으로 함박눈이 쌓였다.

나는 눈을 밟으며 홍루로 갔다. 홍루에는 나타샤와 한국인 두 명만이 앉아 있었다. 주방 안으로 남자의 뒷모습이 보였다. 종업원에게 이반이 즐겨 먹었던 쌀단까와 흑빵을 주문했다. 종업원 대신 나타샤가 내 쪽을 힐끔거리며 주방 입구로 갔다. 주방 안으로 고개를 들이밀고 받은 주문을 전해준다. 나는 낮은 선반 위에 펼쳐진 러시아 회화책을 잠시 쳐다보았다. 남자도 틈틈이 회화책을 뒤지며 러시아 말을 익히고 있는 모양이었다. 나는 습관처럼 빨리에 자세로 발을 벌리고 서 있는 나타샤의 뒷모습이 왠지 서글퍼서 고개를 돌렸다.

쌀단까와 흑빵이 나왔다. 이반은 홍루의 쌀단까 맛이 고향의 맛과 같다고 했지만 내 입엔 육개장과 별반 다름없는 맛이었다. 천천히 흑빵을 뜯어 입에 넣었다. 흑빵이 입안에서 거칠게 씹혔다. 나는 반쯤 뜯어먹은 흑빵을 남기고 홍루를 나왔다.

케이지 안에 먹이가 그대로 있었다. 녀석이 처음부터 이곳에 있기는 했나 하는 의심마저 들었다. 나는 조심스럽게 케이지의 뚜껑을 열고 먼지떨이를 거꾸로 찔러 넣어 천천히 톱밥을 휘저었다. 녀석은 나타나지 않았다. 막대 부분으로 커다랗게 원을 그은 뒤 안쪽으로 조금씩 좁혀가며 톱밥을 감아올렸다. 녀석은 끝내 모습을 드러내지 않았다. 이반이 곁에 있었다면 아마도 내가 휘파람을 불어 모든 게 텅 비어버린 거라고 말했을 것이다. 녀석은 어디로 간 것일까.

눈이 녹고 있었다.

녀석이 사라진 지 일주일 뒤, 부두에 배가 들어왔다. 텍사스 거리는 러시아 선원들과 보따리 상인들로 붐볐다. 나는 클럽 문을 열고 안으로 들어섰다. 로즈도 러시아 선원들로 북적였다. 여전히 러시아 음악 「백학」이 흘러나왔고 조명은 더 흐려 있었다. 나는 이반을 만났던, 거울이 걸린 자리에 앉았다. 장갑을 벗어 테이블 위에 올리고 클러치 백에서 담배를 꺼냈다. 언니 머? 구 잘이 퉁명스럽게 물었다. 나는 보드카와 샤실릭을 주문했다. 마담 장이 새로운 선원들을 앞에 두고 예전 텍사스 거리에 몰려들었던 미군들의 이야기를 늘어놓고 있었다. 선원들이 다음 이야기를 채근하듯 마담 장을 향한 시선을 거두지 않았다. 그 시절 마담 장의 사랑을 구하려는 한 미국 병사가 자신이 가진 모든 것을 털어 백만 송이 장미를 사다가 거리에 뿌렸노라고 말하자 선원들이 지어낸 이야기에 깜박 넘어갔다는 듯 몸을 털며 껄껄 웃었다. 러시아에 전해 내려오는 「백만 송이 장미」에 얽힌, 가난한 화가의 슬픈 사랑 이야기란 것을 이내 알아챈 모양이었다.

마담 장은 배가 들어올 때마다 선원들을 앞에 두고 그렇게 이야기를 만들어내곤 했다. 선원들은 이국의 낯선 이야기에 자신들 나라의 이야기가 섞여든 것을 알아채자 긴장이 풀렸는지 보드카를 연거푸 마셨다. 마담 장이 의자를 돌려 몸을 반쯤 틀고 있는 러시아 선원들을 달래듯 두 손을 들어 허공을 다독였다. 선원들이 다시 마담 장의 말에 귀를 기울였다. 나타샤는 한국인 선원들 사이에 섞여 있었고 이미 취해 보였다. 한국인 선원이 길고 곧은 나타샤의 등줄기를 더듬어 내려가다 허리를 감싸 안고 일어섰다. 마담 장이 재빠르게 나타샤와 눈길을 주고받았다. 나타샤와 한국인 선원이 계산을 마치고 클럽 밖으로 나갔다.

홍루의 남자가 클럽에 들어선 것은 내가 두번째 담배에 막 불을 붙일 때였다. 남자는 이곳이 처음인 듯 두리번거리며 자리를 찾아 앉았다. 다소 들뜬 표정으로 구잘에게 주문을 했다. 그의 테이블에 맥주와 마른안주가 올려졌다.

나는 보드카를 한 모금 마셨다. 마담 장이 음악을 바꿨다. 빠르고 경쾌한 음악이었다. 러시아 선원들이 일어나 춤을 추기 시작한다. 러시아인들의 민속춤은 마치 목각 인형이 줄에 매달려 움직이는 것처럼 무릎과 팔이 절도 있게 꺾어졌다. 격렬하면서도 율동 사이사이에 강한 매듭이 있는 러시아 춤을 보고 있으면 이상하게도 정신이 맑아졌다. 춤이 격렬할수록 더 그랬다. 나는 선원들이 둘러서서 추는 가팍을 보며 이반을 떠올렸다. 이반도 어디선가 함성을 지르며 저들처럼 가팍을 추고 있을까? 나는 보드카를 마시고 샤실릭을 한입 베어 물었다. 바에 앉아서 계속 몸을 흔들고 있던 마담 장이 그들 사이에 끼어들었다. 육중한 그녀의 몸이 빠른 리듬에 맞춰 민첩하게 움직였다. 선원들의 함성이 추임새처럼 일정한 간격으로 이어졌다.

음악을 바꾸지 않는다면 그들의 춤은 자정까지 계속될 것이다. 구잘이 나타샤 빈자리를 대신해 분주히 움직였다. 마담 장은 점점 술에 취하고 흥에 취해갔다. 가끔 이렇게 마담 장이 흥에 취해 선원들과 춤을 추면 그녀가 어김없이 해오던 일, 러시아 아가씨를 한국 선원에게 붙이고 필리핀 아가씨를 러시아 선원에게 붙이는 일을 잊었다. 더불어 나의 존재도 잊었다. 그녀가 잊는 것은 단지 그것만은 아닐 것이다. 그녀의 천식처럼 오래된 이 거리의 모든 것, 그녀를 되돌아오게 만들었던 익숙한 모든 것, 그녀의 생 모두를 잊을 것이었다. 이반의 말대로 휘파람을 불면 무언가 텅 비게 되는 것처럼 그녀도 텅 비어가는 것이리라. 원무에 끼어 점점 격렬하게 몸을 흔들 때마다 그녀가 한줌씩 사라지는 것 같았다. 나는 그녀의 손을 잡기라도 할 것처럼 깡마른 손을 허공에 내밀었다.

홍루의 남자가 술을 마시기 시작한다. 남자는 무릎 사이에 손을 찔러 넣고 눈은 줄곧 나타샤를 찾았다. 나는 마지막 보드카를 입에 털어 넣었다. 남자가 취했는지 점점 고개를 떨궜다. 녀석은 어디로 갔을까? 나는 문득 잊고 있던 녀석을 떠올리며 휘파람을 불었다. 남자가 고개를 든다.

거짓말처럼 녀석을 찾은 것은 소파 밑에서였다. 환전소에 가기 위해 러시아 동전을 지갑에 넣는 중이었다. 소파 밑으로 굴러 들어간 동전을 줍기 위해 허리를 굽혔다. 누렇게 바랜 벽지 중간에 검정색 바탕에 노랑 빨강 줄무늬가 있는 녀석의 몸이 선명하게 눈에 들어왔다. 녀석은 소파 뒤쪽과 벽 사이에 일자로 붙어 있었다. 나는 잠시 숨을 멈추고 가만히 녀석을 지켜보았다. 녀석도 움직이지 않았다. 조심스럽게 몸을 일으켜 주방으로 갔다. 냉장고에서 먹이를 꺼내 따뜻한 물에 담근 다음 물기를 닦아 소파 앞에 놓았다. 집게를 들고 소파 위에 웅크리고 앉아서 바닥을 내려다보았다. 얼마나 지났을까. 녀석이 기어 나오기 시작했다. 나는 움직이지 않고 숨을 삼켰다. 먹이 앞까지 조심스럽게 다가간 녀석이 고개를 들며 혀를 날름거렸다. 녀석의 여린 혀가 재빠르게 입속을 반복해서 드나들었다. 녀석이 먹이 앞으로 다가가 먹이를 덥석 무는 순간 집게로 녀석을 집어 케이지에 넣었다. 녀석의 입에는 새끼 쥐의 여린 몸이 반쯤 물려 있었다.

로즈 앞에는 며칠째 'Closed'라고 쓴 안내판만 달려 있었다. 겨울이면 도지는 마담 장의 천식 때문에 잠시 문이 닫기곤 했다. 나타샤도 가끔 목욕탕이나 환전소에서 마주치곤 했는데 언제부턴가 보이지 않았다. 소문에 한국 선원을 따라 이곳을 떠났다는 말도 있었고 임신을 해서 로즈에서 쫓겨났다는 소문도 있었다. 텍사스 거리는 다 해진 만국기를 걷어내는 상인들로 분주했다. 나는 만국기가 끝나는 곳에서 발길을 멈추었다. 이반을 처음 만났던 날, 이반의 달콤한 입술이 나의 입술에 닿던 순간, 나는 내 여행이 이대로 끝이 나길 간절히 바랐다. 이반은 지금 어느 바다를 지나고 있을까? 나는 만국기가 걷히는 하늘을 바라보며 블라디보스토크행 비행기 표 판매소를 지나 환전소로 갔다.

마지막 남은 먹이를 녀석에게 넣어주었다. 녀석이 조심스럽게 먹이에 다가간다. 잠시 목을 치켜세우더니 슬그머니 방향을 틀었다. 또 먹이를 먹지 않을 모양이었다. 온수에 목욕을 시키면 좀 도움이 될 겁니다. 수의사는 전화로 간단하게 처방을 내렸다. 소화불량이나 스트레스를 받으면 그럴 수도 있다는 것이다. 그럴 경우 정상적으로 탈피하기 힘들어진다고도 했다. 대야에 온수를 받아 케이지 옆에 놓았다. 케이지 뚜껑을 열고 널브러지듯 몸을 길게 풀고 있는 녀석을 물끄러미 바라보았다. 나는 집게를 들다가 내려놓았다.

녀석의 외피에 손을 조심스럽게 가져다 댔다. 녀석의 서늘한 체온이 손끝으로 전해졌다. 천천히 선을 그으며 머리 쪽으로 집게손가락을 옮겼다. 빨강 노랑 줄무늬가 하나하나 반응하며 꿈틀거리는 것처럼 손가락 끝에서 살아났다. 녀석의 입을 지나 턱쯤에 손가락이 닿았을 때 녀석이 감미로운 몸동작으로 감겨들었다. 소름인지 전율인지 무언가 몸속으로 울려들었다. 나는 녀석을 안듯 들어올려 온수에 담갔다. 녀석이 천천히 물속으로 스며든다. 나는 물끄러미 녀석을 보다가 물속에 손을 집어넣었다. 미끄러지듯 내 손을 비껴나가는 녀석의 꽁무니를 따라가며 손을 저어 작은 물보라를 일으켰다. 녀석이 점점 생기를 찾은 듯 작은 원을 그리며 빠르게 움직였다. 잠시 뒤 민첩하게 손아귀를 벗어나려는 녀석을 떠내 마른 수건을 깔아놓은 그릇에 옮겨 담았다. 녀석을 재빨리 수건 위에 굴린 뒤 케이지 안으로 털어 넣었다. 명자, 아주 잘했어, 이반이 보았더라면 그렇게 말했을 것이다.

나는 홍루와 로즈를 차례로 지나 도로 건너편에 있는 수족관으로 갔다. 파충류 먹이 있음. 간판에 적힌 글씨를 확인하고 가게 안으로 들어갔다.

점원이 햄스터 케이지를 열다가 내 쪽을 본다.

"뭘 드릴까요? 손님."

점원이 케이지 안에서 햄스터를 꺼내며 물었다.

"밀크스네이크종인데…… 먹이 좀 사려고요."

나는 나무 막대를 기어오르는 비단뱀을 물끄러미 바라보며 말한다.

"뱀을 키운 지 오래되셨나 봐요. 처음 키우는 사람은 뱀을 그렇게 똑바로 쳐다보지 못하거든요."

점원이 손에 쥔 햄스터를 비단뱀에게 던져주며 말했다.

"이렇게 한창 클 때는 녀석도 산 먹이를 찾아요. 그래야 탈피를 제대로 할 수 있거든요."

나무 막대를 기어오르던 녀석이 슬그머니 방향을 틀며 혀를 날름거렸다. 케이지에 던져진 햄스터가 꾸물거렸다. 움직임을 감지한 녀석도 먹이를 겨냥한 채 꼼짝하지 않다가 입을 벌리고 먹이를 물어 삼켰다. 나는 고개를 돌리며 점원에게 휘파람을 불면 뱀이 나온다는 말을 아느냐고 물었다.

"그런 속담이 있었나요?"

점원은 손에 묻은 햄스터 털을 털어내며 고개를 갸웃거렸다.

"손님, 냉동 쥐로 드릴까요?"

점원이 물었다. 나는 햄스터의 하얀 몸이 비단뱀의 입으로 빨려 들어가는 것을 보다가 고개를 저었다. 점원은 케이지에서 꿈틀거리는 분홍색 새끼 햄스터를 꺼냈다.

"녀석들이 종종 냉동 먹이를 먹지 않는데…… 그건 아마도 탈피를 하려고 그럴 겁니다. 제대로 크고 있다는 증거죠."

나는 점원에게서 새끼 햄스터를 받아 골목으로 돌아왔다. 날씨가 풀리고 있었다. 곧 부두에 배가 들어온다고 했다. 나는 문이 닫힌 로즈를 지나 홍루에 들러 쌀단까와 흑빵을 시켰다. 남자는 여전히 등을 보이고 주방에서 음식을 만들고 있다. 탁자 위에는 너덜너덜해진 러시아 회화책과 비닐도 뜯지 않은 발레 슈즈가 올려져 있었다. 나는 흑빵을 뜯어 쌀단까에 적셔 먹었다. 맞은편 거울에 흑빵을 씹고 있는 내 모습이 보였다. 밥을 먹을 때 거울을 보면 안 돼요, 아름다움까지 먹어버리거든요. 이반이 내 귓불 뒤에 입술을 가져다 대며 속삭일 것 같았다. 홍루의 간판이 바람에 흔들거렸다.

회생

수련기

나는 명상 센터로 들어섰다. 사무실 문을 열고 직원에게 P를 만나러 왔다고 하자 수련에 방해가 되지 않도록 해달라며 명상실로 나를 안내했다. P는 서너 명의 수련생들과 함께 회색 수련복을 입고 있었다. 나를 발견한 P가 손짓을 하며 안으로 나를 불러들였다.

　"오신 김에 마음이나 좀 닦고 가시지요."

　P가 탈의실로 안내를 하더니 수련복을 내주었다. 얼떨결에 P가 권하는 대로 옷을 갈아입고 나오자 그녀가 못마땅한 듯 나를 쳐다보았다. 수련 방법을 지도하고 있는 그녀를 이곳에서는 천사라고 부르고 있었는데 내가 P를 찾아오는 것을 내켜하지 않는 눈치였다. 그녀가 수련생들에게 지구 스티커라는 것을 나누어주고 있었다.

　"당신의 지구입니다."

그녀가 나에게도 까만 점 두 개를 내밀었다. 나는 그것을 받아들었다.

"하나는 벽면에, 하나는 이마에 붙이세요."

나는 그녀의 말대로 벽과 이마에 검은 지구를 붙였다.

"습을 떼어내기가 참 힘든 일입니다만, 저는 그 단계를 어렵게 지나 이제 죽이기 수련법에 들어가 있습니다."

P가 제법 도가 튼 것 같은 말투로 나지막하게 말했다. P는 이마와 벽면에 검은 지구 스티커를 붙이고 눈을 감았다.

"지금 나를 가장 힘들게 하는 번뇌를 지구점에 던져 넣으세요."

그녀가 죽비를 두드리며 말했다. 모든 근심 걱정을 그곳에 모으면 우주에 떠 있는 듯 깨우침의 순간이 온다는 것이다. 지구점수련의 수행 방법이라고 했다. 기억의 매듭을 풀기라도 하듯 그녀의 죽비 소리가 반복해서 들려왔다.

"사람은 뒷모습이 더 정직한 법입니다."

그녀가 죽비로 내 어깨를 두드리며 지나갔다. P는 명상에 잠겼는지 조금도 움직이지 않았다.

P는 몇 달 전 법원의 개인회생위원회 사무실을 찾아왔을 때보다 한결 평온해 보였다. 개인회생이란 자신의 채무 일부만 변제 후 나머지 채무를 탕감해주는 제도였다. 나는 그곳에서 채무자의 월급에서 부양가족의 최저 생계비를 측정하고 남은 금액으로 일정 기간 빚을 갚아나갈 수 있는지, 즉 회생 여부를 심사하

는 일을 맡고 있었다. P는 밥벌이로 해오던 오퍼상이 부도가 나고 가족이 뿔뿔이 흩어졌다고 담담히 말을 꺼냈다. 결국 남게 된 것은 빚과 노모였다고 했다. 하루가 멀다 하고 빚쟁이들이 찾아와 행패를 부리는 것은 그래도 참을 만했다며 그가 한숨을 내쉬었다. 평생 고생 없이 살아서 그런지 노모가 그 모든 상황을 참아내질 못하더라는 것이다. 나는 P가 내놓은 명상 수련원 영수증을 뒤지며 빚을 안 갚고도 살 수 있지 않느냐고 물었다. 잠시 넋을 놓고 있던 그는 그럴 수만 있다면, 하고 말끝을 흐렸다.

"어렸을 때부터 현재까지 시간 순서대로 모든 기억을 떠올리세요. 그 기억들을 지구점에 모두 던져버리세요."

그녀의 말대로 시간을 거슬러 올라가듯 나도 두 눈을 감았다.

"정진하십시오."

그녀가 수련생들 사이를 오가며 죽비를 두드렸다.

P가 제출한 명상 센터의 회원 등록 영수증을 들고 센터를 찾은 것은 P의 회생 여부를 하루빨리 결정짓기 위해서라고만 할 수 없었다. 직접 찾아갈 필요가 있느냐는 동료들의 뒷소리를 들으며 센터를 찾았을 때 P의 모습은 보이지 않았다. 사무실을 지키고 있던 그녀가 차를 내놓았다. 나는 명함을 내밀며 찾아온 이유를 간략하게 설명했다. 그녀가 유심히 내 이야기를 듣다가 자신의 명함을 내 쪽으로 밀었다. H센터, 천사. 명함에 적힌 직함을 보고 그녀를 건너다보았다.

"개인회생위원회?"

그녀가 내 명함을 내려다보며 피식 웃었다.

"선생님이 사회에서 경제적 회생 여부를 판단하는 일을 한다면 저는 센터에서 영혼의 회생 여부를 가늠하는 역할을 한다고 할 수 있죠. 그 경계에서 자신의 죄를 고백하게 만드는 조력자역을 한다고 할까요."

그녀가 무심한 듯 집요하게 나를 바라보았다.

"이쪽과 저쪽, 무의식과 의식 사이에 얽혀 있는 트라우마에서 진정한 자신을 찾게 하는 것이 제가 하는 일입니다."

안경 너머 붉게 충혈된 그녀의 눈과 마주치자 나도 모르게 귓불이 달아올랐다. 인연이 있으면 또 뵐 수 있을 거라는 그녀의 말에 성급히 센터를 빠져나왔다.

P가 가부좌를 풀었다.

"그렇게 쉽게 되지는 않을 겁니다."

중심을 잡지 못하고 흔들리는 나를 보며 P가 자리를 털고 일어섰다. 그녀가 죽비를 거두며 명상 음악을 껐다. 나는 탈의실에서 옷을 갈아입고 P를 따라 사무실로 자리를 옮겼다.

"아마 선생님처럼 현장까지 직접 오신 중재 위원님은 없을 겁니다."

P가 소파에 앉아 두 손으로 보이차를 따랐다.

"끈을 놓고 싶지 않습니다. 어떤 방법으로든 이 지구상에 살아남아야 하지 않겠습니까, 선생님!"

힘이 들어간 P의 거창한 말이 오히려 측은하게 들렸다. 그가 수련을 한 지는 반년이 다 되어간다고 했다.

"처음 제가 이곳에 왔을 때 심신이 지칠 대로 지쳐 있었죠. 점심을 권하기에 며칠 굶은 사람처럼 허겁지겁 밥 한 공기를 다 비웠습니다."

"엎친 데 덮친 격으로 노모가 치매까지 와서……"

살의까지 느꼈다며 그가 말을 잠시 끊었다가 이어갔다.

"그날 어머니를 요양원에 입원시키고 오던 길이었습니다."

그즈음 P 자신도 제정신이 아니었다며 고개를 떨궜다. 거리를 방황하다가 눈에 띈 곳이 명상 수련원이었다고 했다. 지금은 센터의 배려로 일자리도 얻었다고 웃음을 보였다. P가 차를 한 모금 입에 넣었다.

"센터에서도 지원을 하고 있었고, 단계 승급이 빨랐어요. 지구점 수행도 단 두 시간 만에 해냈죠. 그즈음 회생 절차를 밟기 위해 선생님을 찾아간 겁니다. 새롭게 다시 시작해보고 싶었습니다."

나는 노모에 대해 묻는 대신 묵묵히 차를 마셨다. 공교롭게도 명의 전화를 받은 것은 그때였다. 들뜬 목소리 끝에 들려오는 아빠라는 말이 생소했다. 일행이 있는지 주변에서 소란스러운 소리가 들렸다. 18년 만에 한국에 온 아이가 누구와 함께 밤을 보내고 있단 말인지, 정작 명에 대해 아는 바가 없었다. 나는 말없이 전화기 너머에 섞여드는 낯선 목소리를 더듬었다.

"늦어요. 기다리지 마세요. 아빠."

또박또박 들려오는 명의 말이 야속해 너무 늦지 말라는 어색한 다짐만 주었다. 전화를 끊고서야 P가 연신 관자놀이를 누르고 있는 나를 유심히 지켜보고 있다는 것을 알았다. 빌어먹을. 오히려 그에게 회생 여부를 심사받는 것 같아 그가 눈치챌 정도로 얼굴을 찌푸렸다. 연신 알은체 끼어들 기미를 보이고 있는 P를 사무적인 표정으로 쳐다보았다. 이곳까지 온 것이 은근히 후회되었다.

명의 전화를 받은 것은 18년 만이었다. 미국에서 귀국했다고 말했을 때만 해도 선뜻 누군지 알아채지 못했다. 전처의 이름을 들먹일 때야 비로소 전화기를 귀에 바짝 당겼다. 그녀는 나와 헤어지면서 두 살이던 명을 데리고 미국 처가로 가버렸다. 이내 흑인 남자와 재혼을 한 모양이었다. 그들이 텍사스 어디쯤에서 잘 살고 있다는 소리를 얼핏 들은 게 다였다. 명은 서툰 한국말로 전처의 부고 소식을 전했다. 나는 그 소식을 담담히 들었다. 지난 감정을 들춰내 그녀의 죽음에 덧씌우고 싶지 않았다. 명이 아빠라는 말을 서툴게 내뱉었을 때 툭 끊겼던 줄에 뭔가 다시 묶이는 기분이었다. 명에게 집 주소를 알려주고 전화를 끊고서야 나에게 딸이 있다는 사실이 낯설게 다가왔다. 명이 내가 사는 아파트로 찾아왔던 날을 떠올리자 가슴이 먹먹해졌다. 쌍꺼풀진 큰 눈과 오똑한 콧날, 유난히 검은 머리와 귀밑으로 늘어뜨린 인디언풍 귀걸이, 명은 여린 속살을 경계로 카키색 티와 인디블루 청바지를 입고 있었다. 카키색 민소매 티 안으로 훤히 들여다보이는 가슴을 애써 외면하며 명의 짐을 방으로 옮겼다.

P와 헤어진 뒤 아파트로 돌아와 놀이터에 잠시 앉았다. 명의 방을 올려다보니 불이 꺼져 있다. 명이 오기 전까지 그 방은 늘 불이 꺼져 있었다. 새삼 그 어둠이 야속하고 못내 허전했다. 자정을 넘긴 시간에 명은 무얼 하고 있는 것일까. 나는 휴대폰을 열어 명의 전화번호를 창에 띄웠다. 명은 내게 18년 동안 한 번도 전화를 하지 않았다. 전처와 헤어진 것은 그녀의 복잡한 남자관계 때문이었다. 이혼 후 미련 없이 떠나는 그녀를 보며 명이 내 아이가 아닐지도 모른다는 생각이 들었다.

현관문을 열었다. 센서등이 켜지고 텅 빈 익숙한 현관이 눈에 들어왔다. 명의 운동화가 보이지 않는다는 것만으로도 어깨가 처졌다. 신발장에서 명의 구두 한 켤레를 꺼내 바닥에 가지런히 내려놓았다. 곁에 조심스럽게 구두를 벗어놓고 명의 방문을 열었다. 방 한쪽에 소화물 라벨이 붙어 있는 작은 여행 가방이 그대로 놓여 있다. 짐이라고 나와 있는 것은 달랑 옷가지 몇 개가 전부였다.

자리에 누운 것은 새벽 한시가 다 되어서였다. 신경이 온통 현관문 쪽에 가 있었다. 휴대폰을 열었다.

'아빠다, 지금 어디니? 어린 녀석이 이 시간까지 뭐하고 있는 게냐, 어서 들어오너라.'

과연 내가 여느 아버지처럼 평범하기 그지없는 그 말을 명에게 할 수 있을지 확신이 서지 않았다.

휴대폰을 닫고 얼마나 지났을까, 현관문 열리는 소리가 들렸다. 나는 명이 신발 벗는 소리까지 놓치지 않았다. 자박자박 발소리가 거실을 지나 안방 쪽으로 들려왔다. 눈을 감았다.

"아빠……"

명이 조심스럽게 침대로 파고들었다. 나는 갑작스러운 상황에 몸을 일으키려다 말았다. 한밤중에 잠옷 차림으로 무언가에 놀라 부모 침대로 뛰어드는 어린 딸, 가끔 그런 평범한 가정이 그리워지긴 했다. 느닷없이 파고든 명의 몸에서 스카치 캔디 냄새가 풍겼다. 어릴 적 먹어본 스카치 캔디의 맛과 향기는 이국적이고 낯설었다. 화장을 짙게 한 거리의 여자를 가슴에 품고 있는 불경스러운 기분이랄까, 좀 과장되게 표현한다면 유년기의 무언가를 훌쩍 뛰어넘는 이단의 느낌이었다. 함부로 깨물지도 못하고 입안에 품고 있던 기억이 새삼 떠올랐다.

"제가 얼마나 아빠라고 불러보고 싶었는지 아세요?"

명의 목소리가 떨렸다.

"제롬, 케빈, 알렉스, 엄마가 만났던 남자들은 한국말을 싫어했어요. 마치 엄마가 그런 사람들만 고른 것처럼요. 엄마도 그들 앞에서는 한국말을 쓰지 않았죠. 마지막으로 엄마 곁에 있던 아홉번째 사람만 한국 사람이었어요. 나이가 많아 할아버지라고 불렀죠. 내게 유일하게 한국말을 한 사람이기도 해요. 아빠라는 말보다 할아버지라는 말이 더 익숙하게 입에 맴돌아요. 그래도 마지막으로 엄마 손을 잡아준 사람이니까, 뭐 그리 나쁘다고 할 수는 없어요."

명이 말끝에 아이처럼 두 손을 허공에 올려 딴청을 부렸다. 나는 아빠보다 할아버지라는 단어에 더 익숙하다는 명의 말에 잠시 목이 멨다.

"하지만 진짜 아빠는 하나면 돼요."

명이 그렇게 말하며 다시 내게 안겼다. 그 순간 아득히 잊었다고 생각했던 말이 되살아났다. 태주 씨 하나면 돼. 전처는 헤어지기 얼마 전까지 그렇게 속삭였다.

"제 입술이 아빠를 닮았어요! 아빠가…… 이렇게 생겼군요."

나는 명의 목에 팔을 감으려다 멈추었다. 그 대신 등을 조심스럽게 토닥였다. 누구와 있었는지 내내 궁금했지만 물을 수 없었다. 나는 어색하게 침을 삼켰다.

전처를 데려간 건 암이었다고 했다. 명이 물기 어린 눈으로 나를 바라보았다. 그 눈빛이 얼마나 간절하고 애처로웠는지 하마터면 입술을 가져다 댈 뻔했다. 명의 손이 나의 머리카락을 천천히 쓸어 올리고 콧등을 스쳐 입술 위에 멈추었다. 나는 명에게서 살포시 몸을 떼어냈다. 곁에 누워 전처의 천일야화라도 들려줄 것 같은 명이 하품 끝에 침대를 빠져나갔다.

센터를 다시 찾은 것은 여름 끝 무렵이었다. 성 참회실이라고 부르는 곳에 사람들이 모여 있었다. 나는 그들과 섞여 있는, 아니 그들 앞에서 격하게 울고 있는 P를 발견했다. 참회실 밖으로 그들의 통곡 소리와 원장인 듯한 사람의 허스키한 목소리가 뒤

섞여 흘러나왔다. 창문을 열면 나도 한순간 휩쓸려갈 것 같았다. P는 격한 울음을 끊어가며 노모에 대한 이야기를 하고 있었다.

"이러다 정말 죽이겠다 싶었습니다. 제정신이 아닐 땐 칼을 들고 대들기도 했습니다. 무엇보다도 깡마른 노모의 벌거벗은 몸을 보았을 때 저도 제정신이 아니었습니다. 몇 살 때인지, 엄마 젖가슴을 만질 때 그곳이 부풀어 올랐던 기억이 떠올랐습니다."

나는 P의 내밀한 고백을 훔쳐 듣기가 내심 겁이 났다. 통곡 소리를 뒤로하고 성급히 사무실로 걸음을 옮겼다. 테이블 위의 신문을 건성건성 넘길 때 그녀가 사무실로 들어왔다. 땀에 젖은 머리카락이 얼굴에 어지럽게 달라붙어 있었다. 그녀는 소파에 힘없이 주저앉았다. 나는 그녀의 등뒤를 살피며 P의 모습을 찾았다.

P의 참회는 감동적이었다고 했다.

"성 참회는 원장님이 직접 주관하십니다. 수련원생들 모두 뜨거운 눈물을 흘렸죠. 그때 용기를 얻은 원생들이 너 나 할 것 없이 참회를 했습니다. 딸을 탐한 자, 누이를 탐한 자, 어머니를 탐한 자……"

그녀가 잠시 말을 끊었다 이어갔다.

"마음속으로 지은 죄가 더 크지요. 하지만 우리 원장님이 모두 사해주셨어요. 만인이 지켜보는 가운데 구원을 받은 셈이죠."

딸을 탐한 자, 누이를 탐한 자, 어머니를 탐한 자라니. 사이비 종교인의 간증을 듣는 것처럼 금기의 말을 거침없이 내뱉는 그녀를 불편하게 쳐다보았다.

"저희 원장님이 성스러운 이유는 다른 종교인들이 해내지 못한 것을 해냈다는 것에 있습니다. 그들이 금기시하는 어두운 이야기를 세상 밖으로 꺼내 밝은 곳으로 인도했다는 점이에요. 성 참회 후에는 수련생들의 기가 한층 올라가거든요. 금기의 파괴가 자기해방에 기여한다고 할까요. 금기를 어긴 기억은 누구나 갖고 있지 않겠어요, 선생님?"

그녀가 나를 빤히 보았다.

"성 참회라는 것이 어떤 겁니까?"

나는 무안함을 참지 못해 뻔한 질문을 해버렸다.

"선생님도 많이 지쳐 보이시네요."

대답 대신 돌아온 말이었다. 그 말은 내가 몇 년간 개인회생을 신청한 사람들에게 해왔던 말이다. 그 말을 낯선 곳, 낯선 여자에게서 이토록 섬세한 어감으로 듣게 될 줄은 몰랐다. 피어오르는 향냄새 때문인지 울컥 울음이 치솟을 것 같았다.

지금껏 타인에게 사생활을 묻는 것은 엄격히 내 영역이었다. 파산 지경에 이르면서 뿔뿔이 흩어지는 가족들, 파산과 파경의 혼란한 틈을 타 어김없이 끼어드는 불륜과 패륜, 그 사이 금전의 행적을 챙기는 것이 내가 할 일이었다. 그녀의 말처럼 또 다른 회생의 영역에서 정작 P의 은밀한 속내를 챙겨 듣는 이는 따로 있지 않은가. 그토록 많은 수련생을 울고 참회하게 만드는 것은 내가 할 수 있는 것이 아니었다. P는 나를 만날 기분이 아니라고 했다. 나는 결국 P를 만나지 못하고 센터를 나왔다.

일요일 아침, 모처럼 명과 아침을 먹기 위해 주방으로 갔다. 자정을 넘겨서 집에 들어온 명은 자고 있을 터였다. 된장찌개 같은 한국 음식을 거북해하는 명을 위해 전날 퇴근길에 장을 봐 왔다. 베이글을 접시에 담고 야채를 씻어 오리엔탈 드레싱을 뿌렸다. 프라이팬에 달걀을 막 깨 넣을 때 명의 기척이 들렸다.

"안녕히 주무셨어요?"

명이 내 앞으로 걸어와 아침 인사를 한다.

"네 입에 맞춘다고 하긴 하는데……"

나는 머리를 긁적이며 야채 샐러드를 식탁 위에 올려놓았다. 명이 동그랗게 눈을 모았다.

"감사해요."

어디서 그렇게 깍듯한 인사를 배웠는지, 곧 떠날 사람처럼 꾸린 단출한 짐이며 그토록 정중한 말투가 새삼 야속했다. 침대로 파고들던 날 이후 명의 태도는 늘 그랬다.

명이 휴대폰을 테이블 위에 올려놓고 욕실로 갔다. 잠시 후 샤워하는 소리가 들렸다. 달걀이 타들어가는 소리가 아득히 멀어졌다. 나는 불현듯 전처의 배꼽을 떠올렸다. 쌍꺼풀진 큰 눈과 오똑한 콧날, 명이 가지고 있는 아내의 모습은 그게 다일까. 명의 배꼽도 아내처럼 도드라졌을까. 나는 그곳을 헤집고 싶었다. 첫날 그 아찔한 느낌과 침대로 파고들던 명의 체취, 애써 피해왔던 그 힘든 감정이 무엇이었는지 어김없이 확인되는 순간이었

244

다. 나는 명의 닿을 수 없는 곳을 향한 부질없는 생각을 베어내듯 베이글을 거칠게 반복해서 잘라냈다. 명의 휴대폰이 울린 건 바로 그 순간이었다. 요란한 인디밴드 음악과 함께 아직 발신인 얼굴 이미지가 없는 전화번호가 떠올랐다. 명과 밤늦도록 함께 있었던 자일까? 나는 집요하게 울리는 휴대폰을 하마터면 집어 챌 뻔했다.

퇴근길에 집으로 가는 대신 센터로 차 방향을 틀었다. 성 참회 이후 몇 주째 P에게서 연락이 없었다. 센터 사무실을 지나 복도를 따라 안으로 들어갔다. 복도 끝에 있는 수련실 안을 넘겨보며 P의 모습을 찾았다. P는 보이지 않았고 그녀가 죽비를 들고 수련원생들 사이로 조용히 오갔다. P가 있었더라면 필경 나에게 수련복을 입혀 거기에 앉혔을 것이다. 명상 음악이 조용히 흘러나왔다.

"자, 눈을 감으십시오."

그녀의 목소리가 명상 음악처럼 울려 퍼졌다. 눈을 감았다.

"살인의 시간입니다."

살인의 시간이라는 낯선 말이 섬뜩하게 심장 속으로 파고들었다. 내가 눈을 뜨지 못한 것은 그녀의 동요 없는 목소리 때문이었다.

"살인이 허락된 시간입니다. 주저하지 말고 돌을 집어 드세요."

살인을 허락받는 어이없는 상황에도 불구하고 나도 모르게 허공 속에서 돌을 주워 들었다.

"당신 곁에 누가 있습니까?"

그녀가 물었다.

"자신은 물론 부모 형제, 주변의 친구와 이웃, 그들 모두를 죽이십시오."

그래야 마음이 텅 빈다고 그녀가 말했다. P가 말한 죽이기 수련법인 모양이었다.

"자, 그자가 누구든 당신의 아내와 침대에 있습니다. 그리고 당신의 자녀들이 그것을 지켜보고 있습니다. 당신의 자녀들도 옷을 벗습니다. 이제 당신이 그들을 지켜봅니다. 고통스러운 당신을 그분께서 다시 지켜보고 있습니다. 이제 돌을 든 손에 힘을 주세요."

그 순간 머릿속에 떠오른 것은 아내의 몸이었다. 하얀 속살과 도드라진 가슴, 참외 꼭지처럼 볼록하게 내다 붙은 배꼽, 아내의 몸은 눈이 부셨다. 아내의 복잡한 남자관계를 알게 되었을 때 인정하기 싫었지만 아내를 더는 안을 수 없다는 것에 절망했다.

"당신과 가장 가까운 곳에 있는 사람을 향해 내리치십시오. 탁!"

그녀가 힘껏 죽비를 내리쳤다. 그 소리에 나도 모르게 눈을 떴다. 사람들의 얼굴이 심하게 일그러졌다. 돌을 맞은 자가 마치 자기 자신이라도 되는 것처럼 아픔을 고스란히 느끼는 것 같았다.

"그자가 죽었습니까?"

그녀의 말에 사람들은 제각각 알 수 없는 표정을 지었다.

"숨을 쉬고 있다면 다시 돌로 내리치십시오. 피가 흘러나오고 골수가 보일 때까지 내리치십시오. 신체 훼손이 많을수록 당신은 그분 곁에 더 가까이 갈 수 있습니다."

그녀는 상상력이 부족한 사람들을 위해서 죽이는 방법을 하나하나 상세하게 알려주고 있었다.

"이미 죽은 사람을 또 죽여도 되나요?"

누군가 진지하게 물었다. 몰입이 되지 않았는지, 그 말에 중년 여자가 그만 웃고 말았다. 그녀가 죽비를 내려치며 수련을 잠시 중단했다. 나는 차로 목을 적시고 있는 그녀에게 다가갔다.

"그가 보완 자료를 보내지 않고 있습니다."

P와 연락이 되지 않고 있다는 것을 에둘러 말했다. 나는 P의 회생 여부를 마무리하고 싶다고 했다. 그녀의 얼굴에 성가신 표정이 역력했다.

"선생님은 왜 그의 회생을 원하는 거죠?"

그녀가 반감 어린 목소리로 물었다. 나를 찾아와 평생 빚에 쪼들려 지옥 같은 생활을 할 수는 없다는 말을 하던 사람들을 떠올렸다. 그런 사람을 돕는 게 나의 일이었지만, 그 쉬운 대답도 하지 못했다. 개인회생이 P의 삶을 바꿔놓을지는 알 수 없었다. 그렇다면 나는 왜 P의 회생을 원하는 것일까. 그녀는 그쪽의 부질없는 회생 노력이 이곳의 참된 회생을 방해하고 있다고는 생각하지 않느냐고 물었다.

"그에게 헛된 희망을 심어주지 말아주십시오."

전에 없이 단호한 목소리였다. 그녀가 죽비를 들고 다시 수련실 안으로 들어갔다.

P가 계속 나타나지 않는다면 회생 문제는 이쯤에서 마무리를 해야 할 것이다. 체념하고 돌아서는데 그녀의 책상 위에 놓여 있는 파일이 눈에 띄었다. '부정적 마음 수련자 교정 파일'. 나도 모르게 파일을 집어 들었다. 서너 장 넘기자 P의 이름이 눈에 들어왔다. 수련자 신상 기록에 A시에 있는 기도원 주소가 적혀 있었다.

작정하고 명의 뒤를 쫓은 것은 아니었다. 퇴근길에 명이 아파트를 나와 택시를 기다리거나 횡단보도를 건너는 것을 몇 번 보았던 터였다. 나는 아파트 상가 맞은편에 차를 세웠다. 명이 카페 안으로 들어갔다. 라탄 의자 등받이가 훤히 보이는 대형 유리문 안으로 명의 모습이 보였다. 명이 주문한 커피를 들고 창가에 앉았다. 명이 있는 카페 안은 내가 닿지 못할 꿈속의 공간처럼 아득하다. 그들만의 공간, 얼마 전까지 무심히 지나쳤던 그 공간이, 명이 있다는 이유만으로 내가 어찌지 못하는 명의 배꼽처럼 불쑥 나의 깊은 곳을 건드렸다.

나는 카페 안으로 들어서는, 아니 명의 앞으로 지나가는 젊은 녀석들에게조차 질투가 일었다. 녀석들이 힐끔 명을 돌아본다. 명이 만나는 자가 저런 싱싱한 놈일 거라는 것에 생각이 미치자 이내 손에 힘이 빠졌다. 명이 시선을 흐트러트리지 않고 도도하게 허리를 세웠다. 차 한 대가 반대편에서 서서히 들어왔다. 방해꾼 같은 차 때문에 명의 모습이 가렸다. 명의 모습을 놓치지 않으려 차를 후진시켰다.

명이 카페를 나왔다. 혼자였다. 어떤 녀석도 달고 나오지 않은 것에 대한 안도감이랄까, 나는 녀석들에게 보란듯이 한 방 먹인 것같이 우쭐한 기분이 들었다. 명이 거리로 나온 순간 명은 오롯이 내 차지가 되는 느낌이었다. 명이 걸어온다. 짧은 횡단보도를 건너, 침대로 파고들듯 내 차에 오르면 이번에는 놓치지 않을 것이다. 나는 걷잡을 수 없이 뻗쳐 나오는 희열을 맛보듯 눈을 지그시 감았다. 그 순간 눈을 감은 것이 오만이었을까? 눈을 돌리면 물거품처럼 사라질 것 같은 불안을 잊은 게 잘못이었다. 명이 순식간에 사라졌다.

명을 다시 발견한 곳은 방해꾼의 차 안이었다. 나는 앞서 달리는 차를 놓치지 않기 위해 운전대를 바싹 잡았다. 차는 몇 블록 지나지 않아 호텔 앞에서 멈추어 섰다. 나는 잠시도 차에서 눈을 떼지 않았다. 주차원이 발레파킹을 하기 위해 방해꾼의 차로 달려갔고 호텔리어가 정중하게 차문을 열었다. 그들이 차에서 내렸다. 나는 그제야 명 휴대폰의 비어 있던 발신인의 이미지를 확인할 수 있었다.

은회색 머리가 유난히 돋보이는 점잖은 늙은이, 명이 만나왔던 자이다. 명이 그자와 걸음 폭을 맞추며 나란히 걷는다. 사람은 뒷모습이 더 정직하다고 했던가. 닿을 듯 말 듯 서로 벗어나

지 않는 익숙한 간격. 명의 손이 스칠 때마다 절정을 향하듯 그
자의 손이 떨렸다. 나는 내 손이 명의 손을 스치는 것 같아 손등
을 훑었다. 이토록 떨리는 섬세한 감정이 내 안 어디에 숨어 있
던 것인지. 나는 그자와 명의 손이 스치는 그 절실하고 간절한
공간에서 눈을 떼지 못했다. 그들이 로비로 향하는 짧은 순간 그
자가 명의 손에 깍지를 끼었다. 명이 주변을 살피며 뒤를 돌아보
았다. 그토록 도도하게 카페 안을 빛나게 했던 그 아이의 시선이
불안하게 흐트러졌다. 나는 그 자리에 멈춰 섰다.

기도원은 A읍에서 외곽으로 20분을 더 간 곳에 있었다. 낮은
산자락 초입에 팻말이 서 있었다. 기도원으로 들어서자 나와 눈
이 마주친 수련생이 낯선 사람을 경계하듯 슬그머니 자리를 피
했다. 나는 사무실을 찾아가 P와의 면회를 요청했다. 사무실 직
원은 P를 불러내는 대신 꼬치꼬치 내 신상을 캐물었다. 외부인
을 만나면 수련에 지장이 있다는 이유에서였다. 나는 명함을 내
밀었다. 법원이라는 로고에 직원이 군말 없이 인터폰을 들었다.

작업복 차림의 그가 멀리서 걸어왔다. 처음 개인회생위원회를
찾아왔을 때와 같이 몹시 지쳐 보였다.

"여기까지……"

어떻게 찾아왔는지 의아한 눈빛으로 나를 보았다. 선생님처
럼 현장에 직접 오신 중재 위원님은 아마 없을 겁니다. 제 확신
이 틀리지 않았군요. 센터에서 반기듯 내게 했던 말을 떠올렸다.
그런 말을 기대한 것은 아니었지만 불안한 기색으로 시종 입을

닫고 있는 그에게 선뜻 말을 꺼내지 못했다. 나는 회생 심사 서류를 테이블 위에 올려놓고 그에게 빵과 음료수를 내밀었다. 그가 게걸스럽게 빵을 뜯어먹었다. 노동 때문인지 수련 때문인지 얼굴이 퍼석하게 말라 있었다. 나는 그의 작업복에 묻은 흙을 털어내려 손을 뻗었다. 순간 그가 나를 격하게 밀쳐냈다. 바닥으로 넘어진 나를 보는 그의 표정이 낯설지 않았다. 살인의 시간, 그녀의 말에 심하게 일그러지던 사람들의 얼굴과 별반 다르지 않았다. 나를 내려다보며 그가 돌을 주워 들었다. 면회 시간 내내 주변을 서성이던 직원이 달려오지 않았더라면 그는 돌을 내려쳤을 것이다.

나는 몸을 일으키며 센터 사무실에서 본 '부정적 마음 수련자 교정 파일'을 떠올렸다. 문제는 죽이기 수련법이라고 했다. 살인의 시간에 느꼈던 살의가 제대로 빠져나가지 못해 부작용이 생겼다는 것이다. 살인의 시간이 끝나고도 P의 눈에 피를 흘리며 사지가 뜯긴 사람들이 보인다고 했다. '그래도 그들이 죽지 않았다'라는 문장 밑으로 줄이 그어져 있었다. 요즘은 습이 강해서 자신은 물론 대상이 잘 죽지 않는 것이 문제라고 그녀가 진단을 내렸다. 그녀는 천사로서의 역할을 다하기 위해 죽이는 방법을 추가로 메모까지 해놓았다. 나는 '노모 사망 후 상태 악화'라는 붉은 글자를 떠올리며 직원에게 물었다.

"언제쯤 돌아……올 수 있겠습니까……"

나는 스스로에게 하는 말처럼 말끝을 흐렸다. 정작 P가 돌아갈 곳이 어느 쪽인지 혼란스러웠다.

"정진하고 있으니 기다려봐야지요."

직원이 말했다. P는 밤에 자는 시간을 빼고 노동과 수련으로 하루를 보낸다고 했다. 직원이 그를 데리고 기도원 건물로 돌아섰다. 얼핏 P가 나를 보고 웃는 것 같았다. 까만 지구를 내게 내밀던 그의 모습을 못내 떨쳐내지 못하고 기도원을 나섰다.

퇴근 준비를 하며 그의 개인회생청구 신청서를 보류함에 넣었다. 며칠 사이 책상 위에 개인회생신청 서류가 수북하게 쌓였다. 차를 몰고 법원 건물을 벗어났다. 그저 담배 한 대를 피우고 갈 요량으로 아파트 입구 사거리에 차를 세웠다. 명은 횡단보도 앞에 서 있었다. 높은 구두를 신어서인지 집에서 본 것보다 키가 훨씬 커 보였다. 같이 섰더라면 내가 볼품없이 작아 보였을 것이다. 나는 사람들 속에 묻히면 그 아이를 잃을 것만 같아 줄곧 시선을 떼지 못했다. 신호등 색깔이 바뀌었다. 명이 주저함 없이 횡단보도를 건너 사람들 속으로 사라져갔다.

무플론과 함께 살기

이경재(숭실대 교수 · 문학평론가)

1. 타자의 추방 이후

한병철의 『타자의 추방』(이재영 옮김, 문학과지성사, 2017)은 "타자가 존재하던 시대는 지나갔다. 비밀로서의 타자, 유혹으로서의 타자, 에로스로서의 타자, 욕망으로서의 타자, 지옥으로서의 타자, 고통으로서의 타자가 사라진다"는 선언으로 시작된다. 타자가 사라지는 현상은 교환가치만을 절대적인 금과옥조로 여기는 현대사회의 본질적 특성에서 비롯된 것이다. 교환가치라는 하나의 기준이 절대적인 힘을 발휘할 때, 이 세상은 울퉁불퉁하고 다양한 여러 가치들이 깨끗하게 마름질된 거대한 쇠우리가 된다. 오늘날의 지배 이데올로기인 신자유주의에서는 전지구적 차원에서 모든 것을 교환과 비교가 가능한 것으로 만드는 만물의 동질화가 이루어진다. 세계적인 수준에서 이루어지는 '같은 것의 폭력'은 자본의 순환을 방해하는 타자, 단독적인 것, 비교할 수 없는 것을 우리의 삶으로부터 추방한다. 이때 같은 것들 사이에는 어떠한 창조적 긴장도 없기 때문에 이 세상에는 가치와 의미들이 무관심하게 병존하게 된다. 다름이나 낯섦이 사라진 세상은 존재론적 무차별성이 지배하는 것이다. 모든 것이 같게 되었을 때, 우리는 거대한 의미의 생성보다는 작은 의미까지도 모두 잃어버리는 비극과 조우할 수밖에 없다. 이러한 상황에서 타자만이 우리 자신과 세계에 대한 진정한 인식과 성찰을 가능하게 해주고, 공허와 무의미로부터 우리를 구원해줄 수 있다. 새로운 삶은 이 세상이 기를 쓰고 내쫓은 바로 그 타자로부터 온다.

2009년 『부산일보』 신춘문예에 단편 「보리수 여인숙」이, 2012년 『서울신문』 신춘문예에 단편 「홍루」가 당선되며 작품 활동을 시작했으며, 2016년에는 단편 「첫눈」으로 부산소설문학상을 수상한 김가경의 첫번째 소설집에 주목하는 이유는 바로 이러한 맥락에서이다. 김가경은 마름질된 세상에서 점차 사라져가는 타자를 우리의 감성과 지성 안으로 끌어들인다는 점에서 우리 시대가 간과해서는 안 되는 중요한 작가라고 할 수 있다. 더군다나 그러한 타자는 무플론이나 몰리모를 부는 사내처럼 참신하면서도 호소력 있는 문학적 상상력을 동반하여 등장하기에 그 의의가 더욱 크다.

2. 닮아가는 사회

김가경은 같은 것만이 강요되는 세계를 날카롭게 응시한다. 일자(一者)의 전제 속에서 한 개인의 내밀한 트라우마 따위가 섬세하고 진지하게 다루어질 이유는 없다. 고유한 개인의 상처 역시 이미 이 사회에서 통용되는 방식으로 적당하게 포장되면 그만일 뿐이다. 일테면 「라인 블록」에서 오랜만에 재회하는 부모와 자식을 촬영하는 N케이블 방송국 사람들은 리얼 다큐를 표방하지만 "옷차림만 봐도 캐릭터 확 잡히는데요"나 "아버지 측은 쪽대본 줬나?"와 같은 말에서 알 수 있듯이, 자기들의 관념에 따라 그들을 촬영할 뿐이다. 특히 "필승 씨! 이 장면에서 눈물을 좀 흘리셔야…… 그것도 아니면……"이라고 말하는 부분에서 필승의 단독적인 상처가 숨 쉴 자리는 없다. 방송국 사람들은 타인에 관심을 갖고 있는 것이 아니라 타인을 통해서 자신들의 원하는 말과 행동을 얻는 데 관심이 있는 것이다. 매스 미디어를 통해 타인은 우리의 안방까지 다가오지만, 그때의 타인은 이미 타인과는 거리가 멀다.

「배회의 기술」에서는 옥상에 텃밭을 만드는데, 심지어 그곳마저도 교환과 자본의 논리로부터 벗어날 수 없다. 옥상의 텃밭에는 이랑마다 사원의 이름표가 붙어 있으며 그것은 곧바로 경쟁이나 성과와 연결된다. 「비둘기를 키우는 시간」의 그녀는 허름한 이발소나 선술집에 팔려나갈 모사화를 그리는 일을 한다. 그녀는 작업실 귀퉁이에 딸린 방에 머물며 제대로 월급도 받지 못하는 형편이다. 그녀가 돈이 되는 일과는 거리가 멀게도 모딜리아니의 화첩 속 에퓌테른의 모습을 그리자 사장은 "주제도 모르고, 너 같은 병신들 장난하라고 돈 들여 물감 사다놓은 줄 알아!"라며 그림을 가위로 찢는다.

「여가를 즐기는 방법」은 여가라는 생산의 잉여 영역마저도 적나라한 세상의 논리에 흡수되어버린 현실을 보여준다. 백주회는 중국에 있는 수정방 양조장을 방문하여 그 심오한 역사를 읊어대는 모습에서 드러나듯이, 겉만 보면 고상하기 그지없는 "교양을 가진, 비교적 사회적 지위가 높은 계층"의 모임이다. 그러나 이 고상한 모임도 여가가 "후기 자본주의 사회에서 유흥은 일의 연장"일 뿐이라는 명제로부터 그리 먼 거리에 있지는 않다. 이들은 수정방 세기전장이라는 그야말로 명품을 즐기는 것과 더불어 알게 모르게 인조성기(人造性器)를 즐기기도 한다. 백 교수는 그 자위기구마저 그 현란한 입을 통해 작품이라도 되는 양 화려한 의미부여를 하지만, 이 자위기구는 백주회의 외설스러움을 직접적으로 현시하는 사물에 불과하다. 또한 명주 기행 역시 "술이 진짜건 가짜건, 600년 역사가 진짜든 아니든 중요한 것은 아니었다. 백주회 회원들이 600년 역사를 근사하게 마셨다고 생각한다면 명주 기행은 성공이었다"고 얘기하는 것처럼, 그 자체로 허위와 위선으로 점철된 것이기도 하다. 이들에게 세상의 논리와 구별되는 고유한 가치나 의미는 별다른 의미가 없다.

「첫눈」에서 병원의 사무장 역시 닮음의 상징이 되기에 충분하다. 사무장은 병원장의 사위이고 이태리에서 성악을 전공한 테너 가수로 연미복에 집착한다. 사무장은 사실 무대에 오르지도 않으면서, 연미복을 세탁소에 정기적으로 맡긴다. 사무장은 '자신이 연미복을 입고 무대에 오르는 것'보다, '자신이 연미복을 입고 무대에 오른다고 사람들이 생각하는 것'을 더욱 중요하게 여기는 것이다. 세탁소에서 일하는 주인공이 사람들 앞에서 입지 않은 옷을 드라이하고 돈을 받을 수 없다고 이야기하자, 사무장은 버럭 화를 내며 앞으로 다른 곳에 세탁을 맡기겠다고 말한다. 한마디로 사무장은 허세로 버티는 속물형 인간이라고 할 수 있다. 이러한 사무장이 잘나가는 처가 식구들에게 온전한 사람 대우를 받지 못하면서도, 그것에 성내거나 노여워하지 않는 것도 어찌 보면 당연한 일이다. 사무장은 세상에 의해 가치가 이루어지는 상징적 기호에 자신의 정체성까지 저당 잡힌 존재라고 할 수 있다. 이처럼 김가경의 소설은 지배적인 논리와 매우 닮아 있으며, 그 닮음의 절반은 세상으로부터 그리고 다른 절반은 등장인물 자신들로부터 비롯된다.

3. 가족마저 예외일 수는 없는

김가경의 소설에는 가족으로부터 상처를 받은 인물들이 많이 등장한다. 그러한 상처 역시 세상이 자본의 논리 하나로 마름

질되어 가는 것과 무관하지 않다. 「라인 블록」에서 '나'는 백화점 광장에서 터번을 쓰고 카니발 퍼레이드용 장난감 기차를 운전한다. 지역 케이블 TV의 리얼 다큐 프로그램에서 헤어진 아들을 만나는 모습을 찍으려는 바람에, 갑자기 아버지가 '나'를 찾아온다. 집이 파산하고 어머니까지 가출하자 아버지는 '나'를 버렸고, 이로 인해 '나'는 보육원에서 "다 같이 길을 잃은 녀석들이 섞여 있어도 부모 손을 놓쳤다고 생각하는 녀석들은 나보다 뭔가를 하나 더 가진 것 같"다며 부러워해야만 했다. '나'는 보육원을 나온 뒤 전단 돌리기부터 노래방 삐끼까지 몸으로 하는 웬만한 알바는 모두 경험했다. 그럼에도 아버지는 오랜 시간이 지나서 방송 출연료 몇 푼을 벌기 위해 '나'를 찾고 있는 것이다. '나'의 친구인 주리도 어린 시절에 받은 상처로 인해 부모와 엇나가는 관계를 맺고 있다. 주리는 자신의 어머니를 빨강 아줌마라 부르고, 용돈을 달라고 하면 자신이 "꿀린다"며 어머니의 지갑을 훔치고는 한다. 「라인 블록」에서는 삼바 카니발이 열리는 리우역만 하나의 이벤트이자 가상이 아니라, 인간의 가장 내밀한 인간관계라고 할 수 있는 가족마저도 하나의 가상일 수 있음을 보여준다.

「몰리모를 부는 화요일」의 '너'도 아버지로부터 학대를 당하고 있다. 아버지는 불법 대출 사건으로 인해 새마을금고에서 쫓겨나야 했고, 이후 엄마에게 빌붙어 살았다. 이후 엄마가 떠난 후에는 '너'가 힘들게 벌어오는 돈으로 먹고 산다. '너'에게 아버지는 차라리 "깡패"에 가깝다. '너'의 남자 친구 정모는 삼류 배우로서 허세와 허영만이 덕지덕지 붙어 있으며, '너'를 학대하는 데서는 아버지의 라이벌이라고 부를 만한 인물이다. 결국 아버지와 정모는 '너'의 돈을 차지하기 위해 난투극을 벌이기도 한다.

「비둘기를 키우는 시간」의 여자는 난쟁이라는 이유로 다른 작품 속 인물들처럼 가족들에게 심한 학대를 받는다. 사람들의 수군거리는 소리는 불쑥불쑥 날아오는 오빠의 주먹과 함께 여자의 일상이 된다. 결혼을 앞둔 오빠는 눈에 거슬리는 물건을 치우듯 하루빨리 여자를 치워버리고 싶어 안달이고, "너만 없으면"을 입버릇처럼 달고 살던 엄마 역시 여자를 모든 불행의 원천으로 생각할 뿐이다.

이러한 폭력은 일종의 연쇄 고리를 형성하기도 한다. 「다이아몬드 브리지」에서 개 조련사인 그는 초등학교 2학년 꼬마의 의뢰로 해피라는 개를 조련하게 된다. 개의 주인인 초등학교 2학년 꼬마의 등 자락에는 퍼런 매 자국이 보인다. 그 자국은 아빠의 학대로 인해 생긴 것이고, 꼬마는 자신이 받은 학대를 고스란히 자신이 기르는 해피에게 돌려준다. 결국 해피는 복종성 배뇨 증상과 피오줌을 보이다가 죽음에까지 이른다. 그 꼬마는 해피가 말을 듣지 않으면, 아마 자신이 아버지에게 들었을지도 모르는 "천벌 받는다니까"와 같은 괴상한 말을 던지기도 한다.

「회생 수련기」는 가족마저도 사회의 지배 논리에 완전히 장악된 세상, 동일자만이 남아 폭력이 무한연쇄적으로 발생하는 세상에서 살아가는 우리의 삶이 근본적으로 잘못된 것일 수도 있음을 드러내는 작품이다. 오늘날 회생(回生)이란 주로 경제적인 관점에서 사용된다. '나' 역시 개인회생위원회 중재 위원으로서, 회생은 자신과 거리가 먼 말이라고 생각했다. 늘 타인의 사생활을 묻는 위치에서 "파산 지경에 이르면서 뿔뿔이 흩어지는 가족들, 파산과 파경의 혼란한 틈을 타 어김없이 끼어드는 불륜과 패륜, 그 사이 금전의 행적을 챙기는 것" 등을 주업무로 했던 자신은 사람들의 회생을 조망하고 관리하는 사람이지 그 자신이 회생의 당사자일 수는 없다고 생각했던 것이다. 그러나 '나'는 사업에 실패한 후 빚과 치매에 걸린 노모만 남은 P의 개인회생 업무를 하다가, P가 다니는 명상 센터에까지 가게 되면서 자신의 삶을 되돌아보게 된다. '내'가 경제적 회생 여부를 판단한다면, 센터는 "영혼의 회생 여부를 가늠하는 역할"을 한다고 할 수 있다. "무의식과 의식 사이에 얽혀 있는 트라우마에서 진정한 자신을 찾게 하는" 명상 센터에서, '나'는 경제적 영역이 아닌 영적인 영역에서 자신 역시 회생이 절실하게 필요한 사람임을 깨닫게 된다. 실제로 '나'는 이혼한 전처와 함께 살던 딸 명이 미국에서 18년 만에 자신에게 찾아오자, 딸에게 묘한 욕정을 느끼고 있다. 김가경의 작품 속에 등장하는 가족은 세상의 논리를 가장 크게 반향하는 하나의 공명판에 불과하다.

4. 타자의 환기

그렇다면 이러한 현실로부터 벗어나는 것이 과연 가능할까? 「라인 블록」에서는 모든 것을 획일화하고 고유성을 삭제해가는 이 지상의 논리와는 다른 새로운 세상이 등장한다. 삼바 카니발 마지막에 주리와 '나'는 테트리스의 배경 화면인 성 바실리 성당에 가고자 하는 것이다. 그들은 상상적으로라도 이 현실로부터 벗어나고자 한다. 그들은 그곳이 "세계에서 가장 아름다운 건축물"이라고 생각하는데, 사실 이 생각은 그들이 어린 시절 즐기던 테트리스 게임에 의해 주입된 것에 불과하다.

그러나 낭만적 토포스를 향한 의지보다 김가경이 더욱 중요하게 생각하는 것은 우리 사회에 '없는 자'로 간주되는 수많은 타자들을 불러내는 방식이다. 김가경이 즐겨 설정하는 소설의 배경은 허름한 바닷가의 모텔(「다이아몬드 브리지」), "꼬질꼬질한 여인숙"(「보리수 여인숙」) 혹은 사라져가는 기지촌(「홍루」) 등도 타자의 환기라는 주제의식과 긴밀하게 맞닿아 있다.

등장인물들도 이 사회의 교환 논리로부터 한 발짝 벗어나 있기는 마찬가지이다. 「다이아몬드 브리지」의 그는 경찰견 조련사로 일하며 셰퍼드를 조련하다 자신을 지키기 위해 할 수 없이 짱돌로 셰퍼드를 내리쪽다가 그 모습이 인터넷에 퍼져 직장을 잃게 된다. 이후에는 조련 생활 십여 년 만에 동물학대죄로 조련협회에서 제명까지 당한다. 그는 나중 자신이 조련한 개를 죽게 만들었다는 누명을 뒤집어쓴다.

「홍루」는 이국적인 제목처럼, 우리 사회의 동일자와는 거리가 있는 타자들의 이미지로 가득한 작품이다. '홍루(紅樓)'는 늙은 기생의 방이라는 뜻으로 주인공 명자와 비슷하다. 명자는 P시의 외국인 거리에서 외국인을 상대하는 클럽 로즈에서 일한다. 예전에는 미군들이 드나들었고, 미군들이 떠난 이후에는 러시아 선원과 상인들이 주로 드나든다. '나'는 미군이 철수하고 거리의 젊은 여자들이 떠난 후에도, 이 거리에 남아 "미군 대신 러시아 선원을, 맥주 대신 보드카를, 영어 대신 러시아어"를 몸에 익히며 살아남았다. 한때 이 바닥에서 "알아줬던" 명자는 그렇게 조금씩 늙어가고 있다. 명자는 우리 사회의 교환 체계에서는 가장 그 가치를 인정받기 어려운 존재이다. 이 작품에는 명자의 연인인 이반, 명자와 함께 일하는 나타샤, 홍루의 중국 음식 요리사와 같은 이국적인 인물들이 많이 등장한다. 이것 역시도 우리와 다른 존재들에 대한 관심을 크게 환기시킨다. 「홍루」에서 이반이 남겨놓은 뱀이 없어지자 명자는 어린 시절 휘파람을 불면 뱀이 나온다는 어른들의 말에 따라, 뱀이 나타나기를 바라며 휘파람을 분다. 그러나 이반은 휘파람을 불면 모든 것이 텅 비게 된다는 생각을 가지고 있었다. 명자와 이반의 상반된 신념은 인간의 삶이 결코 하나의 입장으로 단일화될 수 없음을 드러내는 하나의 에피소드로 새겨볼 수도 있다.

「몰리모를 부는 화요일」의 남자는 드물게도 단독성을 체현한 존재이며, 어떠한 비교로부터도 벗어난 아토포스(atopos, 어떤 장소에 고정되지 않은 것, 정체를 알 수 없는 것, 특정 지을 수 없는 것)에 해당한다. 그는 강태공과 같은 사람으로, 야시장에서 짝이 맞지 않는 신발을 팔고 있다. 메타세쿼이아 나무 아래에서 남자가 팔고 있는 짝짝이 신발은 아프리카 여행 중에 본 것으로서, 그때 짝짝이 신발을 이상하게 생각하는 남자를 향해 아프리카인은 "왜 당신 것만 당연하다고 생각하느냐고 되"물었던 것이다. 남자를 둘러싼 것은 돈과 착취가 평범한 것이 되어버린 것들의 반대편의 기호들로 둘러싸여 있다. 피그미족들이 숲의 정령을 위로할 때 분다는 몰리모 역시 신자유주의의 교환 체계에서는 그 의미를 확보하기 어려운 것이다. 피그미족들은 이방인을 받아들일 때 그들의 재산이나 권력 등이 아니라, 바로 걷는 모습을 통해 판단한다. '너'는 남자가 연주하는 몰리모에서 "벚꽃 잎도 날리는 모습을 보"며 소설은 끝난다. 이제 '너'는 돈을 딸보다도 연인보다도 소중하게 생각하는 사람들 사이에서 새로운 세상을 발견하게 된 것이다. 이 작품의 여러 타자적 기호들, 피그미족, 몰리모, 짝짝이 신발, 남자 등은 시대의 지배적인 가치를 내면화한 사람들의 저항과는 다른 그 자체로 선명한 타자성의 실체라는 점에서 그 의미가 더욱 크다고 할 수 있다.

모두가 닮아 있는 세상 속에서 우리는 수십억의 사람을 만나더라도 결국 자기만을 확인할 수 있을 뿐이다. 그 속에서 우리는 우울과 불안에 시달리다 끊임없는 자기 소모와 자기 소멸을 향해 전속력으로 달려간다. 그것으로부터 벗어나기 위해서는 타자를 불러들여 새로운 변증법적 긴장을 창조해낼 필요가 있다. 이러한 필요에 응답할 수 있는 인류의 가장 위대한 발명품은 다름아닌 사랑이다. 「첫눈」은 김가경식 사랑이 무엇인지를 보여주는 작품이자, 추방된 타자가 다시 우리의 삶에 내속되는 감동의 순간을 보여주는 작품이기도 하다.

「첫눈」은 앞에서 말한 모든 특징이 집대성된 김가경 소설의 한 절창이라고 할 수 있다. 이 작품에는 세탁소에서 일하는 그와 산후조리원에서 영양사로 일하는 그녀가 등장한다. 둘은 모두 어린 시절의 상처를 지니고 있다. 그것은 첫눈의 이미지로 감각화되고 있는데, 이때의 첫눈은 세상의 고통스러움에 눈뜨는 첫 번째 통과제의를 의미한다. 그에게는 어린 시절 형만이 유일한 피붙이였는데, 그 형마저 그가 4학년일 때 교통사고로 죽고 만다. 형사가 그에게 형의 죽음을 알리던 날 첫눈이 내렸다. 그녀 역시 어린 시절 학대와 방치를 일삼던 철없는 어린 부모가 그녀를 버리고 잠적하는 바람에, 지하방에서 아사(餓死) 직전에 발견된다. 그녀가 발견된 날에도 첫눈이 내렸다. 병원 직원들의 유니폼과 위생복을 세탁하면서 둘의 인연은 시작된다. 그는 병원 직원들의 유니폼과 위생복의 시접까지 빠짐없이 찾아 다닐 정도로 성실하며, 그녀 역시 영양사로서 누구보다 성실하게 일한다. 이 작품의 마지막에 또다시 첫눈이 내린다. 이때의 첫눈은 어린 시절에 내리던 첫눈과는 완전히 다른 느낌으로 충만하다. 어린 시절의 첫눈이 세상의 비정함으로 가득했다면, 지금 내리는 첫눈은 "님의 앞날에 축복과 행운이 첫눈처럼 소복소복하게 싸이기를 영원토록 기원하겠소"라는 온정의 메시지와 함께 내린다. 이 첫눈 속에는 타인을 받아들인 자만이 누릴 수 있는 아름다운 희망의 속삭임이 담겨 있는 것이다.

5. 동물과의 연계

김가경 소설의 가장 독특한 점을 꼽자면, 동물이 빈번하게 등장한다는 사실이다. 이러한 동물은 서로 닮아가는 세상의 강력한 힘을 증명하기도 하지만, 때로는 닮아가는 세상의 새로운 탈주선처럼 기능하기도 한다.

동물이 이 가공할 폭력적 세상과 맞닿아 있음을 증명하는 사례로 사용되는 것은 「비둘기를 키우는 시간」에서 분명하게 확인할 수 있다. 그녀가 마술사와 동거하며 보게 된 비둘기들의 모습은 이 시대의 인간들과 크게 다르지 않다. 마술사의 집에는 비둘기가 많다. 그것은 마술사의 공연에 사용되기 위한 것이기도 하지만, 공연에 사용될 비둘기의 먹이로도 필요한 것이다. 비둘기를 삶아 몸속의 간을 뽑아내어서 다른 비둘기의 먹이로 삼는 장면은 이 소설집에서 삶의 끔찍함을 나타내는 최고의 강렬도를 지니고 있다. 날개의 셋째 마디가 잘려져 마술사의 방을 벗어날 수 없는 비둘기는 '닮음의 쇠우리'를 벗어날 수 없는 우리 시대

인간들의 초상이기도 하다.

「홍루」에도 밀크스네이크종의 뱀이 중요한 자리를 차지하고 있다. 한때 명자가 자기 삶의 정착지가 될 것이라고 기대했던 러시아인 이반은 뱀을 명자에게 남기고 떠난다. 이 뱀의 먹이는 새끼 쥐로서, 탈피를 하기 위해서는 냉동 먹이가 아닌 살아 있는 쥐를 먹어야만 한다. 이러한 뱀의 생리는 약육강식의 인간 사회와 그다지 멀어 보이지 않는다. 「첫눈」에서도 사무장이 엽총으로 쏘아 숲으로 떨어진 비둘기는 그녀와 동일시되어 세상의 무서운 폭력성을 드러내기도 한다.

그러나 「배회의 기술」에서는 무플론이라는 동물을 통하여 우리와는 다른 얼굴, 감각, 사유를 자연스럽게 떠올리도록 한다. '나'는 "그저 끝없이 펼쳐진 초원 위를 망아지처럼 한번 뛰어보고 싶"은 마음에 목장에 가고, 거기서 알몸으로 뛰다가 무플론을 만나게 된다. 그곳에서 '나'는 60대의 남자를 만나 그와 알몸으로 초원 위에 눕기도 하는데, 그곳은 버뮤다 해역처럼 시계가 뒤섞이는 지점이다. 그렇다면 무플론은 바로 그 현재의 시공을 뒤흔드는 시공에 대한 하나의 상징적 기호라고도 할 수 있다. 무플론은 "모든 걸 버리고서야" 친해질 수 있는 동물로서, '모든 걸 버린다는 것'은 자신의 "불알을 보여주"는 일이기도 하다. 이 무플론은 치와와도 무서워할 정도로 순하고 여린 존재로 등장한다. 이러한 무플론은 우리 사회 어디에서도 환영받지 못한다. 목장에서 데려온 무플론을 아내가 집에 받아들이지 않으려 하며,

공동 텃밭을 엉망으로 만들어 동네 사람들의 원성을 사고, 결국 회사의 텃밭으로 가서도 별다른 성과를 내지 못한다. 과연 이 무플론은 무용지물이기만 한 걸까?

지금까지 우리는 김가경의 소설을 통해 자본의 논리만이 지배하는 이 세상의 폭력과 고통을 찬찬히 지켜보았다. 「배회의 기술」에서만 보더라도 일자(一者)의 독재로부터 벗어날 공간은 어디에도 없다. 옥상의 조그만 텃밭마저도 성과와 경쟁의 장이 되고 마는 것이다. 이러한 쇠우리에 자그마한 균열의 흠이라도 내기 위해서는 타자의 존재가 무엇보다 절실하다. 그것은 현대사회에 필요한 최소한의 숨구멍이자, 새로운 세상을 앞당기는 "고수레 이랑"(멧돼지 같은 유해동물들을 위해 방치하여 탄생하는 이랑)이 될 수도 있다. 무플론과 친해지고 싶어 하는 신입사원을 통해 무플론이 지닌 무용지용(無用之用)의 가능성이 암시되며 작품은 끝난다.

김가경은 단일한 가치만이 존재하는 무미하고 무의미한 이 세상에 윤기와 온기를 불러일으키고자 한다. 그것은 이 시대가 멀리멀리 쫓아버린 "비밀로서의 타자, 유혹으로서의 타자, 에로스로서의 타자, 욕망으로서의 타자, 지옥으로서의 타자, 고통으로서의 타자"를 다시 불러오는 일이기도 하다. 김가경이 창조해낸 그 서늘한 감미로움 속에 떠오르는 여러 존재들은 바로 그 타자의 문학적 재현이라고 할 수 있다. 이제 한국 소설은 새로운 빛이 될 수 있는 또 하나의 아름다운 그늘을 가지게 되었다고 감히 말할 수 있을 것이다.

　소설을 써오면서 나는 수많은 문장과 수많은 인물을 낙오시켰다. 끊임없이 버리는 작업을 병행하며 소외시킨 이면의 존재들. 첫 소설집을 준비하다가 문득 그들은 잘 지내고 있는지 안부가 궁금해졌다. 며칠 전 거리를 걷다가 한 여자에게 시선을 빼앗겼다. 그녀는 막 택배 차에서 내리고 있었다. 감청색 회사 조끼에 요즘 유행하는 냉장고 바지를 입고 머리를 질끈 묶은 상태였다. 스물네다섯은 넘어 보였는데 차에서 내리자마자 해를 피해 칠월의 벚나무 아래로 뛰어들었다. 막상 그늘도 제대로 즐기지 못하는지 나무 아래 선 그녀는 수줍고 부끄러운 표정이었다. 그 자세가 이상하게도 세상과 분리되어 있는 듯 보였다. 그녀가 여느 사람들의 주파수를 갖지 않은 존재처럼 여겨졌다. 어쩌면 그녀 자신에게서조차 분리되어가고 있을지도 모른다는 좀 과한 상상을 더해갈 즈음 그녀가 온몸으로 나에게 말을 걸어왔다. 제 이야기가 들리나요? 무언가 간절하게 다음 말을 하는 것 같았는데 나는 알아듣지 못했다. 그녀의 말을 알아들으려면 내 안에서 작동하는 모든 채널을 꺼야 했다. 나를 꺼본 적이 없어 허둥대는 사이 그녀가 감쪽같이 그늘에서 사라졌다. 그녀와의 교신은 그렇게 끊겼다. 그들의 안부도 거기서 끝이 났다.

물밑으로 사라져간 그들 덕에 한 권의 소설집을 묶게 되었다. 이후 나는 내 안에서 내가 완벽하게 사라지고서야 그녀를, 그들을 다시 만날 수 있을 것이다.

2017년 8월

김가경

수록 작품 발표 지면

몰리모를 부는 화요일

© 김가경

1판 1쇄 발행 | 2017년 8월 25일

지은이 | 김가경
펴낸이 | 정홍수
편집 | 김현숙 이진선
펴낸곳 | (주)도서출판 강
출판등록 | 2000년 8월 9일(제2000-185호)

주소 | 서울시 마포구 동교로17안길 21(우 04002)
전화 | 02-325-9566
팩시밀리 | 02-325-8486
전자우편 | gangpub@hanmail.net

값 14,000원
ISBN 978-89-8218-223-5 03810

이 도서의 국립중앙도서관 출판예정도서목록(CIP)은 서지정보유통지원시스템 홈페이지(http://seoji.nl.go.kr)와 국가자료공동목록시스템(http://www.nl.go.kr/kolisnet)에서 이용하실 수 있습니다.(CIP제어번호: CIP2017019576)

* 잘못 만들어진 책은 구입처에서 교환해 드립니다.
* 본 도서는 2017년 한국문화예술위원회, 부산광역시, 부산문화재단 지역문화예술특성화지원사업으로 지원을 받았습니다.